TRANZLATY

Language is for everyone

Bahasa adalah untuk semua orang

Folk Tales of Bengal

Cerita Rakyat Benggala

Part One
Bahagian Pertama

1 / 2

Lal Behari Day

English / Bahasa Melayu

Life's Secret
Rahsia Hidup

Once upon a time there was a king.

Pada suatu masa dahulu ada seorang raja.

This King had married two Queens.

Raja ini telah berkahwin dengan dua Permaisuri.

The two queens were called Duo and Suo.

Kedua-dua ratu itu dipanggil Duo dan Suo.

Both of the queens were childless.

Kedua-dua permaisuri tidak mempunyai anak.

One day a Faquir came to the palace gate.

Pada suatu hari seorang Faquir datang ke pintu gerbang istana.

The Faquir had come to ask for alms.

Faquir telah datang untuk meminta sedekah.

Queen Suo went to the door.

Permaisuri Suo pergi ke pintu.

And she gave him a handful of rice.

Dan dia memberinya segenggam nasi.

The mendicant asked her a question.

Penjaga itu bertanyakan soalan kepadanya.

"Do you have any children?"

"Awak ada anak ke?"

The queen had no children.

Ratu tidak mempunyai anak.

"I wish had children, but I have none"

"Saya berharap mempunyai anak, tetapi saya tidak mempunyai anak"

The holy man refused to take alms from her.

Orang suci itu enggan mengambil sedekah daripadanya.

In these times there were different traditions.

Pada masa ini terdapat tradisi yang berbeza.

And the people believed many different things.

Dan orang ramai mempercayai banyak perkara yang berbeza.

Don't take charity from the hands of a childless woman.

Jangan ambil sedekah dari tangan wanita yang tidak mempunyai anak.

Such hands were ceremonially unclean.

Tangan sedemikian adalah najis secara upacara.

The mendicant offered her a drug.

Penjaga itu menawarkan dadah kepadanya.

This drug was to remove her barrenness.

Ubat ini adalah untuk menghilangkan kemandulannya.

She expressed her willingness to take the drug.

Dia menyatakan kesanggupannya untuk mengambil dadah itu.

The mendicant told her how to take the drug.

Penjaga itu memberitahunya cara mengambil ubat itu.

"This is the potion you must swallow"

"Inilah ramuan yang anda mesti telan"

"Prepare the juice of a pomegranate flower"

"Sediakan jus bunga delima"

"Swallow the drug with the juice"

"Telan ubat dengan jus"

"If you do this, you will soon have a son"

"Jika kamu melakukan ini, kamu akan mendapat seorang anak lelaki"

"Your son will be exceedingly handsome"

"Anak awak akan menjadi sangat kacak"

"His complexion will be beautiful"

"Kulitnya akan menjadi cantik"

"He will have the colour of pomegranate flowers"

"Dia akan mempunyai warna bunga delima"

"And you shall call him Dalim Kumar"

"Dan kamu hendaklah memanggilnya Dalim Kumar"

"But he will also have enemies"

"Tetapi dia juga akan mempunyai musuh"

"They will try to take your son's life"

"Mereka akan cuba mencabut nyawa anak kamu"

"But there is a secret to his life"

"Tetapi ada rahsia dalam hidupnya"

"And I will tell you this secret"

"Dan saya akan memberitahu anda rahsia ini"
"In front of your palace is a pond"
"Di hadapan istanamu ada kolam"
"In that pond there is a big Boal fish"
"Di dalam kolam itu ada ikan Boal yang besar"
"Your son's life is connected to that fish"
"Kehidupan anak anda berkait dengan ikan itu"
"In the heart of the fish is a small box"
"Di dalam hati ikan ada kotak kecil"
"This small box is made of wood"
"Kotak kecil ini diperbuat daripada kayu"
"In the box of wood is a necklace of gold"
"Dalam kotak kayu ada kalung emas"
"That necklace is the life of your son"
"Kalung itu adalah nyawa anakmu"
The mendicant gave her the drugs.
Penjaga itu memberinya dadah.
And they said their farewells.
Dan mereka mengucapkan selamat tinggal.

Soon all in the palace whispered of an heir.
Tidak lama kemudian semua di dalam istana berbisik tentang seorang waris.
Great was the joy of the King.
Amat besar kegembiraan Raja.
He had visions of an heir to the throne.
Dia mempunyai penglihatan tentang pewaris takhta.
A never-ending succession of powerful monarchs.
Penggantian raja berkuasa yang tidak berkesudahan.
He dreamt of how they perpetuated his dynasty.
Dia bermimpi tentang bagaimana mereka mengekalkan dinastinya.
These ideas floated before his mind.
Idea-idea ini melayang di fikirannya.
It made him the happiest he had ever been.
Ia menjadikannya paling gembira pernah dia alami.
Many ceremonies were performed for the occasion.

Banyak upacara telah dilakukan untuk majlis tersebut.
The people of the kingdom played loud music.
Penduduk kerajaan memainkan muzik yang kuat.
The birth of a prince was a truly special event.
Kelahiran seorang putera raja adalah peristiwa yang sangat istimewa.
Soon queen Suo gave birth to a son.
Tidak lama kemudian ratu Suo melahirkan seorang anak lelaki.
He was more beautiful than anyone had imagined.
Dia lebih cantik daripada yang dibayangkan oleh sesiapa pun.
The King saw his son's face.
Raja melihat wajah anaknya.
And his heart leaped with joy.
Dan hatinya melonjak gembira.
Soon the child ate his first rice.
Tidak lama kemudian anak itu makan nasi pertamanya.
Mukhe bhaat was celebrated with great joy.
Mukhe bhaat disambut dengan penuh kegembiraan.
And the whole kingdom was filled with gladness.
Dan seluruh kerajaan itu dipenuhi dengan sukacita.

Dalim Kumar grew up to be a fine boy.
Dalim Kumar membesar menjadi seorang budak lelaki yang baik.
There was one activity he particularly liked.
Ada satu aktiviti yang dia sangat suka.
He loved playing with the pigeons.
Dia suka bermain dengan burung merpati.
However, the pigeons often flew to Queen Duo.
Walau bagaimanapun, burung merpati sering terbang ke Queen Duo.
Nobody knows why they did this.
Tiada siapa yang tahu mengapa mereka melakukan ini.
And they flew into her apartment.
Dan mereka terbang ke apartmennya.
So Dalim Kumar often met Queen Duo.

Jadi Dalim Kumar sering bertemu Ratu Duo.

At first, she happily gave the pigeons back.

Pada mulanya, dia dengan senang hati memberikan kembali burung merpati itu.

But later she wasn't as willing to return the pigeons.

Tetapi kemudian dia tidak bersedia untuk memulangkan merpati itu.

She gave the pigeons up with some reluctance.

Dia menyerahkan burung merpati itu dengan sedikit berat hati.

She felt she could use this to her advantage.

Dia merasakan dia boleh menggunakan ini untuk kelebihannya.

She naturally hated the child.

Dia secara semula jadi membenci kanak-kanak itu.

Since Dalim's birth the king had neglected her.

Sejak kelahiran Dalim raja telah mengabaikannya.

And the King idolized the mother of Dalim.

Dan Raja mengidolakan ibu Dalim.

Somehow, she had heard of the mendicant.

Entah bagaimana, dia pernah mendengar tentang pendeta itu.

She heard he had given queen Suo a medicine.

Dia mendengar dia telah memberi permaisuri Suo ubat.

She had also heard about what he had said.

Dia juga pernah mendengar tentang apa yang dia katakan.

There was a secret to the prince's life.

Terdapat rahsia dalam hidup putera raja.

She had heard his life was bound to something.

Dia pernah mendengar hidupnya terikat dengan sesuatu.

But she did not know what his life was bound to.

Tetapi dia tidak tahu apa yang terikat dengan hidupnya.

She was determined to get the secret.

Dia bertekad untuk mendapatkan rahsia itu.

Of course, the pigeons came back to her.

Sudah tentu, burung merpati itu kembali kepadanya.

And the pigeons flew into her room again.

Dan burung merpati terbang ke dalam biliknya semula.
This time she refused to give the pigeons back.
Kali ini dia enggan memberikan merpati itu kembali.
"I won't just give you your pigeon back"
"Saya tidak akan memberikan anda merpati anda kembali"
"First, you have to tell me something"
"Pertama, awak perlu beritahu saya sesuatu"
"What do you want, aunty?" the boy asked.
"Apa yang kamu mahu, makcik?" budak itu bertanya.
"Oh, my darling, do not worry"
"Oh, sayangku, jangan risau"
"It's just a small thing I want"
"Ia hanya perkara kecil yang saya mahu"
"I want to know where your life is hidden"
"Saya ingin tahu di mana hidup anda tersembunyi"
The boy was very confused by this.
Budak itu sangat keliru dengan ini.
"What is that, aunty?"
"Apa itu, makcik?"
"Where can my life be, except in me?"
"Di manakah hidup saya, kecuali dalam diri saya?"
"No, child, that is not what I meant"
"Tidak, anak, bukan itu yang saya maksudkan"
"A holy mendicant told your mother a secret"
"Seorang pendeta suci memberitahu ibumu satu rahsia"
"Your life is bound up with something"
"Hidup anda terikat dengan sesuatu"
"I wish to know what that thing is"
"Saya ingin tahu apa benda itu "
The boy was confused by what she said.
Budak itu keliru dengan apa yang dia katakan.
"I never heard of any such thing"
"Saya tidak pernah mendengar apa-apa perkara seperti itu"
But Queen Duo insisted it was true.
Tetapi Ratu Duo menegaskan ia adalah benar.
"Promise to find out from your mother"
"Berjanji untuk mengetahuinya daripada ibumu"

"Ask her where your life is hidden"
"Tanya dia di mana hidup anda tersembunyi"
"Then I will let you have the pigeons"
"Kemudian saya akan membiarkan anda memiliki burung merpati"
"Otherwise, I will keep the pigeons"
"Jika tidak, saya akan memelihara burung merpati"
The boy wanted his pigeons back.
Budak itu mahu merpatinya kembali.
So he agreed to get the information.
Jadi dia bersetuju untuk mendapatkan maklumat itu.
But first she made him promise.
Tetapi mula-mula dia berjanji kepadanya.
"Promise me you won't tell your mother"
"Janji dengan saya awak takkan beritahu ibu awak"
And the boy promised not to tell her.
Dan budak lelaki itu berjanji untuk tidak memberitahunya.
"I promise I won't tell my mum"
"Saya berjanji tidak akan memberitahu ibu saya"
Queen Duo freed the prince's pigeons.
Ratu Duo membebaskan burung merpati putera raja.
Dalim was overjoyed to have his birds again.
Dalim sangat gembira kerana mempunyai burungnya semula.
And he forgot the entire conversation.
Dan dia melupakan seluruh perbualan.

The next day Dalim was playing again.
Keesokan harinya Dalim bermain lagi.
You can imagine what happened again.
Anda boleh bayangkan apa yang berlaku lagi.
The pigeons flew to Queen Duo's apartment.
Burung merpati itu terbang ke pangsapuri Queen Duo.
And they flew into her room again.
Dan mereka terbang ke biliknya semula.
Dalim went in to his stepmother's apartment.
Dalim masuk ke apartmen ibu tirinya.
And he asked her for the pigeons.

Dan dia memintanya untuk burung merpati.
Of course she asked him for the information.
Sudah tentu dia meminta maklumat itu.
Dalim could not tell her where his life was hidden.
Dalim tidak dapat memberitahu di mana nyawanya
disembunyikan.
"I promise I will ask her today"
"Saya berjanji saya akan bertanya kepadanya hari ini"
"But please can I have my pigeons"
"Tetapi tolong boleh saya dapatkan burung merpati saya"
She didn't give the pigeons back so quickly.
Dia tidak mengembalikan burung merpati itu dengan cepat.
But, in the end, he got his pigeons again.
Tetapi, akhirnya, dia mendapat semula burung merpatinya.

After playing, Dalim went to his mother.
Selesai bermain, Dalim pergi menemui ibunya.
"Mamma, please tell me where my life is hidden"
"Mamma, tolong beritahu saya di mana hidup saya
tersembunyi"
"What do you mean, child?" asked the mother.
"Apa maksud awak, anak?" tanya ibu.
She was astonished at the question.
Dia hairan dengan soalan itu.
Why would her child ask her this?
Kenapa anaknya bertanya begini?
"Yes, mamma," replied the child.
"Ya, mama," jawab kanak-kanak itu.
"I have heard of a holy mendicant"
"Saya telah mendengar tentang seorang pendeta suci"
"He told you something about my life"
"Dia memberitahu kamu sesuatu tentang hidup saya"
"He said my life is hidden in something"
"Dia berkata hidup saya tersembunyi dalam sesuatu"
"Tell me what that thing is"
"Beritahu saya apa benda itu"
"My child, my darling, my treasure"

"Anak saya, sayang saya, harta saya"

"My golden moon," his mother pleaded.

"Bulan emas saya," ibunya merayu.

"Do not ask such a question"

"Jangan tanya soalan sebegitu"

"Cover my enemies' mouths with ashes"

"Tutup mulut musuhku dengan abu"

"Let my Dalim live forever," she begged.

"Biarlah Dalim saya hidup selama-lamanya," dia memohon.

But the child insisted knowing the secret.

Tetapi kanak-kanak itu berkeras untuk mengetahui rahsia itu.

He refused to eat or drink until he knew.

Dia enggan makan atau minum sehingga dia tahu.

Queen Suo had no choice but to tell him.

Permaisuri Suo tiada pilihan selain memberitahunya.

Eventually she told him the secret of his life.

Akhirnya dia memberitahu rahsia hidupnya.

The next day Dalim was playing again.

Keesokan harinya Dalim bermain lagi.

You can imagine where the pigeons flew.

Anda boleh bayangkan di mana burung merpati itu terbang.

Dalim chased after the birds into the apartment.

Dalim mengejar burung itu masuk ke dalam apartmen.

His stepmother told him many sweet words.

Banyak kata-kata manis yang disampaikan oleh ibu tirinya.

And finally, she got his secret from him.

Dan akhirnya, dia mendapat rahsianya daripadanya.

She wasted no time to start her wicked plan.

Dia tidak membuang masa untuk memulakan rancangan jahatnya.

And she gave orders to her servants.

Dan dia memberi perintah kepada hamba-hambanya.

"Get some dried stalk from the hemp plant"

"Dapatkan beberapa tangkai kering daripada pokok rami"

"Make sure the stalks are very brittle"

"Pastikan tangkainya sangat rapuh"

Brittle hemp stalks make a cracking sound.
Tangkai rami rapuh mengeluarkan bunyi retak.
The sound is similar to the cracking of joints.
Bunyinya serupa dengan keretakan sendi.
And it sounds like the bones of old people.
Dan bunyinya seperti tulang belulang orang tua.
She put the brittle hemp stalks under her bed.
Dia meletakkan tangkai rami yang rapuh di bawah katilnya.
And then she lied on her bed.
Dan kemudian dia berbaring di atas katilnya.
She wanted to test the hemp stalks.
Dia mahu menguji tangkai rami.
The stalks cracked just as much as she wanted.
Tangkainya retak sesuka hati.
She was satisfied with how her plan was going.
Dia berpuas hati dengan rancangannya.
She gave more orders to her servants.
Dia memberi lebih banyak pesanan kepada hambanya.
"Tell the King I am very ill"
"Beritahu Raja saya sangat sakit"
"He must come to see me immediately"
"Dia mesti datang berjumpa saya dengan segera"
The king did not love this queen.
Raja tidak menyayangi permaisuri ini.
But he still had a duty to care for her.
Tetapi dia masih mempunyai kewajipan untuk menjaganya.
If she was ill, he had to look after her.
Jika dia sakit, dia perlu menjaganya.
The King came to her bedroom.
Raja datang ke bilik tidurnya.
She rolled on the bed in pain.
Dia berguling-guling di atas katil kesakitan.
The King heard the cracking of her bones.
Raja mendengar keretakan tulangnya.
He ordered his best physician to attend her.
Dia mengarahkan doktor terbaiknya untuk merawatnya.
But the queen had thought of this.

Tetapi permaisuri telah memikirkan perkara ini.

She had already spoken with the physician.

Dia sudah bercakap dengan doktor itu.

"There is only one remedy," he told the king.

"Hanya ada satu ubat," katanya kepada raja.

"There's a pond in front of the palace"

"Ada kolam di hadapan istana"

"In the pond there's a large Boal fish"

"Di dalam kolam ada ikan Boal yang besar"

"The remedy is in that fish"

"Ubatnya ada pada ikan itu"

So the king let the physician catch the fish.

Maka raja pun membiarkan tabib itu menangkap ikan itu.

Meanwhile Dalim was busy playing.

Sementara Dalim sibuk bermain.

He knew nothing of his aunt's illness.

Dia tidak tahu apa-apa tentang penyakit ibu saudaranya.

The fish was taken out the water.

Ikan itu dibawa keluar dari air.

Dalim fell to the ground immediately.

Dalim rebah ke tanah serta merta .

He flopped around on the floor.

Dia berguling-guling di atas lantai.

And he could not breathe.

Dan dia tidak boleh bernafas.

The guards immediately noticed.

Pengawal segera menyedari.

Dalim was taken to his mother's room.

Dalim dibawa ke bilik ibunya.

And the King was informed of his son.

Dan Raja diberitahu tentang anaknya.

He couldn't believe his son's illness.

Dia tidak percaya dengan penyakit anaknya.

The fish was taken to Queen Duo.

Ikan itu dibawa ke Queen Duo.

Queen Duo was being saved.

Queen Duo sedang diselamatkan.

At the same time Dalim was dying.
Pada masa yang sama Dalim sedang nazak.
The fish was cut open.
Ikan itu dipotong terbuka.
And they found the wooden box.
Dan mereka menjumpai kotak kayu itu.
In the box lay a necklace of gold.
Di dalam kotak itu terletak seutas rantai emas.
Queen Duo put on the necklace.
Ratu Duo memakai rantai itu.
And Dalim died at the very same moment.
Dan Dalim meninggal dunia pada saat yang sama.

News of the tragedy reached the king.
Berita tentang tragedi itu sampai kepada raja.
He was plunged into an ocean of grief.
Dia tenggelam dalam lautan kesedihan.
News of Queen Duo's recovery did not help.
Berita tentang pemulihan Queen Duo tidak membantu.
He wept painful and bitter tears.
Dia menangis dengan air mata yang pedih dan pedih.
No one thought he would recover.
Tiada siapa sangka dia akan pulih.
He could not bear to bury his son.
Dia tidak sanggup mengebumikan anaknya.
Nor did he allow his body to be burned.
Dia juga tidak membenarkan badannya dibakar.
He could not accept that his son had died.
Dia tidak dapat menerima bahawa anaknya telah meninggal dunia.
His death was so sudden and senseless.
Kematiannya begitu mengejut dan tidak masuk akal.
He had the dead body moved to a garden-houses.
Dia menyuruh mayat itu dipindahkan ke rumah taman.
This garden-house was in the suburbs.
Rumah taman ini terletak di pinggir bandar.
Here his son was laid in state.

Di sini anaknya telah dibaringkan.
All sorts of provisions were put there.
Macam-macam peruntukan diletakkan di situ.
Although everyone knew it was unnecessary.
Walaupun semua orang tahu ia tidak perlu.
The young boy did not need food anymore.
Budak muda itu tidak memerlukan makanan lagi.
The house was kept locked day and night.
Rumah itu terus berkunci siang dan malam.
Dalim had had one very close friend.
Dalim mempunyai seorang kawan yang sangat rapat.
Only this friend was allowed to visit.
Hanya kawan ini sahaja yang dibenarkan melawat.
He was the son of the prime minister.
Dia adalah anak kepada perdana menteri.
He was entrusted with the key of the house.
Dia diamanahkan dengan kunci rumah.
Once a day he could visit his dead friend.
Sekali sehari dia boleh melawat kawannya yang sudah mati.

Queen Suo retired after the loss of her son.
Permaisuri Suo bersara selepas kehilangan anaknya.
Now the King spent the nights with Queen Duo.
Kini Raja bermalam dengan Ratu Duo.
The Queen wanted to avoid suspicion.
Permaisuri ingin mengelakkan syak wasangka.
So she took the necklace off at night.
Jadi dia menanggalkan rantai itu pada waktu malam.
But Dalim's life was tied to the necklace.
Tetapi nyawa Dalim terikat pada rantai itu.
And his death was not so simple.
Dan kematiannya tidak begitu mudah.
He was dead when the queen wore the necklace.
Dia telah mati apabila permaisuri memakai rantai itu.
But when she took the necklace off, he returned to life.
Tetapi apabila dia menanggalkan kalung itu, dia kembali
hidup.

And so he returned to life every night.

Maka dia kembali hidup setiap malam.

Every morning she put the necklace on again.

Setiap pagi dia memakai semula rantai itu.

And so, he died again every morning.

Maka, dia mati lagi setiap pagi.

At night he ate whatever food he liked.

Pada waktu malam dia makan apa sahaja makanan yang dia suka.

Because there was plenty of food for him.

Kerana ada banyak makanan untuknya.

He walked around in the premises.

Dia berjalan-jalan di dalam premis itu.

And he meditated on the strangeness of his life.

Dan dia merenung keanehan hidupnya.

Dalim's friend only visited him during the day.

Kawan Dalim hanya menziarahinya pada siang hari.

So he always saw him as a lifeless corpse.

Jadi dia selalu melihatnya sebagai mayat yang tidak bernyawa.

But his body never seemed to change.

Tetapi tubuhnya seperti tidak pernah berubah.

There was no sign of putrefaction.

Tidak ada tanda-tanda pembusukan.

The body was lifeless and pale.

Badan itu tidak bermaya dan pucat.

But there were no symptoms of death.

Tetapi tiada simptom kematian.

It all seemed too strange for him.

Semuanya kelihatan terlalu pelik baginya.

So he decided to watch the corpse more closely.

Jadi dia memutuskan untuk melihat mayat itu dengan lebih dekat.

And he visited his friend at night.

Dan dia melawat kawannya pada waktu malam.

He was astonished at what he saw that night.

Dia terkejut dengan apa yang dilihatnya malam itu.

His dead friend was walking about in the garden.
Kawannya yang mati sedang berjalan-jalan di taman.
At first he thought Dalim might a ghost.
Pada mulanya dia menyangka Dalim mungkin hantu.
So he went to see if he could touch him.
Jadi dia pergi untuk melihat jika dia boleh menyentuhnya.
And then he saw it was really his friend.
Dan kemudian dia melihat itu benar-benar kawannya.
Dalim told his friend everything that had happened.
Dalim memberitahu kawannya segala yang berlaku.
He told him all the circumstances of his death.
Dia memberitahunya semua keadaan kematiannya.
And soon they solved the mystery.
Dan tidak lama kemudian mereka menyelesaikan misteri itu.
They understood why he revived only at night.
Mereka faham mengapa dia hidup semula hanya pada waktu
malam.
Every night the king came to see Queen Duo.
Setiap malam raja datang berjumpa Ratu Duo.
When the King visited, she took off her necklace.
Apabila Raja melawat, dia menanggalkan kalungnya.
The life of the prince depended on the necklace.
Nyawa putera raja bergantung pada rantai itu.
So the two friends worked on a plan.
Oleh itu, kedua-dua rakan itu membuat rancangan.
Night after night they consulted together.
Malam demi malam mereka berunding bersama.
But they could not think of any feasible scheme.
Tetapi mereka tidak dapat memikirkan sebarang skim yang
boleh dilaksanakan.

Eventually the Gods must have taken pity.
Akhirnya Dewa-dewa pasti kasihan.
And they decided to free Dalim.
Dan mereka memutuskan untuk membebaskan Dalim.
But we must understand how the Gods work.
Tetapi kita mesti faham bagaimana Tuhan bekerja.

These things are planned long before.
Perkara-perkara ini telah dirancang lama sebelum ini.
The sister of Bidhata-Purusha had had a daughter.
Saudara perempuan Bidhata-Purusha telah mempunyai seorang anak perempuan.
Bidhata-Purusha was a great fortune teller.
Bidhata-Purusha adalah seorang peramal yang hebat.
He had written something on the child's forehead.
Dia telah menulis sesuatu di dahi kanak-kanak itu.
"This child will marry the dead bridegroom"
"Anak ini akan mengahwini pengantin lelaki yang mati"
Her mother was very saddened by this.
Ibunya sangat sedih dengan perkara ini.
She did not want this destiny for her daughter.
Dia tidak mahu nasib ini untuk anak perempuannya.
But she could not argue with him.
Tetapi dia tidak boleh berdebat dengannya.
He never changed what he had written.
Dia tidak pernah mengubah apa yang dia tulis.
The child became exceedingly beautiful.
Kanak-kanak itu menjadi sangat cantik.
But the mother could not take any pleasure in this.
Tetapi ibu tidak boleh mengambil kesenangan dalam hal ini.
Because she knew the destiny of her child.
Kerana dia tahu nasib anaknya.
Eventually the girl came to marriageable age.
Akhirnya gadis itu mencapai usia yang boleh berkahwin.
She had to find a way to avoid her fate.
Dia terpaksa mencari jalan untuk mengelak nasibnya.
So the mother fled the country with her child.
Maka larilah si ibu keluar negara bersama anaknya.
Perhaps she could avoid her dreadful destiny.
Mungkin dia boleh mengelak takdirnya yang mengerikan.
But what was written was written.
Tetapi apa yang ditulis telah tertulis.
And fate cannot be overruled like this.
Dan takdir tidak boleh ditolak seperti ini.

Together they journeyed through the land.
Bersama-sama mereka mengembara melalui tanah itu.
You can imagine how fate was working.
Anda boleh bayangkan bagaimana nasib bekerja.
They wandered past Dalim's resting place.
Mereka merayau-rayau melepasi tempat rehat Dalim.
The shade of the evening was approaching.
Teduh petang semakin hampir.
"Mother, I am thirsty," said her child.
"Ibu, saya dahaga," kata anaknya.
"Sit at this gate," replied her mother.
"Duduk di pintu pagar ini," jawab ibunya.
"I will search for water in the village"
"Saya akan mencari air di kampung"
The girl was curious about the garden.
Gadis itu ingin tahu tentang taman itu.
And in the garden she saw strange house.
Dan di taman dia melihat rumah yang aneh.
She pushed the gate, which opened itself.
Dia menolak pintu pagar yang terbuka sendiri.
When she went in, she saw a beautiful palace.
Apabila dia masuk, dia melihat sebuah istana yang indah.
But she had an uneasy feeling about the palace.
Tetapi dia mempunyai perasaan tidak senang tentang istana.
However, the door had shut itself.
Namun, pintu itu telah tertutup sendiri.
So she had no way of getting out.
Jadi dia tidak mempunyai cara untuk keluar.

When night came the prince revived.
Apabila malam tiba, putera itu hidup semula.
As usual, he walked around in the garden.
Seperti biasa, dia berjalan-jalan di taman.
But this time he saw a female figure.
Tetapi kali ini dia melihat susuk tubuh perempuan.
The figure was standing near the gate.
Sosok itu berdiri berhampiran pintu pagar.

Soon he saw that it was a girl.

Tidak lama kemudian dia melihat bahawa itu adalah seorang gadis.

And he saw she was of unsurpassed beauty.

Dan dia melihat dia mempunyai kecantikan yang tiada tandingannya.

"Who are you?" he asked her.

"Siapa awak?" dia bertanya kepadanya.

She told Dalim everything that had happened.

Dia memberitahu Dalim segala yang berlaku.

All the details of her little history.

Semua butiran sejarah kecilnya.

"My uncle is the divine Bidhata-Purusha"

"Paman saya adalah Bidhata-Purusha yang ilahi"

"He wrote on my forehead at birth"

"Dia menulis di dahi saya semasa lahir"

"This child will marry the dead bridegroom"

"Anak ini akan mengahwini pengantin lelaki yang mati"

"My mother did not want that life for me"

"Ibu saya tidak mahu kehidupan itu untuk saya"

"So we left our house and city"

"Jadi kami meninggalkan rumah dan bandar kami"

"And we wandered through the country"

"Dan kami mengembara di seluruh negara"

"We had come to the gate of your palace"

"Kami telah sampai ke pintu gerbang istanamu"

"After our journey I was thirsty"

"Selepas perjalanan kami, saya dahaga"

"So my mother went to look for water"

"Jadi ibu saya pergi mencari air"

"And now I am standing here before you"

"Dan sekarang saya berdiri di sini di hadapan awak"

Dalim Kumar knew the meaning of the story.

Dalim Kumar tahu maksud cerita itu.

"I am the dead bridegroom," he told the girl.

"Saya pengantin lelaki yang mati," katanya kepada gadis itu.

"It is me who you will marry"

"Akulah yang akan kau kahwini"

"Come with me to the house," he asked of her.

"Ikut saya ke rumah," dia memintanya.

But the girl wasn't so easily persuaded.

Tetapi gadis itu tidak begitu mudah dipujuk.

"You are standing and speaking to me"

"Anda berdiri dan bercakap dengan saya"

"How can you be the dead bridegroom?"

"Bagaimana anda boleh menjadi pengantin lelaki yang mati?"

The prince understood her objection.

Putera raja memahami bantahannya.

"You will understand it afterwards"

"Anda akan memahaminya selepas itu"

The girl followed the prince into the house.

Gadis itu mengikut putera raja masuk ke dalam rumah.

She had been fasting the whole day.

Dia telah berpuasa sepanjang hari.

So the prince gave her wonderful food.

Jadi putera raja memberinya makanan yang indah.

Meanwhile, the girl's mother had come back.

Sementara itu, ibu gadis itu telah kembali.

She was standing at the gates of the garden.

Dia berdiri di pintu pagar taman.

But her daughter was not there anymore.

Tetapi anak perempuannya tidak ada lagi.

She cried out for her daughter.

Dia menangis untuk anak perempuannya.

But she got no reply from her daughter.

Tetapi dia tidak mendapat jawapan daripada anak perempuannya.

So she went looking for her in the village.

Jadi dia pergi mencarinya di kampung.

As usual, Dalim's friend came that night.

Seperti biasa, kawan Dalim datang malam itu.

Dalim was still entertaining his guest.

Dalim masih melayan tetamunya.

He was not expecting to see a stranger.
Dia tidak menyangka akan berjumpa dengan orang asing.
And the girl retold him her story.
Dan gadis itu menceritakan semula kisahnya.
You can imagine his surprise when she told him.
Anda boleh bayangkan dia terkejut apabila dia memberitahunya.
He was able to confirm Dalim's story.
Dia dapat mengesahkan cerita Dalim.
Soon they had all accepted destiny.
Tidak lama kemudian mereka semua telah menerima takdir.
That night they fulfilled their fates.
Malam itu mereka menunaikan takdir mereka.
They decided to unite the couple in matrimony.
Mereka memutuskan untuk menyatukan pasangan itu dalam perkahwinan.
It was going to be impossible to get a priest.
Ia akan menjadi mustahil untuk mendapatkan seorang imam.
So Dalim's friend performed the hymeneal rites.
Jadi kawan Dalim melakukan upacara hymeneal.
The friend of the bridegroom left the palace.
Kawan pengantin lelaki meninggalkan istana.
The newly-weds had the palace to themselves.
Pengantin baru mempunyai istana untuk diri mereka sendiri.
The happy couple did not sleep much that night.
Pasangan bahagia itu tidak banyak tidur malam itu.
So it was long after sunrise that they woke up.
Jadi lama selepas matahari terbit barulah mereka terjaga.
Of course it was only the young wife that woke up.
Sudah tentu hanya isteri muda yang bangun.
The prince had become a cold corpse again.
Putera raja telah menjadi mayat dingin semula.
The queen had put on her necklace.
Permaisuri telah memakai rantai lehernya.
And life had departed from him again.
Dan kehidupan telah pergi darinya lagi.
You can imagine how the young wife felt.

Anda boleh bayangkan bagaimana perasaan isteri muda itu.

She shook her husband to try and wake him.

Dia menggoncang suaminya untuk cuba membangunkannya.

She kissed him on his cold lips.

Dia mencium bibirnya yang dingin.

But all her efforts were in vain.

Tetapi semua usahanya sia-sia.

He was as lifeless as a marble statue.

Dia tidak bermaya seperti patung marmar.

The young wife was stricken with horror.

Isteri muda itu dilanda seram.

She smote her breast with her fists.

Dia memukul payudaranya dengan penumbuknya.

She struck her forehead with her palms.

Dia memukul dahinya dengan tapak tangan.

And she tore her hair from her head.

Dan dia mengoyakkan rambutnya dari kepalanya.

She ran through the garden like a mad woman.

Dia berlari melalui taman seperti wanita gila.

Dalim's friend did not come during the day.

Kawan Dalim tidak datang tempoh hari.

He did not want to see his friend this way.

Dia tidak mahu melihat sahabatnya begini.

The poor girl did not know what to do.

Gadis malang itu tidak tahu harus berbuat apa.

Time could not pass quickly enough.

Masa tidak boleh berlalu dengan pantas.

The day seemed as long as a year.

Hari itu kelihatan panjang seperti setahun.

But the even longest day has its end.

Tetapi hari yang paling panjang telah berakhir.

The shades of evening were descending.

Teduh petang semakin turun.

Her dead husband was awakened into consciousness.

Suaminya yang sudah mati dikejutkan sehingga sedar.

He rose up from his bed again.

Dia bangun dari katilnya semula.

And he embraced his new wife.
Dan dia memeluk isteri barunya.
Again they ate, drank, and became merry.
Sekali lagi mereka makan, minum, dan bergembira.
His friend made his usual appearance.
Rakannya membuat penampilan seperti biasa.
And the whole night was spent celebrating.
Dan sepanjang malam dihabiskan untuk meraikannya.

They spent the next seven years this way.
Mereka menghabiskan tujuh tahun berikutnya dengan cara
ini.
During the day Dalim was lifeless.
Pada siang hari Dalim tidak bermaya.
But at night he came to life.
Tetapi pada waktu malam dia hidup.
And their life was quite usual.
Dan kehidupan mereka agak biasa.
The princess gave her husband two lovely boys.
Puteri memberi suaminya dua anak lelaki yang cantik.
They were the exact image of their father.
Mereka adalah imej tepat bapa mereka.
Of course the king and Queens did not know.
Sudah tentu raja dan Permaisuri tidak tahu.
They did not know they were grandparents.
Mereka tidak tahu bahawa mereka adalah datuk dan nenek.
And they did not know Dalim was alive.
Dan mereka tidak tahu Dalim masih hidup.
To be precise I should say he was alive at night.
Lebih tepatnya saya harus mengatakan dia masih hidup pada
waktu malam.
They all thought he had long been dead.
Mereka semua menyangka dia sudah lama mati.
They assumed his corpse would now be gone.
Mereka menganggap mayatnya kini akan tiada.
But the heart of Dalim s wife was yearning.
Tetapi hati isteri Dalim merindui.

She wanted nothing more than her mother-in-law.

Dia mahu tidak lebih daripada ibu mertuanya.

Over the years she had come up with a plan.

Selama bertahun-tahun dia telah membuat rancangan.

Perhaps she could see her mother-in-law.

Mungkin dia dapat melihat ibu mertuanya.

Maybe they could get hold of the necklace.

Mungkin mereka boleh memegang kalung itu.

She asked for the consent of her husband.

Dia meminta persetujuan suaminya.

And he allowed her to disguise herself.

Dan dia membenarkan dia menyamar.

She took on the appearance of a female barber.

Dia mengambil rupa seorang tukang gunting rambut wanita.

Like every female barber, she needed equipment.

Seperti setiap tukang gunting rambut wanita, dia memerlukan peralatan.

She took the following tools;

Dia mengambil alatan berikut;

An iron instrument for preparing finger nails.

Alat besi untuk menyediakan kuku jari.

Another iron instrument for scraping the feet.

Satu lagi alat besi untuk mengikis kaki.

A piece of burnt jhama brick.

Sekeping bata jhama yang terbakar.

For rubbing the soles of the feet.

Untuk menggosok tapak kaki.

And paint for the edges of the feet.

Dan cat untuk tepi kaki.

She took all her tools with her.

Dia membawa semua peralatannya.

And she stood at the gate of the King's palace.

Dan dia berdiri di pintu gerbang istana Raja.

I forgot something else she brought.

Saya terlupa sesuatu yang dia bawa.

She had come with her two sons.

Dia datang bersama dua anak lelakinya.

She spoke with the guards.
Dia bercakap dengan pengawal.
"I work as a barber"
"Saya bekerja sebagai tukang gunting rambut"
"I have come to offer my services"
"Saya datang untuk menawarkan perkhidmatan saya"
"I desire to see Queen Suo"
"Saya ingin melihat Ratu Suo"
Queen Suo quickly gave her an interview.
Permaisuri Suo dengan pantas memberi temu bual
kepadanya.
The queen was quite fond of the two little boys.
Permaisuri cukup menyayangi dua budak kecil itu.
They strangely reminded her of her own son.
Mereka pelik mengingatkannya kepada anaknya sendiri.
And she remembered her lost treasure.
Dan dia teringat hartanya yang hilang.
Tears fell profusely from her eyes.
Air mata jatuh deras dari matanya.
She had not the remotest idea who they were.
Dia tidak tahu siapa mereka.
Of course we know who they are.
Sudah tentu kita tahu siapa mereka.
The two little boys are her grandsons.
Dua orang budak kecil itu adalah cucunya.
She spoke to the barber.
Dia bercakap dengan tukang gunting rambut.
"My son died when he was young"
"Anak saya meninggal dunia ketika dia masih muda"
"I have given up these vanities"
"Saya telah meninggalkan kesombongan ini"
"I stopped having my feet ceremoniously dyed"
"Saya berhenti mencelupkan kaki saya secara upacara"
"But I would be glad to see your two fine boys"
"Tetapi saya akan gembira melihat dua anak lelaki anda yang
baik-baik saja"
The barber agreed to let Queen Suo see her boys.

Tukang gunting rambut bersetuju untuk membenarkan Ratu Suo melihat anak-anak lelakinya.

But she had one question before she went.
Tetapi dia mempunyai satu soalan sebelum dia pergi.

"Are there other ladies in the palace?
"Adakah wanita lain di istana?

"Someone else I could provide my service to"
"Orang lain yang boleh saya berikan perkhidmatan saya"

She was told there was another queen.
Dia diberitahu ada seorang lagi ratu.

And she was also allowed to go to that queen.
Dan dia juga dibenarkan pergi ke permaisuri itu.

Queen Duo allowed her to prepare her nails.
Ratu Duo membenarkannya menyediakan kukunya.

And she was allowed to scrape her feet.
Dan dia dibenarkan mengikis kakinya.

She painted her feet with alakta.
Dia melukis kakinya dengan alakta.

And the queen was very pleased with her skill.
Dan ratu sangat gembira dengan kemahirannya.

She also enjoyed the sweetness of her disposition.
Dia juga menikmati kemanisan perangainya.

So she booked to have more of her services.
Jadi dia menempah untuk mendapatkan lebih banyak perkhidmatannya.

The female barber had come for something else.
Tukang gunting rambut wanita itu datang untuk sesuatu yang lain.

And she quickly noticed the necklace.
Dan dia segera perasan rantai itu.

The necklace was around the Queen's neck.
Kalung itu berada di leher Permaisuri.

The day of her second visit had come.
Hari lawatan keduanya telah tiba.

She gave her eldest son the instructions.
Dia memberi arahan kepada anak sulungnya.

"We are going into the palace again"
"Kita akan masuk ke istana lagi"
"When in the palace you have to cry"
"Apabila di dalam istana anda perlu menangis"
"Say you would like the queen's necklace"
"Katakan anda mahu kalung ratu"
"Don't stop crying until you have her necklace"
"Jangan berhenti menangis sehingga anda memiliki kalungnya"
The female barber went to queen Duo's apartment.
Tukang gunting rambut wanita itu pergi ke pangsapuri permaisuri Duo.
Soon the elder boy started to cry.
Tidak lama kemudian lelaki tua itu mula menangis.
The boy acted his role well.
Budak itu melakonkan peranannya dengan baik.
Nothing would console the boy.
Tiada apa yang akan menghiburkan budak lelaki itu.
"What is wrong?" Queen Duo asked.
"Apa yang salah ?" Queen Duo bertanya.
They boy could hardly speak.
Mereka budak hampir tidak boleh bercakap.
"Your necklace is so beautiful"
"Kalung awak sangat cantik"
And he continued to sob.
Dan dia terus menangis teresak-esak.
"Can I please hold the necklace?"
"Boleh saya pegang rantai itu?"
Queen Duo did not want to let him.
Ratu Duo tidak mahu membenarkannya.
"I cannot part with my necklace"
"Saya tidak boleh berpisah dengan kalung saya"
"It is my most valuable jewel"
"Ia adalah permata saya yang paling berharga"
But the boy did not stop crying.
Tetapi budak itu tidak berhenti menangis.
So she took the necklace off her neck.

Jadi dia mengambil kalung itu dari lehernya.

And she put the necklace into the boy's hand.

Dan dia meletakkan rantai itu ke tangan budak lelaki itu.

The boy quickly stopped crying.

Budak itu segera berhenti menangis.

And he held the necklace in his hand.

Dan dia memegang rantai itu di tangannya.

The female barber had finished her work.

Tukang gunting rambut wanita itu telah menyelesaikan kerjanya.

She was packing up her tools.

Dia sedang mengemas peralatannya.

And she was about to leave the palace.

Dan dia hendak meninggalkan istana.

So the queen wanted the necklace back.

Jadi permaisuri mahu kalung itu kembali.

But the boy would not let her have the necklace.

Tetapi budak lelaki itu tidak membenarkan dia memiliki kalung itu.

His mother attempted to snatch the necklace from him.

Ibunya cuba merampas rantai itu daripadanya.

But he wept bitterly when she tried.

Tetapi dia menangis dengan sedih apabila dia mencuba.

And he cried as if his heart would break.

Dan dia menangis seolah-olah hatinya akan hancur.

The female barber politely asked the queen;

Tukang gunting rambut wanita itu dengan sopan bertanya kepada permaisuri;

"Please let the boy take the necklace home"

"Tolong biarkan budak itu membawa pulang kalung itu"

"He will fall asleep after drinking his milk"

"Dia akan tertidur selepas minum susunya"

"And then I will bring your necklace back"

"Dan kemudian saya akan membawa kembali kalung awak"

She could see she had no choice.

Dia dapat melihat dia tidak mempunyai pilihan.

The boy would not allow her to take the necklace.

Budak itu tidak membenarkan dia mengambil rantai itu.
So she agreed to the proposal.
Jadi dia bersetuju dengan cadangan itu.
"Dalim must now be long dead," she thought.
"Dalim kini pasti sudah lama mati," fikirnya.
And she had nothing to worry about.
Dan dia tidak perlu risau.

The princess had the prized necklace.
Puteri mempunyai kalung berharga itu.
The treasure bound to her husband's life.
Harta yang terikat dengan nyawa suaminya.
She rushed back to the garden-house.
Dia bergegas kembali ke rumah taman.
And she gave the necklace to Dalim.
Dan dia memberikan rantai itu kepada Dalim.
Dalim had been alive all morning.
Dalim masih hidup sepanjang pagi.
It was the first time he saw the sun again.
Itulah kali pertama dia melihat matahari sekali lagi.
Their joy of his life knew no bounds.
Kegembiraan mereka dalam hidupnya tidak mengenal batas.
Their friend advised them to go to the palace.
Rakan mereka menasihati mereka untuk pergi ke istana.
"Go to the palace tomorrow"
"Pergi ke istana esok"
"Present yourselves to the King and Queen"
"Persembahkan diri kamu kepada Raja dan Permaisuri"
"Let them know you're alive and well"
"Beritahu mereka bahawa anda masih hidup dan sihat"
The couple accepted their friend's advice.
Pasangan itu menerima nasihat rakan mereka.
And they prepared everything for their arrival.
Dan mereka menyediakan segala-galanya untuk kedatangan mereka.
An elephant was brought for the prince.
Seekor gajah dibawa untuk putera raja.

A pair of ponies were brought for the boys.

Sepasang kuda telah dibawa untuk kanak-kanak lelaki.

And there was a grand chaturdala.

Dan terdapat chaturdala besar.

It was furnished with curtains of gold lace.

Ia dilengkapi dengan langsir renda emas.

Word was sent to the king and the Queen Suo.

Berita telah dihantar kepada raja dan Permaisuri Suo.

"Prince Dalim Kumar is alive and well"

"Putera Dalim Kumar masih hidup dan sihat"

"And he is coming to visit you"

"Dan dia akan datang melawat awak"

"Now he has a wife and two sons"

"Sekarang dia mempunyai seorang isteri dan dua anak lelaki "

The King and Queen Suo could hardly believe it.

Raja dan Permaisuri Suo hampir tidak percaya.

But they were assured that it was all true.

Tetapi mereka diberi jaminan bahawa semuanya benar.

Queen Duo quickly realized her predicament.

Permaisuri Duo dengan cepat menyedari kesusahannya.

And she became overwhelmed with grief.

Dan dia diliputi kesedihan.

A band of musicians followed the prince.

Sekumpulan pemuzik mengikuti putera raja.

Prince Dalim Kumar approached the palace-gate.

Putera Dalim Kumar menghampiri pintu gerbang istana.

The King and Queen Suo went to the gates.

Raja dan Permaisuri Suo pergi ke pintu pagar.

And they welcomed their long-lost son.

Dan mereka menyambut anak lelaki mereka yang telah lama hilang.

You can imagine how happy they were.

Anda boleh bayangkan betapa gembiranya mereka.

Dalim told his parents of his death.

Dalim memberitahu ibu bapanya tentang kematiannya.

He told them of the pond by the palace.

Dia memberitahu mereka tentang kolam di tepi istana.

And he told them of the fish in the pond.
Dan dia memberitahu mereka tentang ikan di dalam kolam.
He told them of the wooden box in the fish.
Dia memberitahu mereka tentang kotak kayu dalam ikan itu.
He told them of the necklace in the wooden box.
Dia memberitahu mereka tentang rantai di dalam kotak kayu itu.
And he told them the secret of his life.
Dan dia memberitahu mereka rahsia hidupnya.
He told them how he died each night.
Dia memberitahu mereka bagaimana dia mati setiap malam.
Of course he also mentioned his new wife.
Sudah tentu dia juga menyebut tentang isteri barunya.
The king was inflamed with rage at the news.
Raja berapi-api dengan kemarahan mendengar berita itu.
He ordered Queen Duo into his presence.
Dia mengarahkan Ratu Duo ke hadapannya.
A large hole was dug in the ground.
Sebuah lubang besar digali di dalam tanah.
The hole was as deep as the height of a man.
Lubang itu sedalam ketinggian seorang lelaki.
Queen Duo was made to stand in the hole.
Ratu Duo dipaksa berdiri di dalam lubang.
Prickly thorns were heaped around her.
Duri berduri bertimbun di sekelilingnya.
The thorns went up to the crown of her head.
Duri itu naik ke ubun-ubun kepalanya.
And in this manner she was buried alive.
Dan dengan cara ini dia dikebumikan hidup-hidup.

Phakir Chand
Phakir Chand

There was once a king, who had a son.
Pernah ada seorang raja, yang mempunyai seorang anak lelaki.
The king's minister also had a son.
Menteri raja juga mempunyai seorang anak lelaki.
The two sons loved each other dearly.
Kedua-dua anak lelaki itu sangat menyayangi antara satu sama lain.
And they did everything together.
Dan mereka melakukan semuanya bersama-sama.
The two sons sat and stood up together.
Kedua-dua anak lelaki itu duduk dan berdiri bersama-sama.
They walked together to the same places.
Mereka berjalan bersama ke tempat yang sama.
They ate their meals together.
Mereka makan bersama-sama.
They slept and got up together.
Mereka tidur dan bangun bersama-sama.
They spent years in each other's company.
Mereka menghabiskan masa bertahun-tahun di syarikat masing-masing.
One day they both felt a new desire.
Suatu hari mereka berdua merasakan keinginan baru.
They wanted to see foreign lands.
Mereka mahu melihat tanah asing.
And so they set out on their journey.
Maka mereka pun memulakan perjalanan mereka.
One of them was the son of a king.
Salah seorang daripada mereka adalah anak raja.
One of them was the son of his chief minister.
Salah seorang daripada mereka ialah anak kepada ketua menterinya.
So of course they were both quite rich.
Jadi sudah tentu mereka berdua agak kaya.

But they did not take any servants with them.
Tetapi mereka tidak membawa pelayan bersama mereka.
They went by themselves, on horseback.
Mereka pergi sendiri, menunggang kuda.
The horses were beautiful to look at.
Kuda-kuda itu indah dipandang.
They were Pakshirajes horses.
Mereka adalah kuda Pakshirajes.
Such horses are known as the kings of birds.
Kuda sebegini dikenali sebagai raja burung.
The two sons rode together for many days.
Kedua-dua anak lelaki itu menunggang bersama selama
beberapa hari.
They passed through extensive plains.
Mereka melalui dataran yang luas.
And the plains were covered with paddy.
Dan dataran ditutup dengan padi.
And they passed through strange cities.
Dan mereka melalui bandar-bandar asing.
And they passed through towns, and villages.
Dan mereka melalui bandar-bandar, dan kampung-kampung.
They passed through treeless deserts.
Mereka melalui padang pasir tanpa pokok.
And they passed through forests.
Dan mereka melalui hutan.
And the forests were dense with trees.
Dan hutan itu padat dengan pepohonan.
These forests were the abode of the tiger.
Hutan ini adalah tempat tinggal harimau.
And the bear also lived in these forests.
Dan beruang itu juga tinggal di hutan ini.
One evening they were overtaken by the night.
Pada suatu petang mereka ditimpa oleh malam itu.
They had not seen any human habitations.
Mereka tidak pernah melihat sebarang kediaman manusia.
But it was getting darker and darker.
Tetapi ia semakin gelap dan semakin gelap.

So they dismounted beneath a lofty tree.

Maka turunlah mereka di bawah sebatang pokok yang tinggi.

They tied their horses to the tree.

Mereka mengikat kuda mereka pada pokok itu.

And then they climbed up the tree.

Dan kemudian mereka memanjat pokok itu.

They covered the branches with thick foliage.

Mereka menutup dahan dengan dedaunan tebal.

So that they could sit on the branches.

Supaya mereka boleh duduk di atas dahan.

The tree had grown near a large body of water.

Pokok itu telah tumbuh berhampiran badan air yang besar.

The water was as clear as the eye of a crow.

Airnya jernih seperti mata burung gagak.

The two friends made themselves comfortable.

Kedua-dua sahabat membuat diri mereka selesa.

Of course it wasn't very comfortable in a tree.

Sudah tentu ia tidak begitu selesa di atas pokok.

But it wasn't uncomfortable in the tree either.

Tetapi ia juga tidak selesa di dalam pokok itu.

They had decided to spend the night there.

Mereka telah memutuskan untuk bermalam di sana.

They sometimes chatted together in whispers.

Mereka kadang-kadang berbual bersama secara berbisik.

They felt whispering was better than talking.

Mereka merasakan berbisik lebih baik daripada bercakap.

Because the region seemed very strange to them.

Kerana wilayah itu kelihatan sangat aneh bagi mereka.

And soon they were falling into a doze.

Dan tidak lama kemudian mereka tertidur.

But their attention was suddenly jolted.

Tetapi perhatian mereka tiba-tiba tersentak.

From the water they heard a noise.

Dari air mereka mendengar bunyi.

It sounded like the rushing of water.

Bunyinya seperti deras air.

In front of them was a terrible sight!

Di hadapan mereka adalah pemandangan yang mengerikan!
A huge serpent came from under the water.
Seekor ular besar keluar dari bawah air.
The snake swam ashore and slithered around.
Ular itu berenang ke darat dan merayau-rayau.
But something else attracted their attention.
Tetapi sesuatu yang lain menarik perhatian mereka.
The crested hood of the serpent was shining.
Tudung jambul ular itu bersinar-sinar.
The snake had a brilliant manikya embedded.
Ular itu mempunyai manikya yang cemerlang tertanam.
The jewel shone like a thousand diamonds.
Permata itu bersinar seperti seribu berlian.
The crystal lit up the water in the tank.
Kristal itu menerangi air di dalam tangki.
The embankments and trees were irradiated.
Tambak dan pokok telah disinari.
The serpent doffed the jewel from its crest.
Ular itu menutup permata dari puncaknya.
And the serpent threw the jewel on the ground.
Dan ular itu melemparkan permata itu ke tanah.
And then the serpent went in search of food.
Dan kemudian ular itu pergi mencari makanan.
They could not believe what they had seen.
Mereka tidak percaya dengan apa yang mereka lihat.
They stayed in the safety of the tree.
Mereka tinggal dalam keselamatan pokok itu.
But they greatly admired the jewel.
Tetapi mereka sangat mengagumi permata itu.
The ruby shed an ineffable luster.
Batu delima mengeluarkan kilauan yang tidak dapat
digambarkan.
Everything had a magical glow around it.
Segala-galanya mempunyai cahaya ajaib di sekelilingnya.
They had never seen anything like it.
Mereka tidak pernah melihat perkara seperti itu.
Although, they had heard of this treasure.

Walaupun, mereka telah mendengar tentang harta ini.

The jewel equaled the treasures of seven kings.

Permata itu menyamai khazanah tujuh raja.

But their admiration soon changed to fear.

Tetapi kekaguman mereka tidak lama kemudian berubah menjadi ketakutan.

The serpent came to the foot of their tree.

Ular itu datang ke kaki pokok mereka.

The serpent had found their horses!

Ular itu telah menemui kuda mereka!

The poor horses had been tied to the tree.

Kuda-kuda malang itu telah diikat pada pokok itu.

The animals had no way of escaping.

Haiwan itu tidak mempunyai cara untuk melarikan diri.

One by one the serpent ate their horses.

Satu persatu ular itu memakan kuda mereka.

But the serpent's appetite did not seem satisfied.

Tetapi selera ular itu nampaknya tidak puas.

They feared they would be the next victims.

Mereka takut mereka akan menjadi mangsa seterusnya.

But their fears were soon relieved.

Tetapi ketakutan mereka segera lega.

The gigantic cobra had not seen them.

Ular ular tedung gergasi tidak melihat mereka.

And eventually the snake left again.

Dan akhirnya ular itu pergi lagi.

The minister's son saw an opportunity.

Anak menteri nampak peluang.

This was his chance to take the gem.

Ini adalah peluangnya untuk mengambil permata itu.

But there was one problem they had.

Tetapi ada satu masalah yang mereka hadapi.

The jewel shone incredibly bright.

Permata itu bersinar sangat terang.

The serpent would know what had happened.

Ular itu akan tahu apa yang telah berlaku.

But there was a way to overcome this problem.

Tetapi ada cara untuk mengatasi masalah ini.
And the minister's son knew the solution.
Dan anak menteri tahu penyelesaiannya.
He had to cover the stone with horse-dung.
Dia terpaksa menutup batu itu dengan tahi kuda.
And there was some horse-dung by the tree.
Dan terdapat beberapa tahi kuda di tepi pokok itu.
He quietly came down from the tree.
Dia perlahan-lahan turun dari pokok itu.
He picked up the horse-dung off the floor.
Dia mengutip tahi kuda dari lantai.
And he threw the dung upon the precious stone.
Dan dia melemparkan tahi ke atas batu permata itu.
And then he climbed up into the tree again.
Dan kemudian dia memanjat ke atas pokok itu semula.
The serpent noticed something had happened.
Ular itu menyedari sesuatu telah berlaku.
The light of the jewel had vanished.
Cahaya permata itu telah hilang.
The serpent rushed back with great fury.
Ular itu bergegas kembali dengan sangat marah.
The serpent returned to where it had left the stone.
Ular itu kembali ke tempat ia meninggalkan batu itu.
The serpent let out a frightful hiss at the night.
Ular itu mengeluarkan desisan yang menakutkan pada waktu malam.
The snake's groans and convulsions were terrible.
Erangan dan sawan ular itu amat dahsyat.
The snake went round and round the jewel.
Ular itu mengelilingi permata itu.
But the stone was covered with horse-dung.
Tetapi batu itu ditutup dengan tahi kuda.
This way the serpent could not see its treasure.
Dengan cara ini ular tidak dapat melihat hartanya.
Finally, the serpent breathed its last breath.
Akhirnya, ular itu menghembuskan nafasnya yang terakhir.

The two friends did not sleep much that night.
Dua sahabat itu tidak banyak tidur malam itu.
In the morning they came down from the tree.
Pada waktu pagi mereka turun dari pokok.
They went to where the crest-jewel was.
Mereka pergi ke tempat permata jambul itu berada.
The mighty serpent was still laying there.
Ular perkasa itu masih berbaring di situ.
But now the snake's body was perfectly lifeless.
Tetapi kini tubuh ular itu tidak bermaya dengan sempurna.
The friend of the prince stepped over the dead snake.
Kawan putera raja memijak ular yang mati itu.
And he picked up the dung covered jewel.
Dan dia mengambil permata yang ditutupi tahi.
Both of them went to the bank of the water.
Kedua-duanya pergi ke tebing air.
And they washed the precious stone.
Dan mereka mencuci batu permata itu.
Finally, all the dung had been washed off.
Akhirnya, semua najis telah dibasuh.
And the jewel shone as brilliantly as before.
Dan permata itu bersinar dengan cemerlang seperti dahulu.
The jewel lit up the entire bed of the tank of water.
Permata itu menerangi seluruh katil tangki air.
Now they could see the innumerable fishes.
Kini mereka dapat melihat ikan-ikan yang tidak terkira
banyaknya.
But the light also revealed something else.
Tetapi cahaya itu juga mendedahkan sesuatu yang lain.
This astonished them more than all the fishes.
Ini mengejutkan mereka lebih daripada semua ikan.
In the bottom of the water there was something.
Di dasar air ada sesuatu.
They could see there were lofty walls.
Mereka dapat melihat ada dinding yang tinggi.
The walls were from a magnificent palace.
Dindingnya adalah dari istana yang megah.

The prince's friend was feeling venturesome.
Rakan putera itu berasa berani.
He convinced the king's son to follow him.
Dia meyakinkan anak raja untuk mengikutnya.
And then they wanted to swim to the palace below.
Dan kemudian mereka mahu berenang ke istana di bawah.
The prince's friend took the jewel in his hand.
Rakan putera raja mengambil permata di tangannya.
And they both dived into the waters.
Dan mereka berdua menyelam ke dalam air.
Soon they stood at the gate of the palace.
Tidak lama kemudian mereka berdiri di pintu pagar istana.
To their surprise the gate was open.
Terkejut mereka pintu pagar terbuka.
They saw no being, human or superhuman.
Mereka tidak melihat makhluk, manusia atau manusia super.
So they decided to venture inside the gate.
Jadi mereka memutuskan untuk meneroka ke dalam pintu pagar.
Inside the walls there was a beautiful garden.
Di dalam dinding terdapat taman yang indah.
In the middle of the garden was a house.
Di tengah-tengah taman itu terdapat sebuah rumah.
No one had ever seen so many flowers.
Tiada siapa yang pernah melihat begitu banyak bunga.
There were roses of all imaginable varieties.
Terdapat bunga ros dari semua jenis yang boleh dibayangkan.
There were endless numbers of yellow jessamine.
Terdapat bilangan jessamine kuning yang tidak terhingga.
And there were numerous white bell flowers.
Dan terdapat banyak bunga loceng putih.
These flowers were the king of smells.
Bunga-bunga ini adalah raja bau.
The most scented lily of the valley.
Lily paling wangi di lembah.
There were the flowers from the champaka tree.
Terdapat bunga dari pokok champaka.

And a thousand other sweet-scented flowers.

Dan seribu bunga wangi yang lain.

Acres covered with the delicious jessamine.

Ekar yang diliputi dengan jessamine yang lazat.

All the plants were gemmed with flowers.

Semua tumbuh-tumbuhan dihiasi dengan bunga.

And all the flowers were in full bloom.

Dan semua bunga telah mekar penuh.

So the air was loaded with rich perfume.

Jadi udara sarat dengan minyak wangi yang kaya.

A wilderness of sweet scents everywhere.

Padang belantara bau harum di mana-mana.

They went through this paradise of perfumery.

Mereka melalui syurga minyak wangi ini.

And eventually they reached the house.

Dan akhirnya mereka sampai di rumah.

The house was surrounded by lofty trees.

Rumah itu dikelilingi oleh pokok-pokok yang tinggi.

Soon they stood at the door of the house.

Tidak lama kemudian mereka berdiri di depan pintu rumah.

Now they could see it was a fairy palace.

Kini mereka dapat melihat ia adalah istana kayangan.

The walls were of burnished gold.

Dindingnya daripada emas berkilauan.

Here and there shone diamonds of dazzling hue.

Di sana sini bersinar berlian dengan warna yang
mempesonakan.

But they did not see any beings.

Tetapi mereka tidak melihat sebarang makhluk.

So they went inside the palace.

Jadi mereka masuk ke dalam istana.

The palace was richly furnished.

Istana itu berperabot mewah.

They went from room to room.

Mereka pergi dari bilik ke bilik.

But they did not see anyone.

Tetapi mereka tidak melihat sesiapa pun.

It seemed to be a deserted house.
Ia kelihatan seperti rumah yang lengang.
At last, however, they found a special room.
Namun, akhirnya mereka menemui sebuah bilik khas.
In this room there was a young lady.
Di dalam bilik ini terdapat seorang wanita muda.
She was sleeping on a golden bed.
Dia sedang tidur di atas katil emas.
The young lady was of exquisite beauty.
Wanita muda itu sangat cantik.
Her complexion was a mixture of red and white.
Wajahnya adalah campuran merah dan putih.
She seemed to be about sixteen years of age.
Dia kelihatan berumur kira-kira enam belas tahun.
The two friends gazed upon her.
Kedua-dua sahabat itu memandang ke arahnya.
They were enchanted by her beauty.
Mereka terpesona dengan kecantikannya.
But they could not admire her for long.
Tetapi mereka tidak dapat mengaguminya lama.
Because the young lady opened her eyes.
Kerana wanita muda itu membuka matanya.
Her eyes seemed like the eyes of a gazelle.
Matanya seakan-akan mata kijang.
On seeing the strangers she said;
Apabila melihat orang yang tidak dikenali dia berkata;
"How have you come here, ye unfortunate men?"
"Bagaimana kamu datang ke sini, wahai lelaki malang?"
"Be gone, be gone! I beg of you two"
"Pergilah, pergilah! Saya mohon kepada kamu berdua"
"This is the abode of a mighty serpent"
"Inilah tempat tinggal ular yang kuat "
"The serpent which has devoured my parents"
"Ular yang telah memakan ibu bapaku"
"And my brothers, and all my relatives"
"Dan saudara-saudaraku, dan semua saudaraku"
"I am the only one that he has spared"

"Saya satu-satunya yang dia selamatkan"
"Flee for your lives while you still can"
"Larilah untuk hidupmu selagi kamu masih mampu"
"Or else the serpent will eat you both"
"Kalau tidak ular itu akan memakan kamu berdua"
The prince's friend told her what had happened.
Rakan putera raja memberitahunya apa yang berlaku.
"The serpent has breathed his last breath"
"Ular telah menghembuskan nafasnya yang terakhir"
"The snake's body lies lifeless on the floor"
"Mayat ular itu terbaring tidak bermaya di atas lantai"
"We took the head-jewel of the serpent"
"Kami mengambil permata kepala ular"
"The jewel's light showed us to the palace.
"Cahaya permata menunjukkan kami ke istana.
She thanked the strangers for their bravery.
Dia berterima kasih kepada orang asing atas keberanian
mereka.
"You have freed me from the infernal serpent"
"Engkau telah membebaskanku daripada ular neraka"
"Please live with me in my palace"
"Tolong tinggal bersama saya di istana saya"
"But please promise never to desert me"
"Tetapi tolong berjanji untuk tidak meninggalkan saya"
They gladly accepted the invitation.
Mereka dengan senang hati menerima jemputan itu.
The king's son was smitten with the princess.
Putera raja telah dipukul dengan puteri.
He adored the charms of the peerless princess.
Dia memuja pesona puteri yang tiada bandingannya.
And he married her after a short time.
Dan dia berkahwin dengannya selepas masa yang singkat.
There was no priest at the palace.
Tidak ada imam di istana.
So the hymeneal knot was tied by other means.
Jadi simpulan hymeneal diikat dengan cara lain.
A simple exchange of garlands of flowers.

Pertukaran kalungan bunga yang ringkas.
The king's son became inexpressibly happy.
Anak raja menjadi sangat gembira.
He delighted in the company of the princess.
Dia gembira dengan kehadiran puteri itu.
The prince's friend also had a wife.
Kawan putera raja pun ada isteri.
Of course she was living in the upper world.
Sudah tentu dia tinggal di dunia atas.
But he participated in his friend's happiness.
Tetapi dia turut serta dalam kebahagiaan kawannya.
The time they spent together passed merrily.
Masa yang mereka habiskan bersama berlalu dengan riang.
But they could not live here forever.
Tetapi mereka tidak boleh tinggal di sini selama-lamanya.
The prince had to return to his kingdom.
Putera raja terpaksa kembali ke kerajaannya.
But he knew the return would require some planning.
Tetapi dia tahu pemulangan itu memerlukan beberapa perancangan.
The occasion would come with a lot of pomp.
Majlis itu akan datang dengan banyak kemegahan.
There were going to be many ceremonies.
Terdapat banyak upacara yang akan diadakan.
Because there was a lot to be celebrated.
Kerana banyak yang perlu diraikan.
First the prince's friend was going to go.
Mula-mula kawan putera raja akan pergi.
And then he was going to return with the attendants.
Dan kemudian dia akan kembali dengan atendan.
Horses, and elephants for the happy pair.
Kuda, dan gajah untuk pasangan bahagia.
The prince accompanied his friend.
Putera raja menemani rakannya.
Together they went back to the surface.
Bersama-sama mereka kembali ke permukaan.
And they saw the upper world again.

Dan mereka melihat dunia atas sekali lagi.

The two friends bid each other adieu.

Dua sahabat itu mengucapkan selamat tinggal.

The prince returned to his lovely wife.

Putera raja kembali kepada isteri tersayang.

Before leaving everything had been organized.

Sebelum bertolak semuanya telah diatur.

The prince's friend arranged his return.

Rakan putera raja mengatur kepulangannya.

He said when he was going to go the embankment.

Katanya semasa hendak pergi ke tambak.

He was going to have the horses that they needed.

Dia akan mendapatkan kuda yang mereka perlukan.

Elephants were going to be there too, and attendants.

Gajah akan berada di sana juga, dan atendan.

They were going to wait upon the prince and princess.

Mereka akan menunggu putera dan puteri.

The snake-jewel gave them the rights to this.

Permata ular memberi mereka hak untuk ini.

The prince's friend went back to his country.

Kawan putera raja itu pulang ke negerinya.

To prepare for the return of his friend.

Untuk mempersiapkan kepulangan kawannya.

One day the prince was sleeping.

Pada suatu hari putera raja sedang tidur.

He had just had his midday meal.

Dia baru sahaja makan tengah hari.

The princess had never seen the upper regions.

Puteri tidak pernah melihat kawasan atas.

She felt the desire to see the upper world.

Dia merasakan keinginan untuk melihat dunia atas.

For this she needed the snake-jewel.

Untuk ini dia memerlukan permata ular.

Only this could help her through the water.

Hanya ini boleh membantu dia melalui air.

The jewel was shining its bright light in the room.

Permata itu memancarkan cahaya terangnya di dalam bilik itu.

She took the snake-jewel into her hand.

Dia mengambil permata ular itu ke dalam tangannya.

And then she left the palace and the garden.

Dan kemudian dia meninggalkan istana dan taman.

She successfully swam to the upper world.

Dia berjaya berenang ke dunia atas.

No mortal had caught sight of her.

Tiada manusia yang melihatnya.

At the edge of the water were some steps.

Di tepi air terdapat beberapa anak tangga.

The steps were for the convenience of bathers.

Langkah-langkah itu adalah untuk kemudahan mandi.

And this is also where she sat.

Dan ini juga tempat dia duduk.

She scrubbed her body with the sand.

Dia menggosok badannya dengan pasir.

She washed her hair with the fresh water.

Dia membasuh rambutnya dengan air tawar.

And she played with the water for fun.

Dan dia bermain dengan air untuk berseronok.

She walked about on the water's edge.

Dia berjalan di tepi air.

And she admired all the scenery around.

Dan dia mengagumi semua pemandangan di sekeliling.

But finally she returned back to her palace.

Tetapi akhirnya dia kembali semula ke istananya.

Her husband was still deep in sleep.

Suaminya masih lena.

But eventually he had slept enough.

Tetapi akhirnya dia sudah cukup tidur.

She did not tell him about her adventures.

Dia tidak memberitahunya tentang pengembaraannya.

The next day her husband fell asleep again.

Keesokan harinya suaminya tertidur semula.

And again she paid a visit the upper world.

Dan sekali lagi dia melawat dunia atas.
And she remained unnoticed by mortal man.
Dan dia tetap tidak disedari oleh lelaki fana.
Her success was starting to give her courage.
Kejayaannya mula memberi keberanian.
So she repeated her adventure a third time.
Jadi dia mengulangi pengembaraannya untuk kali ketiga.
The rajah's son was out hunting that day.
Anak rajah keluar memburu hari itu.
He had his tent not far from the water.
Dia mempunyai khemah tidak jauh dari air.
His attendants were cooking his meal.
Petugasnya sedang memasak makanannya.
So, he wandered about along the water.
Jadi, dia bersiar-siar di sepanjang air.
Nearby an old woman was gathering sticks.
Berdekatan seorang wanita tua sedang mengumpul kayu.
She was collecting dried branches of trees.
Dia sedang mengumpul dahan pokok yang kering.
She needed the sticks for kindling wood.
Dia memerlukan kayu untuk membakar kayu.
This was when the princess came out the water.
Ini adalah ketika puteri keluar dari air.
She gazed around and she saw a man.
Dia memandang sekeliling dan dia ternampak seorang lelaki.
And then she saw there was also a woman.
Dan kemudian dia melihat ada juga seorang wanita.
The princess knew she didn't want to be seen.
Puteri tahu dia tidak mahu dilihat.
So she went back down to her palace.
Jadi dia turun semula ke istananya.
But the rajah's son had caught a glimpse of her.
Tetapi anak rajah telah melihatnya sekilas.
And the old woman gathering sticks saw her too.
Dan wanita tua yang sedang mengumpul kayu itu melihatnya
juga.
The rajah's son stood gazing on the waters.

Anak raja berdiri merenung air.
He had never seen such a beautiful woman.
Dia tidak pernah melihat wanita secantik itu.
She seemed to him to be a deva-kanyas.
Dia seolah-olah dia seorang dewa-kanya.
Heavenly goddesses he had read of in old books.
Dewi-dewi syurga yang pernah dia baca dalam buku-buku lama.
They are said to visit the upper world.
Mereka dikatakan melawat dunia atas.
And the upper world is honored to have them.
Dan dunia atas berbesar hati untuk memilikinya.
But it is said to happen only rarely.
Tetapi ia dikatakan jarang berlaku.
The way that angels only visit rarely.
Cara yang jarang dikunjungi malaikat.
He had seen the princess' unearthly beauty.
Dia telah melihat kecantikan puteri yang tidak wajar itu.
She had made a deep impression on his heart.
Dia telah membuat kesan yang mendalam di hati lelaki itu.
Although he had seen her only for a moment.
Walaupun dia melihatnya hanya seketika.
But her beauty distracted his mind.
Tetapi kecantikannya mengganggu fikirannya.
He stood there like a statue, for hours.
Dia berdiri di sana seperti patung, selama berjam-jam.
All he could do was gaze into the waters.
Apa yang mampu dia lakukan hanyalah merenung ke dalam air.
In the hope of seeing the lovely figure again.
Dengan harapan dapat berjumpa lagi dengan susuk tubuh cantik itu.
But all his time was spent in vain.
Tetapi semua masanya dihabiskan dengan sia-sia.
The princess did not appear again.
Puteri tidak muncul lagi.
The rajah's son became mad with love.

Anak rajah menjadi gila kerana cinta.
He kept muttering, "now here, now gone!"
Dia terus bergumam, "sekarang di sini, sekarang pergi!"
He refused to leave the water's edge.
Dia enggan meninggalkan tepi air.
His attendants had to forcibly remove him.
Petugasnya terpaksa mengeluarkannya secara paksa.
They took him to his father's palace.
Mereka membawanya ke istana ayahnya.
But he was in a state of hopeless insanity.
Tetapi dia berada dalam keadaan gila tanpa harapan.
He couldn't be made to speak to anyone.
Dia tidak boleh disuruh bercakap dengan sesiapa pun.
And he spent his days sobbing heavily.
Dan dia menghabiskan hari-harinya dengan menangis teresak-esak.
No others words came out of his mouth.
Tiada perkataan lain yang keluar dari mulutnya.
"Now here, now gone!"
"Sekarang di sini, sekarang pergi!"
"Now here, now gone!"
"Sekarang di sini, sekarang pergi!"
You can imagine the rajah's grief.
Anda boleh bayangkan kesedihan rajah.
"What could have deranged my son's mind?"
"Apa yang boleh mengganggu fikiran anak saya?"
"'Now here, now gone,' what does it mean?"
"'Sekarang di sini, sekarang pergi,' apakah maksudnya?"
He could not unravel the words' meaning.
Dia tidak dapat merungkai maksud perkataan itu.
His attendants couldn't decipher the words either.
Petugasnya juga tidak dapat menguraikan kata-kata itu.
The land's best physicians were consulted.
Pakar perubatan terbaik di tanah itu telah dirujuk.
But their consultation had no effect.
Tetapi perundingan mereka tidak memberi kesan.
The sons of æsculapius were not able to help.

Anak-anak æsculapius tidak dapat membantu.
No one could ascertain the cause of the madness.
Tiada siapa yang dapat memastikan punca kegilaan itu.
Without knowing the cause there was no cure.
Tanpa mengetahui punca tiada ubatnya.
The physicians tried to ask the prince.
Para doktor cuba bertanya kepada putera raja.
But all he said was, "now here, now gone!"
Tetapi apa yang dia katakan ialah, "sekarang di sini, sekarang pergi!"
The rajah was distracted with grief.
Rajah terganggu dengan kesedihan.
Day and night he worried for his son.
Siang malam dia risaukan anaknya.
He wished for his son's intellects to return.
Dia berharap agar akal anaknya kembali.
A proclamation was made in the capital.
Pengisytiharan dibuat di ibu negara.
Town criers were sent into the city.
Penjerit bandar dihantar ke bandar.
And they beat their drums for attention.
Dan mereka memukul gendang mereka untuk perhatian.
"The rajah's son has lost his mental faculties"
"Anak raja telah kehilangan akal fikirannya"
"The rajah seeks a cure for his son"
"Rajah mencari penawar untuk anaknya"
"A reward is offered for the cure"
"Hadiah ditawarkan untuk penawar"
"The hand of the rajah's daughter"
"Tangan anak perempuan raja"
"Her hand comes with half his kingdom"
"Tangannya datang dengan separuh kerajaannya"
The drum was beaten around the city.
Dram itu dipukul di sekitar bandar.
But no one felt they could touch the drum.
Tetapi tiada siapa merasakan mereka boleh menyentuh dram itu.

No one knew the cause of his madness.
Tiada siapa yang tahu punca kegilaannya.
At last an old woman came forward.
Akhirnya seorang wanita tua datang ke hadapan.
And she stepped up to touch the drum.
Dan dia melangkah untuk menyentuh dram.
"I will discover the cause of his madness"
"Saya akan menemui punca kegilaannya"
"And I will cure him from his disease"
"Dan Aku akan menyembuhkannya dari penyakitnya"
She had seen what happened to the boy.
Dia telah melihat apa yang berlaku kepada budak lelaki itu.
She was at the water's edge that day.
Dia berada di tepi air hari itu.
It was her who was gathering up sticks.
Dialah yang sedang mengumpul kayu.
This woman had a crack-brained son.
Wanita ini mempunyai seorang anak lelaki otak retak.
Her son was named of Phakir-Chand.
Anak lelakinya bernama Phakir-Chand.
So she was called Phakir's mother.
Jadi dia dipanggil ibu Fakir.
The woman was brought before the rajah.
Wanita itu dibawa ke hadapan raja.
And the following conversation took place.
Dan perbualan berikut berlaku.
"You are the woman that touched the drum"
"Anda adalah wanita yang menyentuh gendang"
"You know the cause of my son's madness?"
"Anda tahu punca anak saya menjadi gila?"
"Yes, oh incarnation of justice!"
"Ya, oh penjelmaan keadilan!"
"I know the cause of your son's madness"
"Saya tahu punca kegilaan anak awak"
"But I will not say the cause of his madness"
"Tetapi saya tidak akan memberitahu punca kegilaannya"
"First I will cure your son of his madness"

"Pertama-tama saya akan menyembuhkan anak anda dari kegilaannya"
"How can I believe you are able to?"
"Bagaimana saya boleh percaya anda mampu?"
"The best physicians of the land have failed"
"Para tabib terbaik di bumi telah gagal"
"You need not now believe, my king"
"Kamu tidak perlu percaya sekarang, rajaku"
"Wait till I have performed the cure"
"Tunggu sehingga saya melakukan penawar"
"Many an old woman knows many secrets"
"Ramai wanita tua tahu banyak rahsia"
"Secrets wise men are unacquainted with"
"Rahsia orang bijak tidak diketahui"
"Very well, let me see what you can do"
"Baiklah, biar saya lihat apa yang boleh anda lakukan"
"In what time will you perform the cure?"
"Pada masa berapakah anda akan melakukan penawar?"
"It is impossible to fix the time"
"Adalah mustahil untuk menetapkan masa"
"Ff course I will begin work immediately"
"Tentu saja saya akan mula bekerja dengan segera"
"But I need your lordship's assistance"
"Tetapi saya perlukan bantuan Tuanku"
"What help do you require from me?"
"Apakah bantuan yang kamu perlukan daripada saya?"
"Your lordship will please order a hut"
"Tuan Tuan akan pesan pondok"
"Have the hut raised on the embankment of the water"
"Suruh pondok itu dinaikkan di atas tambak air"
"Where your son first caught the disease"
"Di mana anak anda mula-mula dijangkiti penyakit ini"
"I mean to live in that hut for a few days"
"Maksud saya tinggal di pondok itu untuk beberapa hari"
"And please order some of your servants"
"Dan tolong pesankan beberapa hambamu"
"They have to be in attendance at a distance"

"Mereka perlu hadir dari jauh"

"Tell them to be about a hundred yards away"

"Beritahu mereka berada kira-kira seratus ela"

"That way I can call them over when we need them"

"Dengan cara itu saya boleh memanggil mereka apabila kita memerlukannya"

The king had listened attentively.

Raja telah mendengar dengan penuh perhatian.

"I will order that to be immediately done"

"Saya akan memerintahkannya supaya segera dilakukan"

"Do you want anything else?"

"Adakah anda mahu apa-apa lagi?"

"Those are all the preparations I need"

"Itu semua persediaan yang saya perlukan"

"But let me remind you of the agreement"

"Tetapi izinkan saya mengingatkan anda tentang perjanjian itu"

"You promised the hand of your daughter"

"Anda berjanji dengan tangan anak perempuan anda"

"And you promised half your kingdom"

"Dan kamu menjanjikan separuh kerajaanmu"

"But I can't marry your daughter"

"Tetapi saya tidak boleh berkahwin dengan anak perempuan awak"

"Because your daughter has to marry a man"

"Sebab anak perempuan awak kena kahwin dengan lelaki"

"But I also have a son of marriageable age"

"Tetapi saya juga mempunyai seorang anak lelaki yang boleh berkahwin"

"Allow my son to marry your daughter"

"Izinkan anak saya mengahwini anak perempuan awak"

"Allow him to have half of your kingdom"

"Izinkan dia memiliki separuh daripada kerajaanmu"

The king was agreed with the terms.

Raja bersetuju dengan syarat itu.

"If you find a cure, he marries my daughter"

"Jika anda menemui penawar, dia berkahwin dengan anak perempuan saya"

"And half of my kingdom shall be his"

"Dan separuh daripada kerajaanku akan menjadi miliknya"

A temporary hut was quickly erected.

Sebuah pondok sementara segera didirikan.

The hut was built on the embankment of the water.

Pondok itu dibina di atas tambak air.

And Phakir's mother took up her abode.

Dan ibu Fakir menetap.

An outpost was also erected at some distance.

Sebuah pos luar juga didirikan pada jarak yang agak jauh.

Because the woman might require some attendance.

Kerana wanita itu mungkin memerlukan sedikit kehadiran.

Strict orders were given by Phakir's mother.

Tegas arahan ibu Phakir.

No one was allowed to go near the water.

Tiada sesiapa pun dibenarkan mendekati air.

Only she was allowed to stay by the water.

Hanya dia yang dibenarkan tinggal di tepi air.

But let us leave Phakir's mother at the water.

Tetapi marilah kita tinggalkan ibu Phakir di air.

Let us hasten down the subterranean palace.

Marilah kita bergegas turun ke istana bawah tanah.

To see what the prince and the princess are doing.

Untuk melihat apa yang dilakukan oleh putera dan puteri.

The princess did want to go up again.

Puteri memang nak naik lagi.

But she now knew that it would be dangerous.

Tetapi dia kini tahu bahawa ia akan berbahaya.

And she had given up the idea of a fourth visit.

Dan dia telah meninggalkan idea lawatan keempat.

But women generally have greater curiosity.

Tetapi wanita biasanya mempunyai rasa ingin tahu yang lebih besar.

And the princess was no exception to the rule.

Dan puteri tidak terkecuali daripada peraturan itu.
One day her husband was asleep.
Suatu hari suaminya sedang tidur.
He always slept after his noonday meal.
Dia selalu tidur selepas makan tengah hari.
She took the snake-jewel in her hand.
Dia mengambil permata ular di tangannya.
And she rushed out of the palace.
Dan dia bergegas keluar dari istana.
And she came up to the upper world.
Dan dia datang ke dunia atas.
There was an upheaval in the waters.
Terdapat pergolakan di perairan.
And Phakir's mother was on high alert.
Dan ibu Phakir dalam keadaan berjaga-jaga.
She was hiding in the hut.
Dia bersembunyi di pondok.
And she was looking through the chinks.
Dan dia melihat melalui cebisan.
The princess saw no human being nearby.
Puteri tidak nampak ada manusia berdekatan.
So she came to the bank of the water.
Jadi dia datang ke tebing air.
Phakir's mother showed herself outside the hut.
Ibu Fakir menunjukkan dirinya di luar pondok.
And she addressed the princess politely.
Dan dia memanggil puteri dengan sopan.
"Come, my child, thou queen of beauty"
"Mari, anakku, ratu kecantikan"
"Come to me, and I will help you to bathe"
"Datanglah kepadaku, aku akan menolongmu untuk mandi"
So saying, she approached the princess.
Setelah berkata, dia mendekati puteri.
The princess saw she was just an old woman.
Puteri melihat dia hanyalah seorang wanita tua.
So she made no resistance to her offer.
Jadi dia tidak menentang tawarannya.

The old woman was washing the princess' hair.
Wanita tua itu sedang mencuci rambut puteri.
And she noticed the bright jewel in her hand.
Dan dia perasan permata terang di tangannya.
"Out the jewel here till you are bathed"
"Keluarkan permata di sini sehingga anda dimandikan"
Now the jewel was in the hands of Phakir's mother.
Kini permata itu berada di tangan ibu Phakir.
She wrapped the jewel up in a cloth.
Dia membalut permata itu dengan kain.
And she wrapped the cloth around her waist.
Dan dia melilitkan kain itu di pinggangnya.
Now the princess was unable to escape.
Kini puteri tidak dapat melarikan diri.
And Phakir's mother gave the signal.
Dan ibu Phakir memberi isyarat.
The attendants rushed to the water.
Para atendan bergegas ke air.
And they took the princess captive.
Dan mereka menawan puteri itu.
The news soon reached the city.
Berita itu segera sampai ke bandar.
"Phakir's mother had captured a water-nymph"
"Ibu Phakir telah menangkap bidadari air"
And the people rejoiced at the news.
Dan orang ramai bergembira mendengar berita itu.
All came to see the"daughter of the immortals"
Semua datang untuk melihat "anak perempuan abadi"
She was brought to the palace.
Dia dibawa ke istana.
And she was brought to the rajah's son.
Dan dia dibawa kepada anak raja.
The rajah's son was still of impaired intellect.
Anak rajah itu masih cacat akal.
But that cloud on his brain soon dissipated.
Tetapi awan di otaknya segera hilang.
"I have found you! I have found you!"

"Saya telah jumpa awak! Saya telah jumpa awak!"
His eyes had been vacant and lusterless.
Matanya kosong dan tidak berkilat.
But now his eyes had the fire of intelligence.
Tetapi kini matanya mempunyai api kecerdasan.
He had almost lost the use of his tongue.
Dia hampir kehilangan penggunaan lidahnya.
"Now here, now gone!" was all he had been able to say.
"Sekarang di sini, sekarang pergi!" hanya itu yang mampu dia katakan.
But this sense too was restored.
Tetapi perasaan ini juga telah dipulihkan.
The joy of the rajah knew no bounds.
Kegembiraan raja tidak mengenal batas.
There was great festivity in the city.
Terdapat perayaan yang hebat di bandar.
The people praised Phakir-Chand's mother.
Orang ramai memuji ibu Phakir-Chand.
And everyone soon expected the marriage.
Dan semua orang tidak lama lagi menjangkakan perkahwinan itu.
The rajah's son was to wed the water-nymph.
Anak raja akan mengahwini bidadari air.
The princess, however, had made a promise.
Puteri, bagaimanapun, telah membuat janji.
She told Phakir's mother of her promise.
Dia memberitahu ibu Phakir tentang janjinya.
"I won't as much as look at another man"
"Saya tidak akan melihat lelaki lain"
"For one year my vows shall last"
"Selama satu tahun nazarku akan bertahan"
"The marriage cannot happen in that time"
"Perkahwinan tidak boleh berlaku pada masa itu"
The rajah's son was somewhat disappointed.
Anak rajah agak kecewa.
But he readily agreed to the delay.

Tetapi dia dengan senang hati bersetuju dengan penangguhan
itu.

"Delay enhances the sweetness of the pleasure"
"Kelewatan meningkatkan kemanisan keseronokan"
Of course the princess spent her time in sorrow.
Sudah tentu puteri menghabiskan masanya dalam kesedihan.
She spent her days and nights sighing.
Dia menghabiskan hari dan malamnya dengan mengeluh.
And she lamented her idle curiosity.
Dan dia merungut rasa ingin tahu terbiarnya.
The curiosity that led her to the upper world.
Rasa ingin tahu yang membawanya ke dunia atas.
The curiosity that separated her from her husband.
Rasa ingin tahu yang memisahkan dia dengan suaminya.
She thought of her unfortunate husband.
Dia memikirkan suaminya yang malang.
She had left him all alone below the waters.
Dia telah meninggalkannya seorang diri di bawah air.
And she wept bitter tears each day.
Dan dia menangis pahit setiap hari.
She wished that she could run away.
Dia berharap dia boleh melarikan diri.
But that would have been impossible.
Tetapi itu adalah mustahil.
Because she was immured within walls.
Kerana dia dimarahi dalam dinding.
And there were walls within the walls.
Dan terdapat dinding di dalam dinding.
And what use was getting out the palace?
Dan apa gunanya keluar dari istana?
She couldn't get to her husband anyway.
Dia tidak dapat menemui suaminya pula.
She didn't have the serpent jewel.
Dia tidak mempunyai permata ular itu.
The ladies of the palace tried to comfort her.
Wanita-wanita istana cuba menenangkannya.
And Phakir's mother tried to divert her mind.

Dan ibu Phakir cuba mengalihkan fikirannya.
But their efforts were in vain.
Tetapi usaha mereka sia-sia.
She took pleasure in nothing.
Dia tidak senang dengan apa-apa.
She hardly spoke to anyone.
Dia jarang bercakap dengan sesiapa.
She wept throughout the day.
Dia menangis sepanjang hari.
And she wept through the night.
Dan dia menangis sepanjang malam.

The year of her vow was drawing to a close.
Tahun ikrarnya semakin hampir.
But she was still disconsolate.
Tetapi dia masih kecewa.
The marriage, however, had to be celebrated.
Perkahwinan itu bagaimanapun terpaksa diraikan.
The rajah consulted the astrologers.
Raja berunding dengan ahli nujum.
The day and the hour had been decided.
Hari dan jam telah ditentukan.
The nuptial knot was to be tied.
Ikatan perkahwinan itu harus diikat.
Great preparations were made.
Persediaan yang hebat telah dibuat.
The confectioners were busy day and night.
Penjual kuih-muih sibuk siang dan malam.
They prepared all sorts of sweetmeats.
Mereka menyediakan pelbagai jenis manisan.
Milkmen supplied the palace with tanks of curds.
Tukang susu membekalkan istana dengan tangki dadih.
Great quantities of gunpowder were manufactured.
Sebilangan besar serbuk mesiu telah dihasilkan.
There were going to be grand fireworks.
Akan ada bunga api besar-besaran.
Stages were erected everywhere.

Pentas didirikan di mana-mana.
And musicians were selected to play music.
Dan pemuzik dipilih untuk bermain muzik.
All the city assumed an air of mirth.
Semua bandar merasakan suasana kegembiraan.
All looked forward to the festivities.
Semua menantikan perayaan tersebut.

We must return out attention to the minister's son.
Kita mesti kembalikan perhatian kepada anak menteri.
He had left his friend in the subterranean palace.
Dia telah meninggalkan kawannya di istana bawah tanah.
And he had gone to his country.
Dan dia telah pergi ke negaranya.
He was bringing horses and elephants.
Dia membawa kuda dan gajah.
And he had with him many attendants.
Dan dia mempunyai banyak pelayan bersamanya.
For the return of the king's son.
Demi kepulangan anak raja.
And for the return of his lovely princess.
Dan untuk kepulangan puteri kesayangannya.
So that the ceremony had due pomp.
Supaya majlis itu mempunyai kemegahan yang sewajarnya.
The preparations took him many months.
Persiapannya mengambil masa berbulan-bulan.
But eventually all was prepared.
Tetapi akhirnya semua telah disediakan.
And the minister's son started on his journey.
Dan anak menteri memulakan perjalanannya.
He was accompanied by a long train of elephants.
Dia diiringi oleh sekumpulan gajah yang panjang.
And behind the elephants were horses.
Dan di belakang gajah itu ada kuda.
And all the horses had their own attendants.
Dan semua kuda mempunyai pembantu mereka sendiri.
He reached the water ahead of schedule.

Dia mencapai air lebih awal daripada jadual.

So he had two or three days to spare.

Jadi dia mempunyai dua atau tiga hari lagi.

Tents were pitched in the mango slopes.

Khemah didirikan di cerun mangga.

So the men and cattle had accommodation.

Jadi lelaki dan lembu mempunyai tempat tinggal.

The minister's son kept his eyes on the water.

Anak menteri terus memandang air.

The sun of the appointed day sank below the horizon.

Matahari pada hari yang ditetapkan tenggelam di bawah ufuk.

But there was no sign of the prince.

Tetapi tiada tanda-tanda putera raja.

Nor did the princess come to the surface.

Puteri juga tidak muncul ke permukaan.

He waited two or three days longer.

Dia menunggu dua tiga hari lagi.

Still the prince did not make his appearance.

Masih putera raja tidak membuat penampilannya.

What could have happened to his friend?

Apa yang boleh berlaku kepada rakannya?

And where was his beautiful wife?

Dan di manakah isterinya yang cantik?

Had another serpent beaten them to death?

Adakah ular lain telah memukul mereka sehingga mati?

Possibly the mate of the one that had died.

Mungkin jodoh orang yang telah meninggal dunia.

Had they somehow lost the serpent-jewel?

Adakah mereka kehilangan permata ular itu?

Or had they perhaps visited the upper world?

Atau adakah mereka mungkin telah melawat dunia atas?

And had they been captured in the upper world?

Dan adakah mereka telah ditangkap di dunia atas?

Such were the reflections of the prince's friend.

Begitulah renungan sahabat putera raja.

The prince's friend was overwhelmed with grief.

Rakan putera raja dirundung kesedihan.
The waters were quite close to the city.
Perairan agak dekat dengan bandar.
And often the sound of music could be heard.
Dan selalunya bunyi muzik kedengaran.
He asked passers-by what that music meant.
Dia bertanya kepada orang yang lalu lalang apa maksud muzik itu.
He was told about the rajah's son.
Dia diberitahu tentang anak raja.
And he was told of a wonderful young lady.
Dan dia diberitahu tentang seorang wanita muda yang hebat.
And he was told they were going to marry.
Dan dia diberitahu mereka akan berkahwin.
And he was told more about the wonderful lady.
Dan dia diberitahu lebih lanjut tentang wanita hebat itu.
She had come out of the waters he was waiting by.
Dia telah keluar dari perairan yang dia tunggu.
The marriage ceremony was in two days.
Dua hari lagi majlis akad nikah.
The minister's son made the connection.
Anak menteri membuat sambungan.
The wonderful young lady was the wife of his friend.
Wanita muda yang hebat itu adalah isteri kawannya.
He resolved, therefore, to go into the city.
Oleh itu, dia memutuskan untuk pergi ke bandar.
And he was going to find out all he could.
Dan dia akan mencari semua yang dia boleh.
If he could, he would rescue the princess.
Jika dia boleh, dia akan menyelamatkan puteri itu.
He told the attendants to go home.
Dia menyuruh pembantunya pulang.
And he told them to take the elephants.
Dan dia menyuruh mereka mengambil gajah.
And he told them to take the horses.
Dan dia menyuruh mereka mengambil kuda-kuda itu.
And he himself went to the city.

Dan dia sendiri pergi ke bandar.
And he took up his abode in the house of a Brahman.
Dan dia menetap di rumah seorang Brahman.
First, he rested from his journey.
Pertama, dia berehat dari perjalanannya.
Then the prince's friend had his dinner.
Kemudian rakan putera raja makan malam.
And then he spoke to the Brahman.
Dan kemudian dia bercakap dengan Brahman.
"Throughout the city there are musicians and bands"
"Di seluruh bandar terdapat pemuzik dan kumpulan muzik"
"What is the cause of all the celebrations?
"Apakah punca semua perayaan itu?
The Brahman was rather surprised.
Brahman itu agak terkejut.
"From what part of the world have you come?"
"Dari bahagian dunia manakah kamu datang?"
"What rock have you been living under?"
"Kamu tinggal di bawah batu apa?"
"Have you not heard the wonderful news?"
"Apakah kamu tidak mendengar berita yang
menggembirakan itu?"
"A young lady of heavenly beauty"
"Seorang wanita muda kecantikan syurgawi"
"She rose out of the waters"
"Dia bangkit dari air"
"And she is going to the son of our rajah"
"Dan dia akan pergi kepada anak raja kita"
The prince's friend wanted to know more.
Rakan putera raja ingin tahu lebih lanjut.
The information could be useful.
Maklumat itu mungkin berguna.
"I have not heard of this news"
"Saya tidak pernah mendengar berita ini"
"I have come from a distant country"
"Saya datang dari negara yang jauh"
"The story has not reached us yet"

"Kisah itu belum sampai kepada kita lagi"
"Will you kindly tell me the particulars?"
"Sudikah anda memberitahu saya butirannya?"
The Brahman was happy to relay the story.
Brahman gembira menyampaikan cerita itu.
"The rajah's son went out hunting"
"Anak raja pergi berburu"
"It must have been about this time last year"
"Ia mesti kira-kira kali ini tahun lepas"
"They pitched their tents by the waters in the suburbs"
"Mereka mendirikan khemah mereka di tepi perairan di pinggir bandar"
"One day, the rajah's son was walking near the water"
"Suatu hari, anak raja sedang berjalan di dekat air"
"On this day, he saw a young woman"
"Pada hari ini, dia melihat seorang wanita muda"
"I have to mention she was of uncommon beauty"
"Saya perlu menyatakan dia adalah kecantikan yang luar biasa"
"She had risen from the depth of the waters"
"Dia telah bangkit dari kedalaman air"
"She gazed about for a minute or two"
"Dia merenung kira-kira satu atau dua minit"
"And then the beautiful lady disappeared"
"Dan kemudian wanita cantik itu hilang"
"The rajah's son, however, had seen her"
"Namun, anak raja telah melihatnya"
"He had been struck by her heavenly beauty"
"Dia telah terpesona oleh kecantikan syurganya"
"And so he became desperately enamored by her"
"Dan dia menjadi sangat terpikat olehnya"
"Indeed, she had affected him greatly"
"Sesungguhnya, dia sangat mempengaruhinya"
"And his mental faculties gave way to passion"
"Dan keupayaan mentalnya memberi laluan kepada keghairahan"
"He was carried home as a mad man"

"Dia dibawa pulang sebagai orang gila"
"He spoke no words except a few"
"Dia tidak berkata-kata kecuali beberapa
"'now here, now gone!' was all he said"
"'sekarang di sini, sekarang pergi!' hanya itu yang dia katakan"
"The rajah sent for all the best physicians"
"Rajah dihantar untuk semua doktor terbaik"
"They tried to restore his son to reason"
"Mereka cuba memulihkan akal budi anaknya"
"But the physicians were powerless"
"Tetapi doktor tidak berdaya"
"At last the rajah made a proclamation"
"Akhirnya rajah membuat pengisytiharan"
"And he had the drum beat around the kingdom"
"Dan dia mempunyai pukulan dram di sekeliling kerajaan"
"There was a reward for anyone who cured his son"
"Ada pahala bagi sesiapa yang menyembuhkan anaknya"
"They would become the rajah's son-in-law"
"Mereka akan menjadi menantu raja"
"And they would get half the kingdom"
" Dan mereka akan mendapat separuh kerajaan"
"An old woman answered the call of the drum"
"Seorang wanita tua menjawab panggilan gendang"
"All knew her as Phakir's mother"
"Semua mengenalinya sebagai ibu kepada Phakir"
"She said she could cure the rajah's son"
"Dia berkata dia boleh menyembuhkan anak lelaki raja"
"She had a hut built outside the town"
"Dia mempunyai pondok yang dibina di luar bandar"
"In the suburbs, next to the waters"
"Di pinggir bandar, di sebelah perairan"
"An in the hut she took her abode"
"Seorang di pondok itu dia tinggal"
"She also had some huts erected close by"
"Dia juga mempunyai beberapa pondok yang didirikan berhampiran"

"And in those huts attendants waited"
"Dan di pondok itu pelayan menunggu"
"In case she might need their help"
"Sekiranya dia mungkin memerlukan bantuan mereka"
"It seems the goddess rose from the waters"
"Nampaknya dewi bangkit dari air"
"Phakir's mother and the attendants seized her"
"Ibu Fakir dan para pelayan menangkapnya"
"And they carried her in a palki to the palace"
"Dan mereka membawanya dengan palki ke istana"
"The rajah's son saw the water-nymph"
"Anak raja melihat bidadari air"
"And he was soon restored to his senses"
"Dan dia segera dipulihkan"
"They would have married there and then"
"Mereka akan berkahwin di sana dan kemudian"
"But the water goddess had made a vow"
"Tetapi dewi air telah bersumpah"
"She wouldn't look at a man for one year"
"Dia tidak akan melihat lelaki selama satu tahun"
"The year of the vow is now over"
"Tahun kaul kini sudah berakhir"
"The music is from the rajah's palace"
"Muzik itu dari istana raja"
"This, in brief, is the story"
"Ini, secara ringkas, adalah kisahnya"
The prince's friend could put the story together.
Kawan putera itu boleh menyusun cerita.
"a truly wonderful story!"
"cerita yang benar-benar indah!"
"So where is Phakir's mother?"
"Jadi di mana ibu Phakir?"
"And where is Phakir-Chand himself?"
"Dan di manakah Phakir-Chand sendiri?"
"Has he received the hand of the rajah's daughter?"
"Adakah dia telah menerima tangan puteri raja?"
"And has he received half the kingdom?"

"Dan adakah dia telah menerima separuh kerajaan?"

The Brahman could also answer these questions.

Brahman juga boleh menjawab soalan-soalan ini.

"No, they have not married yet"

"Tidak, mereka belum berkahwin lagi"

"And he doesn't yet have half the kingdom"

"Dan dia belum mempunyai separuh kerajaan"

"And, I should say, he is a dimwitted lad"

"Dan, saya harus katakan, dia seorang budak yang kurang akal"

"In fact, no one knows where the lad is"

"Malah, tiada siapa yang tahu di mana budak itu berada"

"He has been away from home for more than a year"

"Dia telah tiada di rumah selama lebih daripada setahun"

"That is his manner," he explained.

"Itulah perangainya," jelasnya.

"He stays away for a long time"

"Dia tinggal jauh untuk masa yang lama"

"And then suddenly he comes home"

"Dan kemudian tiba-tiba dia pulang ke rumah"

"And then suddenly he leaves again"

"Dan kemudian tiba-tiba dia pergi lagi"

"I believe his mother expects him to come soon"

"Saya percaya ibunya mengharapkan dia datang tidak lama lagi"

This was very useful information.

Ini adalah maklumat yang sangat berguna.

"What is he like?" he asked.

"Dia macam mana?" dia bertanya.

"And what does he do when he returns home?"

"Dan apa yang dia lakukan apabila dia pulang ke rumah?"

These questions the Brahman could also answer.

Soalan-soalan ini juga boleh dijawab oleh Brahman.

"Well, he is about your height"

"Nah, dia adalah kira-kira ketinggian anda"

"Though he is somewhat younger than you"

"Walaupun dia lebih muda daripada kamu"

"He wears a small piece of cloth round his waist"
"Dia memakai sehelai kain kecil di pinggangnya"
"And he rubs his body with ashes"
"Dan dia menggosok badannya dengan abu"
"He carries the branch of a tree in his hand"
"Dia membawa dahan pokok di tangannya"
"And there is a tune to which he dances"
"Dan ada lagu yang dia menari"
"He comes to the door of the hut of his mother"
"Dia datang ke pintu pondok ibunya"
"And he sings 'dhoop! dhoop! dhoop!'"
"Dan dia menyanyikan 'dhoop! dhoop! dhoop!'"
"His articulation is very indistinct"
"Pengertiannya sangat tidak jelas"
"'Come, stay with your mother,' she says"
"' Mari, tinggal bersama ibu anda,' katanya"
"And he always gives the same answer"
"Dan dia sentiasa memberikan jawapan yang sama"
"'No, I won't remain,' he says unintelligibly"
"'Tidak, saya tidak akan kekal,' dia berkata tidak dapat
difahami"
"You should hear him when he wants to say yes"
"Anda harus mendengarnya apabila dia mahu berkata ya"
"To answer in the affirmative he says 'hoom'"
"Untuk menjawab afirmatif dia berkata 'hoom'"
A flood of light entered the prince's friend.
Banjir cahaya memasuki rakan putera raja.
He now saw very well how matters stood.
Dia kini melihat dengan baik bagaimana keadaannya.
The princess must have taken the snake-jewel.
Puteri mesti telah mengambil permata ular itu.
And she must have left the palace alone.
Dan dia pasti meninggalkan istana sendirian.
And she was captured without the king's son.
Dan dia ditangkap tanpa anak raja.
Phakir's mother must have the snake-jewel.
Ibu Phakir mesti mempunyai permata ular itu.

His friend was still below the water.

Kawannya masih berada di bawah air.

The prince had no means of escape.

Putera raja tidak mempunyai cara untuk melarikan diri.

He could imagine his friends desolate state.

Dia dapat membayangkan keadaan kawan-kawannya yang sepi.

And he could imagine how hopeless he must be.

Dan dia boleh bayangkan betapa putus asanya dia.

The prince's friend was filled with grief.

Rakan putera raja itu dipenuhi dengan kesedihan.

But that was not cause to give up hope.

Tetapi itu bukan sebab untuk berputus asa.

Perhaps he could rescue his friend.

Mungkin dia boleh menyelamatkan kawannya.

"I must get the jewel from the old woman"

"Saya mesti mendapatkan permata daripada wanita tua itu"

"Can I not do it by personating Phakir-Chand?"

"Bolehkah saya tidak melakukannya dengan menyamar sebagai Phakir-Chand?"

"His mother is expecting him soon"

"Ibunya sedang menunggunya tidak lama lagi"

"Maybe I can rescue the princess the same way"

"Mungkin saya boleh menyelamatkan puteri dengan cara yang sama"

He resolved to act the role of Phakir-Chand.

Dia memutuskan untuk bertindak sebagai Phakir-Chand.

In the morning he left the Brahman's house.

Pada waktu pagi dia meninggalkan rumah Brahman.

And he went to the outskirts of the city.

Dan dia pergi ke pinggir bandar.

He divested himself of his usual clothing.

Dia melepaskan pakaiannya yang biasa.

Around his waist he put a narrow piece of cloth.

Di pinggangnya dia meletakkan sehelai kain sempit.

The cloth scarcely reached his knees.

Kain itu hampir tidak sampai ke lututnya.

And he rubbed his body well with ashes.

Dan dia menggosok badannya dengan abu.

And finally he broke some twigs off a tree.

Dan akhirnya dia patahkan beberapa ranting pokok.

And thus he was ready to play his role.

Dan dengan itu dia bersedia untuk memainkan peranannya.

He went to the door of the hut of Phakir's mother.

Dia pergi ke pintu pondok ibu Fakir.

And he commenced the operation by dancing.

Dan dia memulakan operasi dengan menari.

He danced in a most violent manner.

Dia menari dengan cara yang paling ganas.

And he sung to the tune of"dhoop! dhoop! dhoop!"

Dan dia menyanyi mengikut irama "dhoop! dhoop! dhoop!"

The dancing attracted the notice of the old woman.

Tarian itu menarik perhatian wanita tua itu.

The critical moment had come.

Saat genting telah tiba.

The old woman looked to her door.

Wanita tua itu memandang ke pintu rumahnya.

"Phakir-Chand, my son, have you come?"

"Phakir-Chand, anakku, adakah kamu datang?"

"my darling; the gods have become propitious to us"

"Sayangku; tuhan-tuhan telah berkenan kepada kita"

Her supposed son uttered the monosyllable, "hoom"

Anak lelakinya yang sepatutnya menyebut satu suku kata, "hoom"

And he danced more violent than before.

Dan dia menari lebih ganas daripada sebelumnya.

And he waved the twig in his hand.

Dan dia melambai ranting di tangannya.

"this time you must not go away"

"Kali ini anda tidak boleh pergi"

"you must remain with me"

"awak mesti kekal dengan saya"

"no, I won't remain," said the prince's friend.

"Tidak, saya tidak akan kekal," kata rakan putera raja.
"remain with me," the mother tried again.
"Kekal bersama saya," ibu cuba lagi.
"i'll get you married to the rajah's daughter"
"Saya akan kahwinkan awak dengan anak perempuan raja"
"will you marry, Phakir-Chand?"
"Adakah anda akan berkahwin, Phakir-Chand?"
The minister's son replied—"hoom, hoom"
Anak menteri menjawab—"hoom, hoom"
And he danced even more like a madman.
Dan dia menari lebih seperti orang gila.
"will you come with me to the rajah's house?"
"Sudikah awak ikut saya ke rumah raja?"
"I'll show you a princess of uncommon beauty"
"Saya akan tunjukkan kepada anda seorang puteri yang cantik luar biasa"
"She rose from the waters"
"Dia bangkit dari air"
"hoom, hoom," was the answer from his lips.
"Hoom, Hoom," jawapan dari bibirnya.
And his feet stomped violently to"dhoop! dhoop!"
Dan kakinya menghentak kuat-kuat untuk "dhoop! dhoop!"
"Do you wish to see a jewel, Phakir?"
"Adakah anda ingin melihat permata, Phakir?"
"The crest jewel of the serpent"
"Permata puncak ular"
"The treasure of seven kings"
"Harta karun tujuh raja"
"hoom, hoom," was the reply.
"hoom, hoom," jawapannya.
The old woman went back into the hut.
Wanita tua itu masuk semula ke dalam pondok.
And she brought out the snake-jewel.
Dan dia membawa keluar permata ular itu.
She put the jewel into the hand of her supposed son.
Dia meletakkan permata itu ke tangan anaknya yang sepatutnya.

The minister's son took the snake-jewel.
Anak menteri mengambil permata ular itu.
He wrapped the jewel up in the piece of cloth.
Dia membungkus permata itu dengan sehelai kain.
And he wrapped the cloth around his waist.
Dan dia melilitkan kain itu di pinggangnya.
Phakir's mother was delighted beyond measure.
Ibu Phakir sangat gembira.
Her son had come at just the right time.
Anak lelakinya datang tepat pada masanya.
She went to the rajah's house.
Dia pergi ke rumah raja.
She announced the news of Phakir's appearance.
Dia mengumumkan berita kemunculan Phakir.
And also in order to show Phakir the princess.
Dan juga untuk menunjukkan kepada Phakir sang puteri.
They were given access to the rajah's palace.
Mereka diberi akses ke istana raja.
And all parts of the palace were open to them.
Dan semua bahagian istana terbuka untuk mereka.
The old woman had saved the rajah's son.
Wanita tua itu telah menyelamatkan anak raja.
So she was the most important person in the kingdom.
Jadi dia adalah orang yang paling penting dalam kerajaan.
She took her supposed son around the palace.
Dia membawa anaknya yang sepatutnya mengelilingi istana.
And she took him to the princess' room.
Dan dia membawanya ke bilik puteri.
Phakir's mother introduced her son to the princess.
Ibu Phakir memperkenalkan anaknya kepada puteri.
You can imagine the princess was not best impressed.
Anda boleh bayangkan puteri itu tidak begitu kagum.
She did not appreciate the company of a madman.
Dia tidak menghargai pergaulan dengan orang gila.
A madman, half naked, and covered in ash.
Orang gila, separuh bogel, dan diselubungi abu.
And he kept dancing in a wild manner.

Dan dia terus menari secara liar.

The three had spent the day together.
Mereka bertiga telah menghabiskan hari bersama.
It was soon going to be sunset.
Tak lama lagi dah nak matahari terbenam.
The woman asked her son to come with her.
Wanita itu meminta anaknya untuk ikut bersamanya.
But the supposed Phakir-Chand refused to comply.
Tetapi yang dikatakan Phakir-Chand enggan mematuhinya.
He said he would stay there that night.
Dia berkata dia akan tinggal di sana malam itu.
His mother tried to persuade him to come with her.
Ibunya cuba memujuknya untuk ikut bersamanya.
But he persisted in his determination.
Tetapi dia tetap dengan tekadnya.
He said he would remain with the princess.
Dia berkata dia akan kekal bersama puteri.
Phakir's mother went home without him.
Ibu Phakir pulang tanpa dia.
And she told the guards to look after her son.
Dan dia menyuruh pengawal menjaga anaknya.
Eventually all the palace retired to rest.
Akhirnya semua istana bersara untuk berehat.
The supposed Phakir spoke to the princess again.
Fakir yang sepatutnya bercakap dengan puteri lagi.
But this time he spoke in his own voice.
Tetapi kali ini dia bercakap dengan suaranya sendiri.
"Princess! do you not recognize me?"
"Puteri! adakah anda tidak mengenali saya?"
"I am the prince's friend"
"Saya kawan putera raja"
"I am the friend of your princely husband"
"Saya kawan kepada suami putera kamu"
The princess was astonished for a moment.
Puteri tercengang seketika.
"Who? the prince's friend?"

"Siapa? kawan putera raja?"
"Oh, my husband's best friend"
" Oh, kawan baik suami saya"
"Please rescue me from this terrible captivity"
"Tolong selamatkan saya dari kurungan yang mengerikan ini"
"This is worse than death"
"Ini lebih teruk daripada kematian"
"All of this is my own fault"
"Semua ini salah saya sendiri"
"Rescue me, oh please, thou best of friends!"
"Selamatkan saya, oh tolong, wahai sahabat!"
She then burst into tears.
Dia kemudiannya menangis.
The prince's friend spoke again.
Rakan putera raja bersuara lagi.
"Do not be disconsolate"
"Jangan putus asa"
"I will try my best to rescue you"
"Saya akan cuba yang terbaik untuk menyelamatkan awak"
"I will try to have you out of here tonight"
"Saya akan cuba membawa awak keluar dari sini malam ini"
"But you must do whatever I tell you"
"Tetapi kamu mesti melakukan apa sahaja yang saya suruh"
The princess trusted the prince's friend.
Puteri mempercayai kawan putera itu.
"I will do anything you tell me"
"Saya akan buat apa sahaja yang awak suruh"
After this the supposed Phakir left the room.
Selepas ini sepatutnya Fakir keluar dari bilik itu.
He passed through the courtyard of the palace.
Dia melalui halaman istana.
Some of the guards challenged him.
Beberapa pengawal mencabarnya.
"hoom hoom!" he replied.
"hoom hoom!" dia menjawab.
"I'm just going out for a minute"
"Saya nak keluar sekejap"

"And then I will come back again"
"Dan kemudian saya akan kembali lagi"
They understood that it was the madcap Phakir.
Mereka faham bahawa itu adalah Phakir yang gila.
True to his word he did come back shortly.
Menepati kata-katanya, dia kembali sebentar lagi.
And again he went to the princess.
Dan sekali lagi dia pergi kepada puteri.
An hour afterwards he again went out.
Sejam selepas itu dia keluar semula.
And again he was challenged by the guards.
Dan sekali lagi dia dicabar oleh pengawal.
He made the same reply as at the first time.
Dia membuat jawapan yang sama seperti pada kali pertama.
The guards began to talk among themselves.
Para pengawal mula bercakap sesama mereka.
"This Phakir surely has no sense"
"Phakir ini pasti tidak masuk akal"
"He will go out and come in all night"
"Dia akan keluar dan masuk sepanjang malam"
"Let us leave him to do what he likes"
"Mari kita biarkan dia melakukan apa yang dia suka"
"There's no use guarding him all night"
"Tidak ada gunanya menjaganya sepanjang malam"
The minister's son had worn down the guards.
Anak menteri telah melemahkan pengawal.
And he was looking for a way to escape.
Dan dia mencari jalan untuk melarikan diri.
He kept going in and out until three at night.
Dia terus keluar masuk sehingga pukul tiga malam.
This time there were no guards there.
Kali ini tiada pengawal di situ.
Because all the guards had fallen asleep.
Kerana semua pengawal telah tertidur.
He was overjoyed at the auspicious circumstance.
Dia sangat gembira dengan keadaan yang menguntungkan
itu.

Then he went back to the princess.
Kemudian dia kembali kepada puteri.
"Now, princess, is the time for escape"
"Sekarang, puteri, adalah masa untuk melarikan diri"
"The guards are all asleep"
"Pengawal semua tidur"
"You must mount on my back"
"Anda mesti menaiki belakang saya"
"Tie the locks of your hair round my neck"
"Ikatlah rambutmu di leherku"
"And keep tight hold of me"
"Dan peganglah aku erat-erat"
The princess did what she was asked of.
Puteri melakukan apa yang diminta.
He passed unchallenged through the courtyard.
Dia melalui halaman tanpa dicabar.
And he had a lovely burden on his back.
Dan dia mempunyai beban yang indah di belakangnya.
Eventually he got to the gate of the palace.
Akhirnya dia sampai ke pintu pagar istana.
And he went through without being challenged.
Dan dia lalui tanpa dicabar.
Then they went to the outskirts of the city.
Kemudian mereka pergi ke pinggir bandar.
Eventually he reached the outer suburbs.
Akhirnya dia sampai ke pinggir bandar luar.
They reached the water from which the princess had risen.
Mereka mencapai air dari mana puteri telah bangkit.
The princess rejoiced at her escape.
Puteri bergembira dengan pelariannya.
But she was still trembling with fear.
Tetapi dia masih menggigil ketakutan.
The prince's friend untied the snake-jewel.
Rakan putera raja membuka ikatan permata ular itu.
And together they ascended into the water.
Dan bersama-sama mereka naik ke dalam air.
And soon they found back to the subterranean palace.

Dan tidak lama kemudian mereka mendapati kembali ke istana bawah tanah.

You can imagine how happy the prince was.

Anda boleh bayangkan betapa gembiranya putera raja itu.

He had nearly died of grief.

Dia hampir mati kerana kesedihan.

And you can imagine the princess' happiness too.

Dan anda boleh bayangkan kegembiraan puteri juga.

All the three of them were mad with joy.

Kegembiraan mereka bertiga.

For three days they remained in the palace.

Selama tiga hari mereka tinggal di istana.

And they retold the prince the whole story.

Dan mereka menceritakan semula keseluruhan cerita kepada putera raja.

They told of how the princess was seized.

Mereka menceritakan bagaimana puteri itu dirampas.

They told him of her captivity in the palace.

Mereka memberitahunya tentang penawanannya di istana.

They described the marriage that was planned.

Mereka menggambarkan perkahwinan yang dirancang.

They told him of the old woman.

Mereka memberitahunya tentang wanita tua itu.

And they told him all about her Phakir-Chand.

Dan mereka memberitahunya semua tentang Phakir-Chandnya.

They told him how he had impersonated him.

Mereka memberitahunya bagaimana dia menyamar sebagai dia.

And they told him how he freed the princess.

Dan mereka memberitahunya bagaimana dia membebaskan puteri itu.

I don't need to tell you how grateful they were.

Saya tidak perlu memberitahu anda betapa mereka bersyukur.

The prince's friend truly was a good friend.

Kawan putera itu benar-benar kawan baik.

They thanked him in the warmest terms.

Mereka mengucapkan terima kasih kepadanya dalam istilah yang paling hangat.

And they vowed to always follow his counsel.

Dan mereka bersumpah untuk sentiasa mengikut nasihatnya.

They were all resolved to return home.

Mereka semua berazam untuk pulang ke rumah.

They wanted to return to their native country.

Mereka mahu pulang ke negara asal mereka.

The king's son, the minister's son, and the princess.

Anak raja, anak menteri, dan puteri.

They left the subterranean palace together.

Mereka meninggalkan istana bawah tanah bersama-sama.

They lighted the passage with the snake-jewel.

Mereka menerangi laluan itu dengan permata ular.

And they made their way to the upper world.

Dan mereka pergi ke dunia atas.

They had neither elephants nor horses waiting for them.

Mereka tidak mempunyai gajah mahupun kuda yang menunggu mereka.

So they had no choice but to travel on foot.

Jadi mereka tiada pilihan selain berjalan kaki.

The two friends had been bred in the lap of luxury.

Dua sahabat itu telah dibesarkan di pangkuan kemewahan.

Both of them found walking troublesome.

Kedua-dua mereka mendapati berjalan menyusahkan.

But the princess found it infinitely more troublesome.

Tetapi puteri mendapati ia jauh lebih menyusahkan.

She was used to even finer treatment.

Dia sudah biasa dengan rawatan yang lebih halus.

The stones of the road were too rough for her.

Batu-batu jalan terlalu kasar untuknya.

And the rough stones wounded her tender feet.

Dan batu-batu kasar itu melukai kakinya yang lembut.

Eventually her feet became very sore.

Akhirnya kakinya menjadi sangat sakit.

At times the king's son carried her on his shoulders.

Ada kalanya anak raja memikulnya di atas bahunya.

The load he was carrying was of course lovely.

Beban yang dipikulnya sudah tentu indah.

But although lovely, she was heavy to carry.

Tetapi walaupun cantik, dia berat untuk dipikul.

And she could not be carried a great distance.

Dan dia tidak boleh dibawa jauh.

And therefore she too had to walk often.

Dan oleh itu dia juga terpaksa berjalan dengan kerap.

One evening they arrived beneath a tree.

Pada suatu petang mereka tiba di bawah sebatang pokok.

There were no visible signs of human habitations.

Tiada tanda-tanda kediaman manusia yang kelihatan.

So they decided to make the tree their sleeping place.

Jadi mereka memutuskan untuk menjadikan pokok itu sebagai tempat tidur mereka.

The prince's friend offered to keep guard.

Kawan putera raja menawarkan diri untuk berjaga-jaga.

"Both of you can go to sleep"

"Kamu berdua boleh tidur"

"I will keep watch over you both tonight"

"Saya akan menjaga kamu berdua malam ini"

"In order to prevent any danger"

"Untuk mengelakkan sebarang bahaya"

The royal couple soon dozed off.

Pasangan diraja tidak lama kemudian tertidur.

And they were locked in the arms of sleep.

Dan mereka terkurung dalam pelukan tidur.

The faithful friend of the prince did not sleep.

Sahabat setia putera itu tidak tidur.

He stayed awake and watched for danger.

Dia berjaga dan memerhatikan bahaya.

It so happened they camped under a special tree.

Kebetulan mereka berkhemah di bawah pokok khas.

In the tree swung the nest of two birds.

Di pokok itu menghayunkan sarang dua ekor burung.

The immortal birds Bihangama and Bihangami.

Burung abadi Bihangama dan Bihangami.

These birds were endowed with human speech.

Burung-burung ini dikurniakan ucapan manusia.

And they could also see into the future.

Dan mereka juga boleh melihat masa depan.

The minister's son listened the bird's conversation.

Anak menteri mendengar perbualan burung itu.

He was more than a little astonished at what he heard!

Dia lebih daripada sedikit terkejut dengan apa yang dia dengar!

Bihangama: "The prince's friend risked his own life"

Bihangama: "Kawan putera raja mempertaruhkan nyawanya sendiri"

"He did everything for the safety of his friend"

"Dia melakukan segala-galanya untuk keselamatan rakannya"

"But more dangers will befall the king's son"

"Tetapi lebih banyak bahaya akan menimpa anak raja"

"And he will find it difficult to save the prince"

"Dan dia akan mendapati sukar untuk menyelamatkan putera raja"

Bihangami: "Why is that?"

Bihangami: "Kenapa begitu?"

Bihangama: "Many dangers await the king's son"

Bihangama: "Banyak bahaya menanti anak raja"

"The prince's father will hear of his son's approach"

"Bapa putera raja akan mendengar pendekatan anaknya"

"He will send for him an elephant and some horses"

"Dia akan menghantar seekor gajah dan beberapa kuda untuknya"

"And he will arrange attendants to meet him"

"Dan dia akan mengatur pelayan untuk menemuinya"

"The king's son will ride the elephant"

"Anak raja akan menunggang gajah"

"But he will fall from the back of the elephant"

"Tetapi dia akan jatuh dari belakang gajah"

"And he will die from his fall from the elephant"

"Dan dia akan mati kerana jatuh dari gajah"

Bihangami: "But suppose someone prevented this?"
Bihangami: "Tetapi andaikan seseorang menghalang perkara ini?"
"Suppose the king's son is not going to ride on the elephant"
"Andaikan anak raja tidak akan menaiki gajah"
"What might happen if he rides on a horse instead?"
"Apa yang mungkin berlaku jika dia menunggang kuda sebaliknya?"
"Will he not in that case be saved?"
"Tidakkah dia dalam hal itu akan diselamatkan?"
Bihangama: "Yes, in that case he would escape that fate"
Bihangama: "Ya, kalau begitu dia akan terlepas dari takdir itu"
"But then a fresh danger would await him"
"Tetapi kemudian bahaya baru akan menantinya"
"When the king's son is in sight of his father's palace"
"Apabila anak raja di hadapan istana ayahandanya"
"When he is in the act of passing through the lion-gate"
"Apabila dia sedang dalam tindakan melalui pintu gerbang singa"
"In that moment the lion-gate will fall upon him"
"Pada saat itu pintu gerbang singa akan menimpanya"
"And the stones will crush him to death"
"Dan batu-batu itu akan meremukkannya sampai mati"
Bihangami: "But suppose someone gets there first"
Bihangami: "Tetapi andaikan seseorang sampai ke sana dahulu"
"Suppose someone destroys the lion-gate"
"Andaikan seseorang memusnahkan pintu gerbang singa"
"If that happens the king's son couldn't go through the lion-gate"
"Jika itu berlaku, anak raja tidak dapat melalui pintu gerbang singa"
"Will not the king's son in that case be saved?"
"Tidakkah anak raja dalam hal itu akan diselamatkan?"
Bihangama: "Yes, in that case he would escape his fate"

Bihangama: "Ya, kalau begitu dia akan terlepas dari takdirnya"

"But then a fresh danger would await him"

"Tetapi kemudian bahaya baru akan menantinya"

"When the king's son reaches the palace"

"Apabila anak raja sampai ke istana"

"When he sits at a feast prepared for him"

"Apabila dia duduk di jamuan yang disediakan untuknya"

"The head of a fish will be cooked for him"

"Kepala ikan akan dimasak untuknya"

"He will put into his mouth the head of the fish"

"Dia akan memasukkan kepala ikan ke dalam mulutnya"

"But the head of the fish will stick in his throat"

"Tetapi kepala ikan akan melekat di kerongkongnya"

"And he will choke to death on the head of the fish"

"Dan dia akan mati tercekik kepala ikan itu"

Bihangami: "But suppose someone snatches the fish"

Bihangami: "Tetapi andaikan seseorang merampas ikan itu"

"Suppose someone takes the head of the fish from his plate"

"Seandainya seseorang mengambil kepala ikan dari pinggannya"

"Suppose he can't put the fish's head in his mouth"

"Andaikata dia tidak boleh memasukkan kepala ikan ke dalam mulutnya"

"Will not the king's son in that case be saved?"

"Tidakkah anak raja dalam hal itu akan diselamatkan?"

Bihangama: "Yes, in that case he will escape his fate"

Bihangama: "Ya, kalau begitu dia akan terlepas dari takdirnya"

"But a fresh danger would await him"

"Tetapi bahaya baru akan menantinya"

"When the prince and princess retire after dinner"

"Apabila putera dan puteri bersara selepas makan malam"

"When they go into their sleeping apartment"

"Apabila mereka masuk ke apartmen tidur mereka"

"They will lie together in bed"

"Mereka akan berbaring bersama di atas katil "

"A terrible cobra will come into the room"

"Seekor ular tedung yang dahsyat akan masuk ke dalam bilik"

"And the cobra will bite the king's son to death"

"Dan ular tedung akan menggigit anak raja sampai mati"

Bihangami: "But suppose someone was in the room"

Bihangami: "Tetapi andaikan seseorang berada di dalam bilik"

"Suppose this person was waiting for the snake"

"Andaikan orang ini sedang menunggu ular itu"

"And suppose that this person cuts the snake into pieces"

"Dan andaikan orang ini memotong ular itu menjadi kepingan"

"Will not the king's son in that case be saved?"

"Tidakkah anak raja dalam hal itu akan diselamatkan?"

Bihangama: "Yes, in that case he will escape his fate"

Bihangama: "Ya, kalau begitu dia akan terlepas dari takdirnya"

"In that case the life of the king's son will be saved"

"Kalau begitu nyawa anak raja akan diselamatkan"

"But he who saves him can't repeat these words"

"Tetapi dia yang menyelamatkannya tidak dapat mengulangi perkataan ini"

"If he tells his secret he will be turned into marble"

"Jika dia memberitahu rahsianya dia akan berubah menjadi marmar"

Bihangami: "Can the statue be returned to life?"

Bihangami: "Bolehkah patung itu hidup semula?"

Bihangama: "Yes, the marble statue can be restored to life"

Bihangama: "Ya, patung marmar itu boleh dihidupkan semula"

"The princess will give birth to a child"

"Puteri akan melahirkan seorang anak"

"They must wash the statue with the blood of the infant"

"Mereka mesti mencuci patung itu dengan darah bayi"

The prophetical birds had spoken until that point.

Burung-burung kenabian telah bercakap sehingga ketika itu.

But then they were interrupted by the craw of crows.

Tetapi kemudian mereka diganggu oleh burung gagak.

The eastern sky tinted in a reddish hue.
Langit timur berwarna merah kemerahan.
And the travelers beneath the tree bestirred themselves.
Dan para pengembara di bawah pokok itu bergaduh sendiri.
The prophetic conversation came to an end.
Perbualan kenabian berakhir.
But the prince's friend had heard everything.
Tetapi kawan putera raja telah mendengar segala-galanya.

The next morning they continued their journey.
Keesokan paginya mereka meneruskan perjalanan.
The prince, the princess, and the prince's friend.
Putera raja, puteri, dan kawan putera raja.
Soon they met the king's procession.
Tidak lama kemudian mereka bertemu dengan perarakan raja.
There was an elephant, a horse, and a palki.
Terdapat seekor gajah, seekor kuda, dan seekor palki.
And there was a large number of attendants.
Dan terdapat sejumlah besar atendan.
These animals and men had been sent by the king.
Binatang dan lelaki ini telah dihantar oleh raja.
The king heard his son was with his friend.
Raja mendengar anaknya sedang bersama rakannya.
And he had heard that his son had married.
Dan dia telah mendengar bahawa anaknya telah berkahwin.
And he heard they were not far from the capital.
Dan dia mendengar mereka tidak jauh dari ibu kota.
The elephant had been richly caparisoned.
Gajah itu telah banyak ditawan.
The elephant was intended for the prince.
Gajah itu ditujukan untuk putera raja.
The framework of the palki was of silver.
Rangka palki itu daripada perak.
The palki was meant for the princess.
Palki itu dimaksudkan untuk puteri.
And the horse was for the prince's friend.
Dan kuda itu adalah untuk kawan putera raja .

The prince was about to mount on the elephant.
Putera raja hendak naik ke atas gajah.
But then his friend spoke to him.
Tetapi kemudian kawannya bercakap dengannya.
"Allow me to ride on the elephant, please"
"Tolong izinkan saya menaiki gajah"
"And you can ride back on horseback"
"Dan anda boleh kembali menunggang kuda"
The prince was not a little surprised.
Putera raja tidak sedikit terkejut.
The proposal had been made in a very cold manner.
Cadangan itu telah dibuat dengan cara yang sangat dingin.
Maybe his friend felt a little too entitled.
Mungkin kawannya itu berasa agak terlalu berhak.
And the king's son was slightly annoyed.
Dan anak raja itu sedikit jengkel.
But he remembered what his friend had done for him.
Tetapi dia teringat apa yang kawannya telah lakukan
untuknya.
And he remembered how he saved the princess.
Dan dia teringat bagaimana dia menyelamatkan puteri itu.
So he mounted the horse without objecting.
Maka dia pun menaiki kuda itu tanpa membantah.
But his mind became somewhat alienated from him.
Tetapi fikirannya menjadi agak terasing daripadanya.
The procession towards the capital started again.
Perarakan menuju ibu kota bermula semula.
After some time they came in sight of the palace.
Selepas beberapa lama mereka tiba di hadapan istana.
The lion-gate had been gaily adorned.
Pintu gerbang singa telah dihiasi dengan riang.
There was a grand reception for the prince.
Terdapat sambutan besar-besaran untuk putera raja.
And the princess was equally anticipated.
Dan puteri itu juga dinanti-nantikan.
But the prince's friend seemed to have an objection.
Tetapi rakan putera raja itu seolah-olah mempunyai bantahan.

"I want the lion-gate to be broken down"
"Saya mahu pintu gerbang singa dipecahkan"
The prince was astounded at the proposal.
Putera raja terkejut dengan cadangan itu.
The request was very out of the ordinary.
Permintaan itu sangat luar biasa.
And he had given no reason for his demand.
Dan dia tidak memberikan alasan untuk tuntutannya.
But he remembered all his friend had done for him.
Tetapi dia ingat semua yang kawannya telah lakukan
untuknya.
And he remembered how he saved the princess.
Dan dia teringat bagaimana dia menyelamatkan puteri itu.
So he complied with the wish of his friend.
Maka dia akur dengan kehendak kawannya itu.
And the beautiful lion-gate was torn down.
Dan pintu gerbang singa yang indah itu dirobohkan.
But his mind became even more estranged from him.
Tetapi fikirannya semakin jauh darinya.
The procession now went into the palace.
Perarakan itu kini masuk ke dalam istana.
The king gave a warm reception to his son.
Raja memberikan sambutan hangat kepada anaknya.
He welcomed his daughter-in-law equally warmly.
Dia menyambut menantunya dengan sama mesra.
And he was very pleased to see the prince's friend.
Dan dia sangat gembira melihat kawan putera raja itu.
The story of their adventures was related.
Kisah pengembaraan mereka adalah berkaitan.
The king expressed great astonishment at the tale.
Raja menyatakan kehairanan yang besar terhadap kisah itu.
And his courtiers were equally impressed.
Dan orang-orang istananya sama-sama kagum.
All praised the minister's son's devotion.
Semua memuji bakti anak menteri.
And the ladies of the palace praised the princess.
Dan puteri-puteri istana memuji puteri.

The connoisseurs of beauty praised the princess.
Para ahli kecantikan memuji puteri.
Her complexion was a mixture of milk and vermilion.
Wajahnya adalah campuran susu dan merah muda.
Her neck was like that of a swan.
Lehernya seperti leher angsa.
Her eyes were like those of a gazelle.
Matanya seperti gazelle.
Her lips were as red as the berry bimba.
Bibirnya merah seperti bimba beri.
Her cheeks were as lovely as they could be.
Pipinya secantik mungkin.
And her nose was straight and high.
Dan hidungnya lurus dan tinggi.
Her hair reached down to her ankles.
Rambutnya mencecah hingga ke buku lali.
Her walk was as graceful as that of a young elephant.
Berjalannya anggun seperti anak gajah.
The princess whom destiny had brought to them.
Puteri yang telah ditakdirkan untuk mereka.
They sat around her wanting to know everything.
Mereka duduk di sekelilingnya ingin mengetahui segala-
galanya.
And they put to her a thousand questions.
Dan mereka bertanya kepadanya seribu soalan.
They asked her about her parents.
Mereka bertanya tentang ibu bapanya.
They asked her about the subterranean palace.
Mereka bertanya kepadanya tentang istana bawah tanah.
And they asked her all about the serpent.
Dan mereka bertanya kepadanya semua tentang ular itu.
The serpent which had killed all her relatives.
Ular yang telah membunuh semua saudaranya.
Soon it was time for the new arrivals to dine.
Tidak lama kemudian tiba masanya untuk mereka yang baru
tiba untuk menjamu selera.
The dinner was served up in dishes of gold.

Makan malam itu dihidangkan dalam pinggan emas.

All sorts of delicacies were on the table.

Macam-macam juadah ada di atas meja.

The most conspicuous dish was the head of a rohita fish.

Hidangan yang paling ketara ialah kepala ikan rohita.

The large fish's head was placed in a golden cup.

Kepala ikan besar itu diletakkan di dalam cawan emas.

And the cup was placed near the prince's plate.

Dan cawan itu diletakkan berhampiran pinggan putera raja.

All were eating and retelling the adventure.

Semua sedang makan dan menceritakan semula pengembaraan itu.

And suddenly the prince's friend snatched the head.

Dan tiba-tiba kawan putera raja itu merampas kepala.

He took the fish's head from the prince's plate.

Dia mengambil kepala ikan dari pinggan putera raja.

"Let me, prince, eat this rohita's head"

"Izinkan saya, putera, makan kepala rohita ini"

The king's son was quite indignant.

Anak raja itu agak marah.

But he remembered all his friend had done for him.

Tetapi dia ingat semua yang kawannya telah lakukan untuknya.

And he remembered how he saved the princess.

Dan dia teringat bagaimana dia menyelamatkan puteri itu.

And so he made no objection to the request.

Maka dia tidak membantah permintaan itu.

But he could not hide his terrible rage.

Tetapi dia tidak dapat menyembunyikan kemarahannya yang dahsyat.

Of course the prince's friend noticed this.

Sudah tentu rakan putera itu menyedari perkara ini.

But there was nothing else he could have done.

Tetapi tiada perkara lain yang boleh dia lakukan.

His conduct, however strange, was necessary.

Kelakuannya, walaupun aneh, adalah perlu.

It was for the safety of his friend's life.

Itu demi keselamatan nyawa kawannya.
Nor could he tell his friend the reason.
Dia juga tidak dapat memberitahu kawannya sebabnya.
Else he would be transformed into a marble statue.
Jika tidak, dia akan berubah menjadi patung marmar.
Soon the dinner was going to be over.
Tidak lama kemudian makan malam akan berakhir.
The prince's friend had one more request.
Rakan putera mempunyai satu permintaan lagi.
The two friends had spent every night together.
Kedua-dua sahabat itu menghabiskan setiap malam bersama.
But tonight he wanted to go to his own house.
Tetapi malam ini dia mahu pergi ke rumahnya sendiri.
The prince was also shocked at his strange conduct.
Putera raja juga terkejut dengan kelakuan anehnya.
But he remembered all his friend had done for him.
Tetapi dia ingat semua yang kawannya telah lakukan untuknya.
And he remembered how he saved the princess.
Dan dia teringat bagaimana dia menyelamatkan puteri itu.
And he also agreed to this request of his friend.
Dan dia juga bersetuju dengan permintaan kawannya ini.
The prince's friend, however, had other plans.
Rakan putera itu, bagaimanapun, mempunyai rancangan lain.
He had no intentions of going to his own house.
Dia tidak berniat untuk pergi ke rumahnya sendiri.
He was resolved to avert the last peril.
Dia berazam untuk mengelakkan bahaya terakhir.
The last thing to threaten the life of his friend.
Perkara terakhir yang mengancam nyawa rakannya.
Accordingly, he took a sword into his hand.
Sehubungan itu, dia mengambil pedang ke tangannya.
And he stealthily entered the royal room.
Dan dia diam-diam memasuki bilik diraja.
The room of the prince and the princess.
Bilik putera dan puteri.
He ensconced himself under the bedstead.

Dia bersembunyi di bawah katil.

The bed was furnished with mattresses of down.

Katil itu dilengkapi dengan tilam bawah.

The mosquito curtains were of the richest silk.

Tirai nyamuk adalah dari sutera terkaya.

And all the bedding was laced with gold.

Dan semua peralatan tempat tidur diikat dengan emas.

Soon the prince and princess came into the bedroom.

Tidak lama kemudian putera dan puteri masuk ke dalam bilik tidur.

They undressed themselves and went to bed.

Mereka membuka pakaian dan pergi ke katil.

And soon the royal couple were asleep.

Dan tidak lama kemudian pasangan diraja itu tidur.

At midnight he heard the slithering of a snake.

Pada tengah malam dia mendengar bunyi ular merayap.

The sound was coming from a water passage.

Bunyi itu datang dari laluan air.

A snake of gigantic size entered the room.

Seekor ular bersaiz besar memasuki bilik itu.

The serpent climbed up the frame of the bed.

Ular itu memanjat bingkai katil.

The minister's son rushed out with the sword.

Anak menteri bergegas keluar dengan pedang.

And he killed the serpent with one blow.

Dan dia membunuh ular itu dengan satu pukulan.

And then he cut the snake into smaller pieces.

Dan kemudian dia memotong ular itu menjadi kepingan yang lebih kecil.

He put the pieces in the dish for holding betel-leaves.

Potongan-potongan itu dimasukkannya ke dalam pinggan untuk menampung daun sirih.

But as he did this, he spilled a drop of blood.

Tetapi semasa dia melakukan ini, dia menumpahkan setitik darah.

The drop of blood fell on the breast of the princess.

Titisan darah jatuh ke dada puteri.

Because the mosquito curtains had not been let down.
Kerana tirai nyamuk tidak ditanggalkan.
He worried for the health of the princess.
Dia bimbang akan kesihatan puteri.
The blood might be of some sort of poison.
Darah itu mungkin sejenis racun.
So he resolved to lick up the blood.
Jadi dia berazam untuk menjilat darah.
But he could not look at the naked princess.
Tetapi dia tidak dapat memandang puteri berbogel itu.
It would have been a great sin.
Ia akan menjadi satu dosa besar.
So he blindfolded himself with seven-fold cloth.
Maka dia menutup matanya dengan kain tujuh kali lipat.
And he licked off the drop of blood.
Dan dia menjilat titisan darah.
But just at this time the princess awoke.
Tetapi tepat pada masa ini puteri tersedar.
Her scream roused her husband from his sleep.
Jeritannya mengejutkan suaminya dari tidurnya.
And he could not believe what he was seeing.
Dan dia tidak percaya dengan apa yang dilihatnya.
The prince fell into a great rage.
Putera raja menjadi sangat marah.
And he was prepared to kill his friend.
Dan dia bersedia untuk membunuh kawannya.
But he gave his friend a chance to speak.
Tetapi dia memberi peluang kepada rakannya untuk bercakap.
"Please, my friend, restrain your anger"
"Tolong kawan saya, tahan kemarahan anda"
"I have done this only to save your life"
"Saya melakukan ini hanya untuk menyelamatkan nyawa awak"
The prince was more confused than before.
Putera raja lebih keliru daripada sebelumnya.
"I do not understand what you mean"

"Saya tidak faham apa yang awak maksudkan"

"From the time we came out of the subterranean palace"

"Sejak kita keluar dari istana bawah tanah"

"You have been behaving in a most extraordinary way"

"Anda telah berkelakuan dengan cara yang paling luar biasa"

"First, you insisted on riding my elephant"

"Pertama, awak berkeras untuk menunggang gajah saya"

"The elephant my father had sent for me"

"Gajah yang ayahku hantar untukku"

"I thought it was vain of you to ask"

"Saya fikir sia-sia awak bertanya"

"But I remembered what you had done for me"

"Tetapi saya ingat apa yang awak telah lakukan untuk saya"

"And I decided to let the matter pass"

"Dan saya memutuskan untuk membiarkan perkara itu berlalu"

"And instead I rode back on horseback"

"Dan sebaliknya saya kembali menunggang kuda"

"Secondly, you insisted on destroying the lion-gate"

"Kedua, kamu berkeras mahu memusnahkan pintu gerbang singa"

"The lion-gate my father had adorned for me"

"Gerbang singa yang telah dihiaskan ayahku untukku"

"I thought it was strange of you to ask"

"Saya rasa pelik awak bertanya"

"But I remembered what you had done for me"

"Tetapi saya ingat apa yang awak telah lakukan untuk saya"

"And I decided to let the matter pass"

"Dan saya memutuskan untuk membiarkan perkara itu berlalu"

"And I had the lion-gate destroyed"

"Dan saya telah memusnahkan pintu gerbang singa"

"Thirdly, at dinner you behaved most shamefully"

"Ketiga, semasa makan malam anda berkelakuan paling memalukan"

"You snatched the rohita's head from my plate"

"Awak rampas kepala rohita dari pinggan saya"

"And you insisted on eating the fish head"
"Dan awak berkeras mahu makan kepala ikan"
"I thought you felt too entitled"
"Saya fikir awak rasa terlalu berhak"
"But I remembered what you had done for me"
"Tetapi saya ingat apa yang awak telah lakukan untuk saya"
"So I decided to let the matter pass"
"Jadi saya memutuskan untuk membiarkan perkara itu
berlalu"
"You then pretended that you were going home"
"Anda kemudian berpura-pura bahawa anda akan pulang"
"And I was very glad you were going home"
"Dan saya sangat gembira anda pulang ke rumah"
"Because you had made yourself very disagreeable"
"Kerana anda telah membuat diri anda sangat tidak
menyenangkan"
"And now you are actually in my bedroom"
"Dan sekarang awak sebenarnya berada di dalam bilik tidur
saya"
"You are bending over the naked bosom of my wife"
"Awak membongkok di atas pangkuan isteri saya yang
telanjang"
"You must have had some evil plan"
"Anda pasti mempunyai rancangan jahat"
"And now you pretend you are saving my life"
"Dan sekarang awak berpura-pura menyelamatkan nyawa
saya"
"But I don't believe you want to save my life"
"Tetapi saya tidak percaya awak mahu menyelamatkan
nyawa saya"
"I believe you want to destroy my wife's chastity"
"Saya percaya awak mahu memusnahkan kesucian isteri
saya"
The prince's friend knew how things looked.
Rakan putera itu tahu bagaimana keadaannya.
"Oh, do not harbor such thoughts in your mind"
"Oh, jangan simpan fikiran seperti itu dalam fikiranmu"

"Please do not think badly against me"

"Tolong jangan bersangka buruk terhadap saya"

"The gods know what I have done"

"Dewa tahu apa yang telah saya lakukan"

"They know I did it to save your life"

"Mereka tahu saya melakukannya untuk menyelamatkan nyawa awak"

"You would see the reasonableness of my conduct"

"Anda akan melihat kewajaran kelakuan saya"

"But I don't have liberty to state my reasons"

"Tetapi saya tidak mempunyai kebebasan untuk menyatakan alasan saya"

The prince asked him to explain himself.

Putera raja meminta dia menjelaskan dirinya sendiri.

"And why are you not at liberty?"

"Dan mengapa kamu tidak bebas?"

"Who has put a seal upon your mouth?"

"Siapakah yang telah menutup mulutmu?"

And the prince's friend answered.

Dan kawan putera raja menjawab.

"Destiny has put a seal upon my mouth"

"Takdir telah menutup mulut saya"

"If I told you, I would be transformed into marble"

"Jika saya memberitahu anda, saya akan berubah menjadi marmar"

The prince grew angrier with his friend.

Putera raja bertambah marah kepada kawannya.

"You should be transformed into a marble statue!"

"Anda sepatutnya berubah menjadi patung marmar!"

"You must take me to be a simpleton"

"Anda mesti menganggap saya sebagai orang bodoh"

"You can't expect me to believe this nonsense"

"Anda tidak boleh mengharapkan saya percaya perkara karut ini "

The minister's son made one last request.

Anak menteri buat satu permintaan terakhir.

"Do you wish me then, friend, for me to tell you?

"Adakah anda ingin saya, kawan, untuk saya beritahu anda?

"You would make your friend turn into stone?"

"Anda akan membuat rakan anda menjadi batu?"

The prince wanted to hear the reason.

Putera raja ingin mendengar alasannya.

He did not care about the consequences.

Dia tidak peduli dengan akibatnya.

"Tell me, or else you are a dead man"

"Beritahu saya, atau anda sudah mati"

The prince's friend wanted to clear his name.

Rakan putera raja ingin membersihkan namanya.

He wanted no foul accusations brought against him.

Dia tidak mahu tuduhan busuk yang dikenakan terhadapnya.

And he deemed it his duty to reveal the secret.

Dan dia menganggap tugasnya untuk mendedahkan rahsia itu.

Even if this would put his life at risk.

Walaupun ini akan membahayakan nyawanya.

He again warned the prince not to ask him.

Dia sekali lagi memberi amaran kepada putera raja supaya tidak bertanya kepadanya.

But the prince remained inexorable.

Tetapi putera raja tetap tidak dapat dielakkan.

The prince's friend then told him his secret.

Rakan putera raja kemudian memberitahu rahsianya.

"While sleeping under a lofty tree one night"

"Ketika tidur di bawah pokok yang tinggi pada suatu malam"

"I overheard a conversation between two birds.

"Saya terdengar perbualan antara dua ekor burung.

"The prophesizing birds Bihangama and Bihangami"

"Burung bernubuat Bihangama dan Bihangami"

"Bihangama predicted all the dangers in your life"

"Bihangama meramalkan semua bahaya dalam hidup anda"

"First the bird predicted your father would send an elephant"

"Mula-mula burung itu meramalkan ayah kamu akan menghantar seekor gajah"

"The bird said you would fall from the elephant"
"Burung itu berkata anda akan jatuh dari gajah"
"And the bird said you would die from the fall"
"Dan burung itu berkata kamu akan mati kerana kejatuhan"
At this point the minister's son's legs turned to stone.
Pada ketika ini kaki anak menteri menjadi batu.
"See? my legs have already turned to stone"
"Nampak? kaki saya dah jadi batu"
"Go on with your story," said the prince.
"Teruskan cerita kamu," kata putera raja.
And the prince's friend continued the story.
Dan kawan putera itu menyambung cerita.
"The bird said the lion-gate would be gaily decorated"
"Burung itu berkata pintu gerbang singa akan dihiasi dengan riang"
"And the bird said the lion-gate would collapse on you"
"Dan burung itu berkata pintu gerbang singa akan runtuh menimpa kamu"
"If the lion-gate had fallen on you, you would have died"
"Sekiranya pintu gerbang singa telah menimpa kamu, kamu akan mati"
At this point the minister's son's torso turned to stone.
Pada ketika ini batang tubuh anak menteri bertukar menjadi batu.
But the prince insisted the minister's son continues.
Tetapi putera raja berkeras anak menteri meneruskan.
"Go on with your story," said the prince.
"Teruskan cerita kamu," kata putera raja.
"The bird said there would be the head of a fish"
"Burung itu berkata akan ada kepala ikan"
"And the bird predicted you would choke on the fish"
"Dan burung itu meramalkan anda akan tercekik ikan"
Now his head was the only thing not of stone.
Sekarang kepalanya adalah satu-satunya perkara yang bukan batu.
"See? my whole body has turned to stone"
"Lihat? seluruh badan saya telah menjadi batu"

"If I continue, I will become a man of stone"
"Jika saya teruskan, saya akan menjadi lelaki batu"
"Do you wish me to tell the rest"
"Adakah anda ingin saya memberitahu yang lain"
"Go on with your story," said the prince.
"Teruskan cerita kamu," kata putera raja.
"Very well, I will go on to the end"
"Baiklah, saya akan pergi ke penghujung"
"But you may repent after I tell you"
"Tetapi kamu boleh bertaubat selepas saya memberitahu
kamu"
"And you may wish to restore me to life"
"Dan anda mungkin ingin menghidupkan saya semula"
"I will tell you how to reverse the spell"
"Saya akan memberitahu anda bagaimana untuk
membalikkan mantra"
"In a few months the princess will bear a child"
"Dalam beberapa bulan lagi puteri akan melahirkan seorang
anak"
"Wait for the birth of the child"
"Tunggu kelahiran anak"
"Besmear my statue with the infant's blood"
"Hancurkan patung saya dengan darah bayi"
"Only then will I be restored back to life"
"Hanya selepas itu saya akan dihidupkan semula"
The last word left his lips, and he turned to stone.
Perkataan terakhir keluar dari bibirnya, dan dia berubah
menjadi batu.
The princess jumped out of bed.
Puteri melompat dari katil.
She opened the vessel for betel-leaves and spices.
Dia membuka bejana untuk daun sirih dan rempah ratus.
And she saw the pieces of a serpent.
Dan dia melihat kepingan ular.
The prince and the princess were now convinced.
Putera dan puteri kini yakin.
They saw the good faith of their departed friend.

Mereka melihat niat baik rakan mereka yang telah pergi.

They saw the benevolence of his actions.

Mereka melihat kebaikan perbuatannya.

They went to the marble statue.

Mereka pergi ke patung marmar.

But the statue of their friend was lifeless.

Tetapi patung kawan mereka itu tidak bernyawa.

They let out a loud cry lamentation.

Mereka mengeluarkan tangisan yang kuat.

But their cries were to no purpose.

Tetapi tangisan mereka tiada tujuan.

Because the statue was not moved by tears.

Kerana patung itu tidak digerakkan oleh air mata.

The prince and princess knew what they had to do.

Putera dan puteri tahu apa yang mereka perlu lakukan.

They concealed the marble figure in a safe place.

Mereka menyembunyikan patung marmar itu di tempat yang selamat.

And they waited for the birth of their child.

Dan mereka menunggu kelahiran anak mereka.

In process of time the hour came.

Dalam proses masa jam itu tiba.

The princess's travail had arrived.

Keperitan puteri telah tiba.

The princess bore a beautiful boy.

Puteri itu melahirkan seorang anak lelaki yang cantik.

The child was the perfect image of his mother.

Kanak-kanak itu adalah imej sempurna ibunya.

The beauty of their child was striking.

Kecantikan anak mereka sangat memukau.

And they were in awe of him.

Dan mereka kagum kepadanya.

They would have spared his life.

Mereka akan menyelamatkan nyawanya.

But they remembered their best friend.

Tetapi mereka ingat kawan baik mereka.

They remembered all he had done for them.

Mereka ingat semua yang dia telah lakukan untuk mereka.
But now he was a lifeless stone.
Tetapi kini dia adalah batu yang tidak bernyawa.
And they remembered the vows they had made.
Dan mereka ingat ikrar yang telah mereka buat.
And they cut the child into two.
Dan mereka memotong kanak-kanak itu kepada dua.
They besmeared the statue with the child's blood.
Mereka melumurkan patung itu dengan darah kanak-kanak itu.
And their friend became animated back to life.
Dan rakan mereka menjadi hidup semula.
They were glad to see him alive again.
Mereka gembira melihat dia hidup semula.
But the prince's friend was overwhelmed with grief.
Tetapi sahabat putera raja itu dirundung kesedihan.
Because he saw the new-born in a pool of blood.
Kerana dia melihat bayi yang baru lahir itu berlumuran darah.
So he picked up the dead infant.
Jadi dia mengangkat bayi yang mati itu.
He carefully wrapped the child in a towel.
Dia dengan berhati-hati membalut kanak-kanak itu dengan tuala.
And he resolved to get the child restored to life.
Dan dia bertekad untuk menghidupkan semula kanak-kanak itu.
He consulted all the physicians of the country.
Dia berunding dengan semua doktor negara.
They all told him the same thing.
Mereka semua memberitahunya perkara yang sama.
A cure can be found for any illness.
Penawar boleh didapati untuk sebarang penyakit.
But life requires the spark of life.
Tetapi hidup memerlukan percikan kehidupan.
When the spark is gone, it is beyond their jurisdiction.
Apabila percikan api hilang, ia di luar bidang kuasa mereka.
And so they had to go on with their lives.

Maka mereka terpaksa meneruskan kehidupan mereka.

Eventually the prince's friend returned to his wife.
Akhirnya kawan putera raja kembali kepada isterinya.
She was a devoted worshipper of the goddess kali.
Dia adalah seorang penyembah yang setia kepada dewi kali.
She was the only one who could return life.
Dia adalah satu-satunya yang boleh mengembalikan kehidupan.
His wife was living in a distant town.
Isterinya tinggal di sebuah bandar yang jauh.
So he set out on a journey to the town.
Oleh itu, dia memulakan perjalanan ke bandar.
His wife still lived in her father's house.
Isterinya masih tinggal di rumah ayahnya.
Adjoining the house there was a garden.
Bersebelahan dengan rumah itu terdapat sebuah taman.
And in the garden there was a tree.
Dan di taman itu ada sebatang pokok.
The child had been stored in that tree.
Kanak-kanak itu telah disimpan di dalam pokok itu.
His wife was overjoyed to see her husband.
Isterinya sangat gembira melihat suaminya.
She had not seen him for a long time.
Sudah lama dia tidak berjumpa dengannya.
But she was surprised when she saw him.
Tetapi dia terkejut apabila dia melihatnya.
Her husband was very melancholy that day.
Suaminya sangat sayu pada hari itu.
He spoke very little to his wife.
Dia bercakap sedikit kepada isterinya.
And his wife knew that he was not himself.
Dan isterinya tahu bahawa dia bukan dirinya.
He was brooding over something in his mind.
Dia termenung memikirkan sesuatu dalam fikirannya.
She asked the reason for his melancholy.
Dia bertanya sebab sayunya.

But he kept quiet, and wouldn't tell her.
Tetapi dia mendiamkan diri, dan tidak akan memberitahunya.
One night they were lying together in bed.
Pada suatu malam mereka berbaring bersama di atas katil.
The wife got up and left the marital bed.
Si isteri bangun dan meninggalkan katil perkahwinan.
She opened the door and went into the garden.
Dia membuka pintu dan pergi ke taman.
Her husband had not been able to sleep well.
Suaminya tidak dapat tidur lena.
Therefore he awoke from the movement of his wife.
Oleh itu dia tersedar dari pergerakan isterinya.
He heard her leave in the dead of the night.
Dia mendengar dia pergi di tengah malam.
And he was determined to follow her.
Dan dia bertekad untuk mengikutinya.
But he was also determined not to be noticed.
Tetapi dia juga bertekad untuk tidak diperhatikan.
She went to a temple of the goddess kali.
Dia pergi ke kuil dewi kali.
The temple was at no great distance from her house.
Kuil itu tidak jauh dari rumahnya.
She worshipped the goddess with flowers.
Dia menyembah dewi dengan bunga.
And she worshiped the goddess with sandal-wood perfume.
Dan dia menyembah dewi dengan minyak wangi kayu
cendana.
"Oh mother kali! have mercy upon me"
"Oh ibu kali! kasihanilah saya"
"Deliver me out of all my troubles"
"Lepaskan aku daripada segala kesusahanku"
The goddess replied to the woman.
Balas dewi kepada wanita itu.
"Why, what further grievance have you?
"Kenapa, apa lagi rungutan awak?
"You long prayed for the return of your husband"
"Anda telah lama berdoa untuk kepulangan suami anda"

"And your prayers have been answered"
"Dan doamu telah dikabulkan"
"Your husband has returned to you"
"Suami awak telah kembali kepada awak"
"So then, what ails thee now?"
"Kalau begitu, apa yang awak sakitkan sekarang?"
The woman answered the goddess.
Wanita itu menjawab dewi.
"True, oh mother, my husband has come to me"
"Benar, oh ibu, suami saya telah datang kepada saya"
"But he has come to me in a melancholy mood"
"Tetapi dia datang kepada saya dalam suasana sayu"
"He hardly speaks to me when I speak to him"
"Dia jarang bercakap dengan saya apabila saya bercakap dengannya"
"He takes no delight in me when he is with me"
"Dia tidak senang dengan saya apabila dia bersama saya"
"All he does is sit melancholy in a corner"
"Apa yang dia lakukan hanyalah duduk sayu di sudut"
The goddess replied to her devotee.
Jawab dewi kepada penyembahnya.
"Ask your husband why he feels melancholy"
"Tanya suami anda mengapa dia berasa sayu"
"When he tells you, let me know the reason"
"Apabila dia memberitahu anda, beritahu saya sebabnya"
The minister's son overheard the conversation.
Anak menteri terdengar perbualan itu.
But he stayed unnoticed by the goddess.
Tetapi dia tetap tidak disedari oleh dewi.
And his wife did not notice him either.
Dan isterinya juga tidak menyedarinya.
He quietly slunk away before his wife.
Dia diam-diam menyelinap di hadapan isterinya.
And he returned back to bed before her.
Dan dia kembali ke katil di hadapannya.
The following day the wife asked her husband.
Keesokan harinya si isteri bertanya kepada suaminya.

"My dear husband, why are you in a melancholy mood?"
"Suamiku sayang, kenapa kamu dalam mood sayu?"
Her husband retold the whole story.
Suaminya menceritakan semula keseluruhan cerita.
He told her about the jewel serpent.
Dia memberitahunya tentang ular permata.
He told her about the subterranean palace.
Dia memberitahunya tentang istana bawah tanah.
He told her about the princess being captured.
Dia memberitahunya tentang puteri yang ditangkap.
He told her how he freed the princess.
Dia memberitahunya bagaimana dia membebaskan puteri itu.
And he told her about Bihangama and Bihangami.
Dan dia memberitahunya tentang Bihangama dan Bihangami.
He told her how he had turned to stone.
Dia memberitahunya bagaimana dia telah berubah menjadi batu.
And he told her how he was returned back to life.
Dan dia memberitahunya bagaimana dia dihidupkan semula.
So he told her also about the killing of the child.
Jadi dia memberitahunya juga tentang pembunuhan kanak-kanak itu.
That night his wife left the bed again.
Malam itu isterinya meninggalkan katil semula.
And she returned to the goddess kali's temple.
Dan dia kembali ke kuil dewi kali.
And she told the goddess of her husband's melancholy.
Dan dia memberitahu dewi kemurungan suaminya.
The goddess listened intently to what was said.
Dewi mendengar dengan tekun apa yang diperkatakan.
"Bring the child here and I will restore it to life"
"Bawa kanak-kanak itu ke sini dan saya akan menghidupkannya semula"
The next night she left the marital bed again.
Malam berikutnya dia meninggalkan katil perkahwinan itu lagi.
She went to the tree in the garden.

Dia pergi ke pokok di taman.

And she took the child from the tree.

Dan dia mengambil kanak-kanak itu dari pokok itu.

And she took the child to the goddess kali.

Dan dia membawa anak itu ke dewi kali.

And the goddess kali returned the child back to life.

Dan dewi kali menghidupkan semula kanak-kanak itu.

The prince's friend was entranced with joy.

Rakan putera raja itu terpesona dengan kegembiraan.

He picked up the reanimated child.

Dia mengangkat kanak-kanak yang dihidupkan semula.

And he ran as fast as he could to his friend.

Dan dia berlari sepantas mungkin ke arah kawannya.

And he gave him his child, alive and well.

Dan dia memberinya anaknya, hidup dan sihat.

They all rejoiced with exceedingly great joy.

Mereka semua bersukacita dengan kegembiraan yang sangat besar.

And they lived together happily till the day of their death.

Dan mereka hidup bersama dengan bahagia sehingga hari kematian mereka.

The Indignant Brahman
Brahman yang Marah

There was once a poor Brahman.
Pernah ada seorang Brahman yang miskin.
This poor Brahman had a wife.
Brahman yang malang ini mempunyai seorang isteri.
And he also had four children.
Dan dia juga mempunyai empat orang anak.
He was a very poor man.
Dia seorang yang sangat miskin.
And he had no resources in the world.
Dan dia tidak mempunyai sumber di dunia.
He lived from the charity of others.
Dia hidup dari amal orang lain.
During marriages he earned well.
Semasa perkahwinan dia memperoleh pendapatan yang baik.
And he earned well during funerals.
Dan dia memperoleh pendapatan yang baik semasa
pengebumian.
But his parishioners did not marry daily.
Tetapi umatnya tidak berkahwin setiap hari.
And they did not die every day either.
Dan mereka juga tidak mati setiap hari.
It was difficult to make the two ends meet.
Sukar untuk memenuhi kedua-dua hujungnya.
His wife often rebuked him.
Isterinya sering menegurnya.
"Why can you not support me?"
"Kenapa awak tidak boleh menyokong saya?"
"Our children run around naked"
"Anak-anak kita berlari telanjang"
"And they suffer from hunger"
"Dan mereka menderita kelaparan"
Though poor, he was a good man.
Walaupun miskin, dia seorang yang baik.
And he was diligent in his devotions.

Dan dia tekun dalam ibadahnya.
Every day he said his prayers.
Setiap hari dia berdoa.
He prayed at the same time each day.
Dia berdoa pada waktu yang sama setiap hari.
His tutelary deity was the Goddess Durga.
Dewa pengasuhnya ialah Dewi Durga.
She is the consort of Shiva.
Dia adalah permaisuri Shiva.
She is the creative energy of the universe.
Dia adalah tenaga kreatif alam semesta.
Every day he wrote the name of Durga.
Setiap hari dia menulis nama Durga.
He wrote the name in red ink.
Dia menulis nama itu dengan dakwat merah.
At least one hundred and eight times.
Sekurang-kurangnya seratus lapan kali.
He did not drink or eat till he did this.
Dia tidak minum atau makan sehingga dia melakukan ini.
throughout the day he uttered prayers.
sepanjang hari dia melafazkan doa.
"O Durga! have mercy upon me"
"Wahai Durga! kasihanilah aku"
He prayed whenever he felt anxious.
Dia berdoa setiap kali dia berasa cemas.
And he often felt anxious.
Dan dia sering berasa cemas.
Because he lived in poverty.
Kerana dia hidup dalam kemiskinan.
He prayed when his worries were too much.
Dia berdoa apabila kebimbangannya terlalu banyak.
And there were many things he worried about.
Dan banyak perkara yang dia risaukan.
He worried about his wife and children.
Dia risaukan isteri dan anak-anaknya.
And he worried about supporting them.
Dan dia bimbang untuk menyokong mereka.

One day he was very sad.

Suatu hari dia sangat sedih.

On this day he went to a forest.

Pada hari ini dia pergi ke hutan.

The forest was far outside the village.

Hutan itu jauh di luar kampung.

He let out all his grief.

Dia melepaskan semua kesedihannya.

And he wept bitter tears.

Dan dia menangis air mata pahit.

"O Durga! O Mother Bhagavati!"

"O Durga! O Ibu Bhagavati!"

"Please put an end to my misery?"

"Tolong hentikan kesengsaraan saya?"

"I wish I were alone in the world"

"Saya harap saya keseorangan di dunia"

"Then my poverty wouldn't worry me"

"Maka kemiskinan saya tidak akan merisaukan saya"

"But thou hast given me a wife"

"Tetapi kamu telah memberikan saya seorang isteri"

"And my wife has given me children"

"Dan isteri saya telah memberi saya anak"

"O Mother, I beg of you"

"Wahai Ibu, saya mohon kepadamu"

"Give me the means to support them"

"Beri saya cara untuk menyokong mereka"

Shiva and his wife Durga happened to be there.

Shiva dan isterinya Durga kebetulan berada di sana.

They were taking their morning walk.

Mereka berjalan pagi.

The Goddess Durga saw the Brahman at a distance.

Dewi Durga melihat Brahman dari jauh.

"O Lord of Kailas, do you see that Brahman?"

"Wahai Tuan Kailas, adakah kamu melihat Brahman itu?"

"He is always taking my name on his lips"

"Dia sentiasa menyebut nama saya di bibirnya"

"He prays I deliver him from his troubles"
"Dia berdoa supaya saya selamatkan dia dari kesusahannya"
"Can we not do something for the poor Brahman?"
"Bolehkah kita tidak melakukan sesuatu untuk Brahman yang malang itu?"
"He is oppressed with many cares"
"Dia ditindas dengan banyak kebimbangan"
"And he deeply cares for his growing family"
"Dan dia sangat mengambil berat tentang keluarganya yang semakin meningkat"
"We should make his life more comfortable"
"Kita harus menjadikan hidupnya lebih selesa"
"Because the poor man never has enough to eat"
"Kerana orang miskin tidak pernah kenyang makan"
"And his family doesn't have enough to eat either"
"Dan keluarganya juga tidak cukup makan"
"Let us give him a pot"
"Mari kita beri dia periuk"
"A pot with an infinite supply of murukku"
"Seperiuk dengan bekalan murukku yang tidak terhingga"
The divine consort was right.
Permaisuri ilahi betul.
The Lord of Kailas agreed to the proposal.
Tuan Kailas bersetuju dengan cadangan itu.
On the spot he created a magical pot.
Di tempat itu dia mencipta periuk ajaib.
Durga went to the poor Brahman.
Durga pergi kepada Brahman yang malang itu.
"O Brahman! My loyal devotee"
"Wahai Brahman! Penyembah setiaku"
"I have often thought of your pitiable case"
"Saya sering memikirkan kes anda yang menyedihkan"
"Your repeated prayers have moved my compassion"
"Doa anda yang berulang kali telah menggerakkan belas kasihan saya"
"Here is a pot for you"
"Ini periuk untuk awak"

"You must turn the pot upside down"
"Anda mesti terbalikkan periuk itu"
"And then you must shake the pot"
"Dan kemudian anda mesti goncang periuk"
"The finest murukku will pour out"
"Murukku yang terbaik akan mencurah-curah"
"The murukku will keep pouring out forever"
"Murukku akan terus mencurah selama-lamanya"
"Until you put the pot upright again"
"Sehingga anda meletakkan periuk tegak semula"
"You can eat as much murukku as you like"
"Anda boleh makan murukku sebanyak yang anda suka"
"Your wife and children will hunger no more"
"Isteri dan anak-anak anda tidak akan kelaparan lagi"
"And you can sell the murukku if you like"
"Dan anda boleh menjual murukku jika anda suka"
The Brahman was delighted beyond measure.
Brahman itu sangat gembira.
He had received a truly valuable treasure.
Dia telah menerima harta yang benar-benar berharga.
He made his deepest obeisance to the goddess.
Dia memberikan sujud sedalam-dalamnya kepada dewi.
And he expressed his eternal gratefulness.
Dan dia menyatakan rasa syukurnya yang abadi.

The Brahman had started walking home.
Brahman itu mula berjalan pulang.
But first he had to test his magical pot.
Tetapi pertama-tama dia perlu menguji periuk ajaibnya.
He wanted to see if the pot really worked.
Dia mahu melihat sama ada periuk itu benar-benar berfungsi.
He turned the pot upside down.
Dia terbalikkan periuk itu.
And he shook the pot, as instructed.
Dan dia menggoncang periuk itu, seperti yang diarahkan.
Lo and behold! The pot really did work.
Lihat dan lihat! Periuk benar-benar berfungsi.

The finest murukku fell to the ground.
Murukku yang terbaik jatuh ke tanah.
He tied the sweetmeat in his sheet.
Dia mengikat manisan di dalam helaiannya.
And he walked on, towards his village.
Dan dia berjalan terus, menuju ke kampungnya.
By noon the Brahman had gotten hungry.
Menjelang tengah hari Brahman itu telah berasa lapar.
But he could not eat without his ablutions.
Tetapi dia tidak boleh makan tanpa berwuduk.
First, he had to say his prayers.
Mula-mula dia kena solat.
There was an inn on his way.
Terdapat sebuah rumah penginapan dalam perjalanannya.
Close to the inn there was a water tank.
Berdekatan dengan penginapan terdapat sebuah tangki air.
So, he intended to halt there.
Jadi, dia berniat untuk berhenti di situ.
In order to bathe and say his prayers.
Untuk mandi dan solatnya.
After this he could eat all the murukku.
Selepas ini dia boleh makan semua murukku.
The Brahman sat at the innkeeper's shop.
Brahman itu duduk di kedai pemilik penginapan.
The shopkeeper was smoking tobacco.
Pemilik kedai itu menghisap tembakau.
He put the pot near the shopkeeper.
Dia meletakkan periuk itu berhampiran pekedai.
And he asked him to look after the pot.
Dan dia memintanya untuk menjaga periuk itu.
"Please take special care of this pot"
"Sila jaga periuk ini dengan baik"
"I must bathe and say my prayers"
"Saya mesti mandi dan solat"
"Please look after this pot for me"
"Tolong jaga periuk ini untuk saya"
"Make sure nothing happens to this pot"

"Pastikan tiada apa-apa berlaku pada periuk ini"
He thought it was a strange request.
Dia fikir itu permintaan yang pelik.
But he agreed to look after the pot.
Tetapi dia bersetuju untuk menjaga periuk itu.
And the Brahman gave him the pot.
Dan Brahman itu memberinya periuk.
He besmeared his body with mustard oil.
Dia menyapu badannya dengan minyak sawi.
And he went to do his ablutions.
Dan dia pergi untuk berwuduk.
The innkeeper grew curious about the pot.
Pemilik rumah penginapan itu semakin ingin tahu tentang periuk itu.
"This pot must have something valuable in it"
"Periuk ini mesti ada sesuatu yang berharga di dalamnya"
"Why else would he be so careful?"
"Kenapa lagi dia berhati-hati?"
His curiosity had been excited.
Rasa ingin tahunya telah teruja.
So, he opened the pot.
Jadi, dia membuka periuk itu.
To his surprise the pot was empty.
Terkejutnya periuk itu kosong.
"What can be the meaning of this?"
"Apakah maksud ini?"
"Why does he care so much for an empty pot?"
"Mengapa dia begitu mementingkan periuk kosong?"
He began to examine the pot more carefully.
Dia mula meneliti periuk itu dengan lebih teliti.
During his inspection he turned the pot upside down.
Semasa pemeriksaannya dia membalikkan periuk itu.
And then the finest murukku fell out from the pot.
Dan kemudian murukku terbaik jatuh dari periuk.
And the murukku didn't stop falling out.
Dan murukku tidak berhenti jatuh.
The innkeeper called his wife and children.

Pemilik rumah penginapan itu memanggil isteri dan anak-anaknya.

He wanted them to witness what had happened.
Dia mahu mereka menyaksikan apa yang berlaku.
An unexpected stroke of good fortune!
Nasib baik yang tidak dijangka!
The pot gave copious showers of sugared paddy.
Periuk itu memberikan hujan padi bergula yang banyak.
He filled all his pots and jars.
Dia mengisi semua periuk dan balangnya.
He knew he had to have this pot.
Dia tahu dia perlu memiliki periuk ini.
So, he replaced the pot with another one.
Jadi, dia menggantikan periuk itu dengan yang lain.
He had a pot of the same size and color.
Dia mempunyai periuk dengan saiz dan warna yang sama.

The Brahman had finished his ablutions.
Brahman itu telah selesai berwuduk.
He had performed all of his devotions.
Dia telah melaksanakan semua ibadahnya.
He came back to the shop in wet clothes.
Dia kembali ke kedai dengan pakaian basah.
He was still reciting holy texts of the Vedas.
Dia masih membaca teks suci Veda.
He put back on his dry clothes.
Dia memakai semula pakaiannya yang kering.
In red ink he wrote the name of Durga.
Dalam dakwat merah dia menulis nama Durga.
He wrote her name one hundred and eight times.
Dia menulis namanya seratus lapan kali.
After doing this he broke his fast.
Selepas melakukan ini dia berbuka puasa.
And he ate the murukku he had in his sheet.
Dan dia makan murukku yang ada dalam helaiannya.
He was refreshed from the meal.
Dia segar semula dari hidangan.

Now he could resume his journey home.
Kini dia boleh meneruskan perjalanan pulang.
So he called to the innkeeper.
Jadi dia memanggil pemilik penginapan itu.
"Please could I get my pot back"
"Tolong boleh saya dapatkan semula periuk saya"
The innkeeper gave him back his pot.
Pemilik penginapan itu memberikan kembali periuknya.
"There, sir, here is your pot"
"Di sana, tuan, ini periuk anda"
"The pot is exactly where you had put it"
"Periuk itu betul-betul di tempat anda meletakkannya"
"Your pot is just as you left it"
"Periuk anda sama seperti anda meninggalkannya"
"I made sure no one has touched your pot"
"Saya pastikan tiada siapa yang menyentuh periuk anda"
The Brahman didn't suspect a thing.
Brahman itu tidak mengesyaki apa-apa.
He picked up the pot.
Dia mengambil periuk itu.
And he proceeded on his journey home.
Dan dia meneruskan perjalanan pulang.

On his journey he had to think.
Dalam perjalanannya dia terpaksa berfikir.
He congratulated his good fortune.
Dia mengucapkan tahniah kepada nasib baiknya.
"My wife will be most pleasantly surprised!"
"Isteri saya akan sangat terkejut!"
"The children will devour the murukku!"
"Kanak-kanak akan memakan murukku!"
"I shall soon become rich"
"Saya akan menjadi kaya tidak lama lagi"
"I will be able to lift my head up high"
"Saya akan dapat mengangkat kepala saya tinggi-tinggi"
The pains of travelling had been reduced.
Kesakitan mengembara telah berkurangan.

Now his problems were much more pleasant.
Sekarang masalahnya lebih menyenangkan.
Only anticipation made the journey difficult.
Hanya penantian yang menyukarkan perjalanan.
He finally reached his home again.
Dia akhirnya sampai ke rumahnya semula.
He called to his wife and children.
Dia memanggil isteri dan anak-anaknya.
"Look at what I have brought"
"Tengok apa yang saya bawa"
"This pot is an unfailing source of wealth".
"Periuk ini adalah sumber kekayaan yang tidak putus-putus".
"We will never have to struggle again"
"Kami tidak akan perlu berjuang lagi"
"I will turn the pot upside down"
"Saya akan terbalikkan periuk itu"
"And then you will see something.
"Dan kemudian anda akan melihat sesuatu.
"Something you've never seen before"
"Sesuatu yang anda tidak pernah lihat sebelum ini"
"A stream of the finest murukku will flow"
"Arus murukku terbaik akan mengalir"
You can imagine what his wife was thinking.
Anda boleh bayangkan apa yang isterinya fikirkan.
"My husband has gone mad," she thought.
"Suami saya telah menjadi gila," fikirnya.
She was soon confirmed in her opinion.
Dia tidak lama kemudian disahkan pada pendapatnya.
Nothing fell from the pot, as promised.
Tiada apa-apa yang jatuh dari periuk, seperti yang dijanjikan.
He turned the pot upside down again and again.
Dia terbalikkan periuk itu lagi dan lagi.
The Brahman was overwhelmed with grief.
Brahman itu diliputi kesedihan.
He realized that he had been tricked.
Dia sedar bahawa dia telah ditipu.
The innkeeper must have swapped the pot.

Pemilik rumah penginapan mesti telah menukar periuk.
He must have stolen Durga's pot.
Dia pasti telah mencuri periuk Durga.
And he must have replaced the pot with a normal one.
Dan dia mesti menggantikan periuk itu dengan yang biasa.
He went back to the innkeeper the next day.
Dia kembali kepada pemilik penginapan keesokan harinya.
And he accused him of having changed his pot.
Dan dia menuduhnya telah menukar periuknya.
At first the innkeeper acted surprised.
Pada mulanya pemilik penginapan itu bertindak terkejut.
Then he pretended to be angry at the accusation.
Kemudian dia berpura-pura marah dengan tuduhan itu.
Finally, he chased him out of his shop.
Akhirnya, dia menghalaunya keluar dari kedainya.

He had no way of getting the pot back.
Dia tidak mempunyai cara untuk mendapatkan kembali periuk itu.
The Brahman knew what he had to do.
Brahman itu tahu apa yang perlu dilakukannya.
He went to see the goddess Durga again.
Dia pergi berjumpa dewi Durga lagi.
Siva and Durga honored him with their presence.
Siva dan Durga menghormatinya dengan kehadiran mereka.
Durga spoke to the poor Brahman.
Durga bercakap kepada Brahman yang malang itu.
"So, you have lost the pot I gave you"
"Jadi, awak telah kehilangan periuk yang saya berikan kepada awak"
"I take pity on your situation"
"Saya kasihan dengan keadaan awak"
"Here is another magical pot"
"Ini satu lagi periuk ajaib"
"Take this pot, and make good use of it"
"Ambil periuk ini, dan gunakannya dengan baik"
The Brahman was elated with joy.

Brahman itu sangat gembira.
He made obeisance to the divine couple.
Dia bersujud kepada pasangan ilahi.
And he took the pot with him.
Dan dia membawa periuk itu bersamanya.
Again he had to see if the pot worked.
Sekali lagi dia perlu melihat sama ada periuk itu berfungsi.
He turned the pot upside down.
Dia terbalikkan periuk itu.
And he shook the pot as before.
Dan dia menggoncang periuk itu seperti tadi.
And he waited for the murukku to fall out.
Dan dia menunggu murukku itu jatuh.
But no, horror of horrors!
Tetapi tidak, seram seram!
Murukku did not fall from the pot.
Murukku tidak jatuh dari periuk.
Instead of murukku, demons jumped out.
Daripada murukku, syaitan melompat keluar.
They began to beat the astonished Brahman.
Mereka mula mengalahkan Brahman yang terkejut.
The Brahman received punches and kicks.
Brahman menerima tumbukan dan tendangan.
But he kept his presence of mind.
Tetapi dia mengekalkan kehadiran fikirannya.
He turned the pot the right way up.
Dia memusingkan periuk dengan cara yang betul.
And he covered the pot up again.
Dan dia menutup semula periuk itu.
Fortunately his quick thinking worked.
Nasib baik pemikirannya yang pantas berhasil.
The demons disappeared as soon as he did this.
Syaitan-syaitan itu hilang sebaik sahaja dia melakukan ini.
The Brahman tried to understand what this meant.
Brahman cuba memahami maksudnya.
It must be to punish the innkeeper!
Ia mesti menghukum pemilik penginapan!

So he went to the innkeeper again.
Jadi dia pergi kepada pemilik penginapan sekali lagi.
He gave him the new pot.
Dia memberinya periuk baru.
He begged of him to look after the pot.
Dia memohon kepadanya untuk menjaga periuk itu.
Just like he had done before.
Sama seperti yang pernah dia lakukan sebelum ini.
He went for his ablutions and prayers.
Dia pergi untuk mengambil wuduk dan solat.
The innkeeper was delighted.
Pemilik penginapan itu gembira.
He had been given a second godsend.
Dia telah diberikan anugerah kedua.
He agreed to take the greatest care of the pot.
Dia bersetuju untuk menjaga periuk itu dengan sebaik-
baiknya.
He waited for the Brahman to go.
Dia menunggu Brahman itu pergi.
And he called his wife and children.
Dan dia memanggil isteri dan anak-anaknya.
"This is another pot from the Brahman"
"Ini satu lagi periuk dari Brahman"
"This time I hope it is not murukku"
"Kali ini saya harap ia bukan murukku"
"I hope this pot is full of sandesa"
"Saya harap periuk ini penuh dengan sandesa"
"Come, be ready with the baskets"
"Mari, bersedia dengan bakul"
"I will turn the pot upside down"
"Saya akan terbalikkan periuk itu"
"And then I will shake the pot"
"Dan kemudian saya akan menggoncang periuk itu"
And he did what he said he would do.
Dan dia melakukan apa yang dia katakan akan dia lakukan.
But the room did not fill with food.
Tetapi bilik itu tidak penuh dengan makanan.

This time the room filled with demons.
Kali ini bilik itu dipenuhi dengan syaitan.
The demons caught hold of the innkeeper.
Iblis menangkap pemilik penginapan itu.
And the demons also caught his family.
Dan syaitan juga menangkap keluarganya.
And the demons beat them mercilessly.
Dan syaitan-syaitan itu memukul mereka tanpa belas kasihan.
They would have completely destroyed the shop.
Mereka akan memusnahkan kedai itu sepenuhnya.
But the victims ran to the Brahman.
Tetapi mangsa berlari ke arah Brahman.
The Brahman had returned from his ablutions.
Brahman itu telah kembali dari wuduknya.
The Brahman showed mercy to them.
Brahman menunjukkan belas kasihan kepada mereka.
And he accepted their request.
Dan dia menerima permintaan mereka.
But there was one condition to his help.
Tetapi ada satu syarat untuk membantunya.
"I will only help if I get my pot back"
"Saya hanya akan membantu jika saya mendapatkan kembali
periuk saya"
The innkeeper didn't have much choice.
Pemilik penginapan tidak mempunyai banyak pilihan.
He had to accept the Brahman's conditions.
Dia terpaksa menerima syarat Brahman.
The Brahman put the pot upright again.
Brahman itu meletakkan periuk itu tegak semula.
And he put the lid on the pot.
Dan dia meletakkan penutup di atas periuk.
He took his pot back from the innkeeper.
Dia mengambil semula periuknya daripada pemilik
penginapan.
And he returned back to his village.
Dan dia pulang ke kampungnya.
Now the Brahman had two magical pots.

Sekarang Brahman mempunyai dua periuk ajaib.
The Brahman shut the door of his house.
Brahman itu menutup pintu rumahnya.
And he called his family again.
Dan dia menelefon keluarganya semula.
He turned the murukku-pot upside down.
Dia terbalikkan periuk murukku itu.
And he shook the murukku-pot as before.
Dan dia menggoncangkan periuk murukku seperti tadi.
This time the magic pot worked.
Kali ini periuk ajaib berfungsi.
An endless stream of the finest murukku.
Aliran murukku terbaik yang tidak berkesudahan.
The family devoured the sweetmeat.
Mereka sekeluarga memakan manisan itu.
They ate to their hearts' content.
Mereka makan sepuas-puasnya.
All the pots and pans were filled.
Semua periuk dan kuali telah diisi.

The next day the Brahman became confectioner.
Keesokan harinya Brahman itu menjadi pembuat kuih-muih.
He opened a shop in his house.
Dia membuka kedai di rumahnya.
And he sold the best murukku.
Dan dia menjual murukku yang terbaik.
The whole village came to the Brahman's house.
Seluruh kampung datang ke rumah Brahman.
They all wanted to buy the wonderful murukku.
Mereka semua ingin membeli murukku yang indah itu.
They had never seen such murukku in their life.
Mereka tidak pernah melihat murukku sebegitu seumur hidup mereka.
It was the most delicious murukku they ever had.
Ia adalah murukku paling lazat yang pernah mereka miliki.
No one had ever made anything like this dessert.

Tiada siapa yang pernah membuat apa-apa seperti pencuci mulut ini.

The reputation of the Brahman's murukku spread.
Reputasi murukku Brahman tersebar.
Soon people from outside the city came.
Tidak lama kemudian orang dari luar bandar datang.
Cartloads of the sweetmeat were sold every day.
Sarat troli daging manis itu dijual setiap hari.
The Brahman quickly became very rich.
Brahman itu dengan cepat menjadi sangat kaya.
He built a large brick house.
Dia membina sebuah rumah bata yang besar.
And he lived like a nobleman of the land.
Dan dia hidup seperti seorang bangsawan di negeri itu.
Once, however, his luck almost changed.
Namun, suatu ketika nasibnya hampir berubah.
His children had taken the wrong pot.
Anak-anaknya telah mengambil periuk yang salah.
A large number of demons came out.
Sebilangan besar syaitan keluar.
And they caught hold of the Brahman's wife.
Dan mereka menangkap isteri Brahman.
And they also caught his children.
Dan mereka juga menangkap anak-anaknya.
They were striking them mercilessly.
Mereka memukul mereka tanpa belas kasihan.
Fortunately the Brahman came back into the house.
Mujurlah Brahman itu masuk semula ke dalam rumah.
He turned the pot back to its proper position.
Dia memusingkan periuk itu ke kedudukannya yang sepatutnya.
He wanted to prevent a similar catastrophe.
Dia mahu mengelakkan malapetaka yang sama.
So the Brahman had a private room built.
Jadi Brahman itu membina sebuah bilik peribadi.
And he put the pot in a secret place.
Dan dia meletakkan periuk itu di tempat rahsia.

Mortals, however, do not have the luck of Gods.
Manusia fana, bagaimanapun, tidak mempunyai tuah Tuhan.
Uninterrupted prosperity is not their fortune.
Kemakmuran yang tidak terputus bukanlah rezeki mereka.
The demon-pot had been put out of the way.
Periuk syaitan telah disingkirkan.
But why might accident not befall the murukku pot?
Tetapi mengapa mungkin kemalangan tidak menimpa periuk murukku?
One day the Brahman and his wife were absent.
Suatu hari Brahman dan isterinya tidak hadir.
The children decided to shake the pot.
Kanak-kanak memutuskan untuk menggoncang periuk.
Each of them wanted to do the honors.
Setiap daripada mereka mahu melakukan penghormatan.
So there was a fight to get the pot.
Maka berlakulah berebut untuk mendapatkan periuk itu.
In the struggle the pot fell to the ground.
Dalam perjuangan periuk itu jatuh ke tanah.
Like any other earthen pot, it broke.
Seperti periuk tanah lain, ia pecah.
Eventually the Braham came back home again.
Akhirnya Braham pulang semula.
You can imagine how the news grieved him.
Anda boleh bayangkan bagaimana berita itu menyedihkan dia.
Of course the children were well cudgeled.
Sudah tentu anak-anak itu dipeluk dengan baik.
But anger could not replace the pot.
Tetapi kemarahan tidak dapat menggantikan periuk itu.
After some days he went to the forest again.
Selepas beberapa hari dia pergi ke hutan semula.
He offered many a prayer for Durga's favor.
Dia banyak berdoa untuk kebaikan Durga.
At last Siva and Durga appeared to him.
Akhirnya Siva dan Durga menampakkan diri kepadanya.
They listened to how the pot had been broken.

Mereka mendengar bagaimana periuk itu telah dipecahkan.
Durga decided to give him another pot.
Durga memutuskan untuk memberinya periuk lagi.
But this pot was accompanied with a caution.
Tetapi periuk ini disertai dengan berhati-hati.
"Brahman, take care of this pot"
"Brahman, jaga periuk ini"
"Do not break or lose this pot again"
"Jangan pecahkan atau hilangkan periuk ini lagi"
"Next time I will not give you another pot"
"Lain kali saya tidak akan memberi kamu periuk lagi"
The Brahman made obeisance to the Gods.
Brahman itu bersujud kepada para Dewa.
And he went straight back to his house.
Dan dia terus pulang ke rumahnya.
This time he did not halt at the innkeepers'.
Kali ini dia tidak berhenti di rumah penginapan itu.
He shut the door of his house.
Dia menutup pintu rumahnya.
He called his family to him.
Dia memanggil keluarganya kepadanya.
And he turned the pot upside down.
Dan dia terbalikkan periuk itu.
And then he began to shake the pot.
Dan kemudian dia mula menggoncang periuk itu.
They were only expecting murukku.
Mereka hanya mengharapkan murukku.
But this time it was not murukku.
Tetapi kali ini ia bukan murukku.
A stream of beautiful sandesa poured out.
Aliran sandesa yang indah mencurah-curah.
It was the finest sandesa you can imagine.
Ia adalah sandesa terbaik yang anda boleh bayangkan.
It truly was the food of Gods.
Ia benar-benar makanan Tuhan.
The Brahman set up another shop.
Brahman itu mendirikan kedai lain.

Now he was selling sandesa.
Sekarang dia menjual sandesa.
The fame of his shop soon drew large crowds.
Kemasyhuran kedainya tidak lama kemudian menarik ramai
orang.
People came from all over the country.
Orang ramai datang dari seluruh negara.
At all festivals and marriage feasts.
Di semua perayaan dan kenduri kahwin.
And at all funeral celebrations in the area.
Dan pada semua perayaan pengebumian di kawasan itu.
No one bought any other sandesa.
Tiada siapa yang membeli sandesa lain.
All day long the pot produced sandesa.
Sepanjang hari periuk menghasilkan sandesa.
Gigantic jars were filled with sweet.
Balang gergasi dipenuhi dengan manis.
And the jars were sent all over the country.
Dan balang itu dihantar ke seluruh negara.

The Brahman's wealth made the Zemindar jealous.
Kekayaan Brahman membuat Zemindar cemburu.
In these days all villages had a Zemindar.
Pada zaman ini semua kampung mempunyai Zemindar.
He had heard strange things about the sandesa.
Dia telah mendengar perkara pelik tentang sandesa.
He heard the dessert came from a magic pot.
Dia mendengar pencuci mulut itu datang dari periuk ajaib.
So he devised a plan to get this pot.
Jadi dia merangka rancangan untuk mendapatkan periuk ini.
His son was going to get married.
Anaknya akan berkahwin.
To celebrate there was a great feast.
Untuk meraikannya terdapat satu jamuan besar.
Many hundreds of people were invited.
Ratusan orang telah dijemput.
Mountain-loads of sandesa were required.

Sandesa yang banyak gunung diperlukan.
The Zemindar made a proposal to the Brahman.
Zemindar membuat cadangan kepada Brahman.
"Bring the magical pot to my house"
"Bawa periuk ajaib ke rumah saya"
At first the Brahman refused to bring the pot.
Pada mulanya Brahman enggan membawa periuk itu.
But the Zemindar insisted.
Tetapi Zemindar berkeras.
"I will have hundreds of guests"
"Saya akan mempunyai ratusan tetamu"
"I will need mountains of sandesa"
"Saya perlukan gunung sandesa"
"More sandesa than you can carry"
"Lebih banyak sandesa daripada yang anda boleh bawa"
"Bring the vessel to my house"
"Bawa kapal itu ke rumah saya"
"It will be easier for you and me"
"Ia akan menjadi lebih mudah untuk anda dan saya"
Eventually the Brahman agreed.
Akhirnya Brahman bersetuju.
Himalayas of sandesa were shaken out.
Himalaya sandesa digoncangkan.
But the Zemindar got hold of the pot.
Tetapi Zemindar telah memegang periuk itu.
The Zemindar insulted the Brahman.
Zemindar menghina Brahman.
And he chased him out of his house.
Dan dia menghalaunya keluar dari rumahnya.
The Brahman didn't give vent to anger.
Brahman itu tidak melepaskan kemarahan.
Instead, he quietly went back to his house.
Sebaliknya, dia secara senyap-senyap pulang ke rumahnya.
He went to the private room.
Dia pergi ke bilik peribadi.
And he took out the demon-pot.
Dan dia mengeluarkan periuk syaitan itu.

He came back to the Zemindar's house.

Dia kembali ke rumah Zemindar.

And he went to the door of the Zemindar.

Dan dia pergi ke pintu Zemindar.

He turned the pot upside down.

Dia terbalikkan periuk itu.

And then shook the magical pot.

Dan kemudian menggoncang periuk ajaib itu.

A hundred demons fell out of the pot.

Seratus syaitan jatuh dari periuk.

The chaos was impossible to describe.

Kekacauan itu tidak dapat digambarkan.

The unearthly visitors flooded the party.

Pengunjung yang tidak wajar membanjiri pesta itu.

They caught hundreds of the guests.

Mereka menangkap ratusan tetamu.

And the demons beat them mercilessly.

Dan syaitan-syaitan itu memukul mereka tanpa belas kasihan.

The women were dragged by their hair.

Wanita itu diseret oleh rambut mereka.

The Zemindar was chased from room to room.

Zemindar dikejar dari bilik ke bilik.

The demons' mischief was getting out of hand.

Kejahatan syaitan semakin tidak terkawal.

Someone had to put an end to their mischief.

Seseorang terpaksa menamatkan kenakalan mereka.

Else all the men would have been killed.

Jika tidak semua lelaki itu akan dibunuh.

And the house would have been torn to the ground.

Dan rumah itu pasti koyak ke tanah.

The Zemindar fell at the feet of the Brahman.

Zemindar jatuh di kaki Brahman.

And he begged to be shown mercy.

Dan dia memohon untuk dikasihani.

The Brahman showed him great mercy.

Brahman itu menunjukkan belas kasihan yang besar kepadanya.

And he put the demons back in the pot.
Dan dia meletakkan kembali syaitan itu ke dalam periuk.
The Zemindar never disturbed the Brahman again.
Zemindar tidak pernah mengganggu Brahman lagi.
Nor was he disturbed by anyone else.
Dia juga tidak diganggu oleh orang lain.
And he lived for many happy years.
Dan dia hidup selama bertahun-tahun bahagia.

The Story of the Rakshasas
Kisah Rakshasas

There was once a poor dimwitted Brahman.
Pernah ada seorang Brahman yang malang.
This dimwitted man had a wife, but no children.
Lelaki bodoh ini mempunyai seorang isteri, tetapi tidak mempunyai anak.
But him not having children was probably for the best.
Tetapi dia tidak mempunyai anak mungkin adalah yang terbaik.
Because he was barely able to meet his own needs.
Kerana dia hampir tidak dapat memenuhi keperluannya sendiri.
And he could hardly supply enough for his wife.
Dan dia hampir tidak dapat membekalkan cukup untuk isterinya.
But his dimwittedness was not even his biggest problem.
Tetapi kebodohannya bukanlah masalah terbesarnya.
This dimwitted man was also a rather lazy man!
Lelaki bodoh ini juga seorang yang agak pemalas!
He was averse to making any long journeys.
Dia enggan membuat sebarang perjalanan jauh.
Had he travelled further he might have had enough.
Sekiranya dia mengembara lebih jauh, dia mungkin sudah cukup.
He could have got presents from rich men.
Dia boleh mendapat hadiah daripada orang kaya.
This would have enabled them to live comfortably.
Ini akan membolehkan mereka hidup dengan selesa.
There was a great king in a neighbouring country.
Terdapat seorang raja besar di negara jiran.
The mother of the great king had just died.
Ibu kepada raja besar itu baru sahaja meninggal dunia.
So this king was celebrating the funeral obsequies.
Jadi raja ini sedang meraikan upacara pengebumian.
And the funeral was celebrated with great pomp.

Dan pengebumian itu disambut dengan megah.
Brahmans and beggars were coming from faraway lands.
Brahman dan pengemis datang dari negeri yang jauh.
They all came expecting to receive rich presents.
Mereka semua datang mengharapkan untuk menerima hadiah yang kaya.
The Brahman's wife requested him to also go.
Isteri Brahman meminta dia juga pergi.
"Seize this opportunity and get us a little money"
"Rebutlah peluang ini dan dapatkan kami sedikit wang"
But his constitutional indolence stood in the way.
Tetapi kemalasan perlembagaannya menghalangnya.
The woman, however, gave her husband no rest.
Wanita itu, bagaimanapun, tidak memberi suaminya rehat.
Finally she extorted from him the promise.
Akhirnya dia memeras janji daripadanya.
He promised his wife that he would go.
Dia berjanji kepada isterinya bahawa dia akan pergi.
The good woman, accordingly, cut down a plantain tree.
Wanita yang baik itu, sewajarnya, menebang pokok pisang.
And she burnt the plantain tree to ashes.
Dan dia membakar pokok pisang itu menjadi abu.
With the ashes she cleaned the clothes of her husband.
Dengan abu dia membersihkan pakaian suaminya.
And she made his clothes as white as any cleaner could.
Dan dia membuat pakaiannya seputih mana tukang cuci boleh.
Her husband was going to the palace of a great king.
Suaminya akan pergi ke istana seorang raja besar.
The king could not be approached by men in rags.
Raja tidak dapat didekati oleh lelaki yang berpakaian compang-camping.
Besides, Brahman are bound to appear neat and clean.
Selain itu, Brahman pasti kelihatan kemas dan bersih.
At last, one morning the Brahman left his house.
Akhirnya, pada suatu pagi Brahman meninggalkan rumahnya.

And he made his way to the palace of the great king.
Dan dia pergi ke istana raja besar.
I have already mentioned he was a dimwitted man.
Saya telah menyebut bahawa dia seorang lelaki yang bodoh.
He did not inquire which road he should take.
Dia tidak bertanya jalan mana yang harus dia lalui.
Instead, he walked on and on without directions.
Sebaliknya, dia terus berjalan tanpa arahan.
And he followed wherever his nose pointed him.
Dan dia mengikut ke mana sahaja hidungnya
menghalakannya.
I don't need to say he was not on the right road.
Saya tidak perlu mengatakan dia tidak berada di jalan yang
betul.
The regions he wandered became less and less inhabited.
Kawasan yang dilaluinya semakin berkurangan.
Soon he met no human being for many miles.
Tidak lama kemudian dia tidak bertemu dengan manusia
selama beberapa batu.
But there were many other things he saw there.
Tetapi ada banyak perkara lain yang dia lihat di sana.
Things he had never seen in all his life.
Perkara yang tidak pernah dilihatnya sepanjang hidupnya.
He saw hillocks of cowries on the roadside.
Dia melihat bukit-bukit lembu di tepi jalan.
Cowries were shells used as money in those times.
Cowries adalah cengkerang yang digunakan sebagai wang
pada masa itu.
He kept going and saw hillocks of jewels.
Dia terus pergi dan melihat bukit-bukit permata.
Next, he saw hillocks of four-anna pieces.
Seterusnya, dia melihat bukit-bukit kepingan empat anna.
Further along were hillocks of eight-anna pieces.
Lebih jauh di sepanjang adalah bukit-bukit keping lapan anna.
And further yet were hillocks of rupees.
Dan lebih jauh lagi adalah hillocks rupee.
But the Brahman's surprise did not end there.

Tetapi kejutan Brahman tidak berakhir di situ.
Next there was a hill of burnished gold-mohurs.
Seterusnya terdapat sebuah bukit emas-mohur yang berkilauan.
The burnished gold-mohurs were shining brightly.
Mohur emas yang dikilap bersinar terang.
Because the gold-mohurs had been freshly minted.
Kerana mohur emas itu baru ditempa.
Close to the hill of gold-mohurs was a large house.
Berdekatan dengan bukit emas-mohurs terdapat sebuah rumah besar.
The house looked like the palace of a powerful king.
Rumah itu kelihatan seperti istana raja yang berkuasa.
At the door stood a lady of exquisite beauty.
Di muka pintu berdiri seorang wanita yang sangat cantik.
The lady, seeing the Brahman, said;
Wanita itu, melihat Brahman, berkata;
"Come to me, my beloved husband"
"Datanglah kepadaku, suamiku yang tercinta"
"You married me when I was young"
"Awak kahwin dengan saya semasa saya muda"
"But you never came back after our marriage"
"Tetapi awak tidak pernah kembali selepas perkahwinan kita"
"Though I have been daily expecting you"
"Walaupun saya setiap hari mengharapkan awak"
"Blessed be this day," said the lady.
"Diberkatilah hari ini," kata wanita itu.
"On this day I see the face of my husband"
"Pada hari ini saya melihat wajah suami saya"
"Come, my sweet, come in," she asked of him.
"Mari, sayangku, masuk," dia meminta kepadanya.
"You must be fatigued from your long journey"
"Anda pasti penat kerana perjalanan jauh anda"
"Wash your feet and rest, and eat and drink"
"Basuh kakimu dan berehat, dan makan dan minum"
"And after that we shall make ourselves merry"
"Dan selepas itu kita akan bergembira"

The Brahman was astonished beyond measure.

Brahman itu tercengang tidak terkira.

He had no recollection marrying twice.

Dia tidak ingat pernah berkahwin dua kali.

He remembered marrying the wife he left at home.

Dia teringat akan berkahwin dengan isteri yang ditinggalkan di rumah.

But he did not remember marrying this lady.

Tetapi dia tidak ingat berkahwin dengan wanita ini.

But he remembered that he was a Kulin Brahman.

Tetapi dia ingat bahawa dia adalah Kulin Brahman.

Perhaps his father got him married as a child.

Mungkin ayahnya mengahwininya semasa kecil.

But what he thought did not matter much.

Tetapi apa yang dia fikirkan tidak penting.

The woman was certain he was her husband.

Wanita itu pasti dia adalah suaminya.

And he had no reason to say he was not her husband.

Dan dia tidak mempunyai sebab untuk mengatakan dia bukan suaminya.

Because her beauty was more than he could fathom.

Kerana kecantikannya lebih daripada yang dapat dia bayangkan.

As beautiful as the Goddesses of Indra's heaven.

Secantik Dewi-Dewi syurga Indra.

And he was sure that she was wealthy too.

Dan dia pasti bahawa dia juga kaya.

These thoughts went through the Brahman's mind.

Pemikiran ini terlintas di fikiran Brahman.

But the lady interrupted his flow of thought.

Tetapi wanita itu mengganggu aliran pemikirannya.

"Are you doubting whether I am your wife?"

"Adakah anda meragui sama ada saya isteri anda?"

"Have you lost all memories of that happy event?

"Adakah anda telah kehilangan semua kenangan tentang peristiwa gembira itu?

"All the pomp and circumstance of our nuptials"

"Semua kemegahan dan keadaan perkahwinan kami"
"Come in, beloved; this is your house"
"Masuklah, kekasih, ini rumahmu"
"Because whatever is mine is thine also"
"Kerana apa yang menjadi milikku adalah milikmu juga"
The fair lady easily persuaded the Brahman.
Wanita cantik itu dengan mudah memujuk Brahman.
And he succumbed to her loving entreaties.
Dan dia tunduk kepada rayuan cintanya.
And he went into the house of the lady.
Dan dia masuk ke dalam rumah wanita itu.
The house was not an ordinary one.
Rumah itu bukan rumah biasa.
The house was in fact a magnificent palace.
Rumah itu sebenarnya adalah sebuah istana yang tersergam
indah.
All the apartments were large and lofty.
Semua pangsapuri adalah besar dan tinggi.
Every room in the palace was richly furnished.
Setiap bilik di dalam istana itu berperabot mewah.
But one thing surprised the Brahman very much.
Tetapi satu perkara yang sangat mengejutkan Brahman.
There was no other person in all the house.
Tiada orang lain di dalam rumah itu.
The only one there was the lady herself.
Yang ada hanyalah wanita itu sendiri.
He could not account for the strange phenomenon.
Dia tidak dapat menjelaskan fenomena aneh itu.
They meet anyone on their walks either.
Mereka bertemu sesiapa sahaja dalam perjalanan mereka
sama ada.
The fact was that the lady was not a human being.
Hakikatnya ialah wanita itu bukan manusia.
What the lady really was was a Rakshasi.
Apa sebenarnya wanita itu ialah seorang Rakshasi.
She had eaten up the king and queen.
Dia telah memakan raja dan permaisuri.

And she had eaten all the members of the royal family.

Dan dia telah memakan semua ahli keluarga diraja.

And gradually she had eaten their servants too.

Dan secara beransur-ansur dia telah memakan hamba mereka juga.

This was why there were no humans far and wide.

Inilah sebabnya mengapa tidak ada manusia yang jauh dan luas.

The Rakshasi and the Brahman now lived together.

Rakshasi dan Brahman kini tinggal bersama.

After a week the former said to the latter;

Selepas seminggu yang pertama berkata kepada yang kedua;

"I am very anxious to see my sister"

"Saya sangat bimbang untuk berjumpa dengan kakak saya"

"As you know, my sister is your other wife"

"Seperti yang awak tahu, kakak saya ialah isteri awak yang lain "

"You must go and fetch my sister; your other wife"

"Anda mesti pergi dan menjemput adik saya; isteri anda yang lain"

"Then we shall all live together happily"

"Kemudian kita semua akan hidup bersama dengan bahagia"

"You must go to get her early tomorrow"

"Esok awak mesti pergi ambil dia awal"

"I will give you clothes and jewels for her"

"Aku akan memberikan kamu pakaian dan perhiasan untuknya"

Next morning the Brahman set out for his home.

Keesokan paginya Brahman berangkat ke rumahnya.

He was furnished with fine clothes.

Dia dilengkapi dengan pakaian yang bagus.

And he wore around his wrists costly ornaments.

Dan dia memakai pergelangan tangannya perhiasan yang mahal.

The poor woman was in great distress.

Wanita malang itu berada dalam kesusahan yang besar.

The funeral ceremony of the king's mother was over.
Selesai sudah upacara pengebumian ibu raja.
All the Brahmans and Pandits had returned.
Semua Brahman dan Pandit telah kembali.
And they were loaded with donations.
Dan mereka sarat dengan sumbangan.
But her husband had not returned.
Tetapi suaminya belum pulang.
No one could give any news of him.
Tiada siapa yang dapat memberi sebarang berita tentangnya.
Because no one had seen him there.
Kerana tiada siapa yang melihatnya di sana.
The woman therefore could only come to one conclusion.
Oleh itu, wanita itu hanya boleh membuat satu kesimpulan.
He must have been murdered on the road by highwaymen.
Dia mesti dibunuh di jalan raya oleh orang lebuh raya.
She was in this terrible suspense.
Dia berada dalam ketegangan yang dahsyat ini.
But then one day she heard some rumors.
Tetapi suatu hari dia mendengar khabar angin.
People in her village were talking about her husband.
Orang di kampungnya bercakap tentang suaminya.
They said they saw him coming back.
Mereka berkata mereka melihat dia kembali.
And they said he was dressed in fine clothes.
Dan mereka berkata dia memakai pakaian yang bagus.
And they said he had fine jewels for his wife.
Dan mereka berkata dia mempunyai permata yang indah
untuk isterinya.
And sure enough the Brahman soon appeared.
Dan sudah pasti Brahman itu segera muncul.
And he was carrying fine jewels for his wife.
Dan dia membawa permata yang indah untuk isterinya.
On seeing his wife the Brahman thus accosted her;
Apabila melihat isterinya, Brahman itu mendatanginya;
"Come with me, my dearest wife"
"Ikutlah dengan saya, isteri tersayang"

"I have found my first wife"
"Saya telah menemui isteri pertama saya"
"She lives in a stately palace"
"Dia tinggal di istana yang megah"
"Near her palace are hillocks of rupees"
"Berdekatan istananya terdapat bukit-bukit rupee"
"And there is a large hill of gold-mohurs"
"Dan terdapat sebuah bukit besar emas-mohurs"
"Why should you pine away in wretchedness?"
"Mengapa kamu harus merana dalam kesedihan?"
"Why would you stay in this horrible place?"
"Kenapa awak tinggal di tempat yang mengerikan ini?"
"Come with me to the house of my first wife"
"Ikutlah saya ke rumah isteri pertama saya"
"There we shall all live together happily"
"Di sana kita semua akan hidup bersama dengan bahagia"
At first, she thought her half-witted man had gone mad.
Pada mulanya, dia menyangka lelakinya yang separuh cerdik itu sudah gila.
She could not imagine the hillocks of rupees.
Dia tidak dapat membayangkan jumlah rupee.
And she could not imagine a hill of gold-mohurs.
Dan dia tidak dapat membayangkan bukit emas-mohurs.
But then she saw how he was beautifully dressed.
Tetapi kemudian dia melihat bagaimana dia berpakaian cantik.
Beautiful clothes of exquisite silks and satins.
Pakaian cantik dari sutera dan satin yang indah.
Ornaments set with diamonds and precious stones.
Set perhiasan dengan berlian dan batu permata.
Clothes fit for the queen of the land.
Pakaian yang sesuai untuk ratu negara.
Clothes only princesses were in the habit of putting on.
Pakaian hanya puteri biasa memakainya.
She concluded in her mind that something was amiss:
Dia membuat kesimpulan dalam fikirannya bahawa ada sesuatu yang tidak kena:

Her stupid husband must have been tricked.
Suaminya yang bodoh itu pasti ditipu.
He must have fallen into the meshes of a Rakshasi.
Dia pasti telah jatuh ke dalam jerat Rakshasi.
The Brahman, however, insisted his wife went with him.
Brahman itu, bagaimanapun, mendesak isterinya pergi bersamanya.
"Feel free to stay here and pine away in poverty"
"Jangan ragu untuk tinggal di sini dan hilang dalam kemiskinan"
"As for me, I will return to the palace of my first wife"
"Bagi saya, saya akan kembali ke istana isteri pertama saya"
The good woman did her best to stop her husband.
Wanita yang baik itu sedaya upaya menghalang suaminya.
But in the end she resolved to go with him.
Tetapi akhirnya dia memutuskan untuk pergi bersamanya.
Perhaps she could judge the matter better at the palace.
Mungkin dia boleh menilai perkara itu dengan lebih baik di istana.

They set out accordingly the next morning.
Mereka berangkat dengan sewajarnya pada keesokan harinya.
They went the same road the Brahman had travelled.
Mereka pergi ke jalan yang sama yang telah dilalui oleh Brahman.
The woman was not a little surprised by what she saw.
Wanita itu tidak sedikit terkejut dengan apa yang dilihatnya.
She saw the hillocks of cowries and of jewels.
Dia melihat bukit-bukit lembu dan permata.
And she saw hillocks of eight-anna pieces.
Dan dia melihat bukit-bukit keping lapan anna.
And she saw the hillocks of rupees too.
Dan dia juga melihat bukit-bukit rupee.
And last of all she saw a lofty hill of gold-mohurs.
Dan yang terakhir dia melihat bukit emas-mohur yang tinggi.
She saw also an exceedingly beautiful lady.
Dia juga melihat seorang wanita yang sangat cantik.

The lady of the palace was hastening towards her.
Puan istana itu bergegas ke arahnya.
The lady fell on the neck of the Brahman woman.
Wanita itu jatuh pada leher wanita Brahman itu.
And she wept tears of joy, and said:
Dan dia menangis air mata kegembiraan, dan berkata:
"Welcome, beloved sister!"
"Selamat datang, adik yang dikasihi!"
"This is the happiest day of my life!"
"Ini adalah hari paling bahagia dalam hidup saya!"
"I see the face of my dearest sister again!"
"Saya melihat wajah kakak saya yang paling saya sayangi lagi!"
The husband and his two wives entered the palace.
Suami dan dua isterinya masuk ke dalam istana.
Now he was lodged in a stately mansion.
Kini dia bermalam di rumah agam yang tersergam indah.
The most delectable food appeared, as if by enchantment.
Makanan yang paling lazat muncul, seolah-olah dengan pesona.
He was caressed and endeared by his two wives.
Dia dibelai dan disayangi oleh kedua-dua isterinya.
Both wives did their best to make him happy.
Kedua-dua isteri melakukan yang terbaik untuk membahagiakannya.
Both wives did their best to make him comfortable.
Kedua-dua isteri melakukan yang terbaik untuk membuatnya selesa.
His two wives were competing for his love.
Kedua-dua isterinya bersaing untuk cintanya.
The Brahman had a jolly time of it.
Brahman mempunyai masa yang riang.
He was steeped in an ocean of enjoyment.
Dia tenggelam dalam lautan kenikmatan.
The Brahman lived in this state of Elysian pleasure.
Brahman hidup dalam keadaan kesenangan Elysian ini.
Some fifteen or sixteen years he spent this way.

Kira-kira lima belas atau enam belas tahun dia menghabiskan cara ini.

During this time his two wives presented him with two sons.

Pada masa ini dua isterinya menghadiahkannya dua orang anak lelaki.

The Rakshasi's son was the elder.

Anak lelaki Rakshasi adalah yang lebih tua.

He looked more like a god than a human being.

Dia kelihatan lebih seperti tuhan daripada manusia.

He was named Sahasra-Dal.

Dia bernama Sahasra-Dal.

His name meant the thousand-branched.

Namanya bermaksud yang bercabang seribu.

The son of the Brahman woman was a year younger.

Anak perempuan Brahman itu lebih muda setahun.

He was named Champa-Dal

Dia bernama Champa-Dal

His name meant the branch of a champaka tree.

Namanya bermaksud dahan pokok champaka.

The two brothers loved each other dearly.

Dua beradik itu amat menyayangi antara satu sama lain.

They were both sent to the same school.

Mereka berdua dihantar ke sekolah yang sama.

The school was several miles distant from the palace.

Sekolah itu terletak beberapa batu jauhnya dari istana.

Every day they rode their two little ponies to school.

Setiap hari mereka menunggang dua ekor kuda kecil mereka ke sekolah.

The Brahman woman had always been suspicious.

Wanita Brahman itu sentiasa curiga.

A thousand little circumstances gave her clues.

Seribu keadaan kecil memberinya petunjuk.

She knew her sister-in-law was not a human being.

Dia tahu kakak iparnya bukan manusia.

She was sure her sister-in-law was a Rakshasi.

Dia pasti kakak iparnya adalah seorang Rakshasi.

But her suspicion had not yet ripened into certainty.
Tetapi syak wasangkanya masih belum matang menjadi kepastian.
Because the Rakshasi exercised great self-restraint.
Kerana Rakshasi menjalankan kawalan diri yang hebat.
She never did anything which human beings did not do.
Dia tidak pernah melakukan sesuatu yang tidak dilakukan oleh manusia.
But she couldn't hide her demonic nature forever.
Tetapi dia tidak dapat menyembunyikan sifat syaitannya selama-lamanya.
Her demonic nature was eventually going to reveal itself.
Sifat syaitannya akhirnya akan terserlah.

The Brahman had little to keep him busy.
Brahman tidak mempunyai banyak perkara untuk menyibukkannya.
In order to pass his time he went hunting.
Untuk menghabiskan masa dia pergi memburu.
The first day he returned with an antelope.
Hari pertama dia kembali dengan seekor antelop.
The antelope was laid in the courtyard of the palace.
Antelop itu diletakkan di halaman istana.
The Rakshasi saw the antelope with great interest.
Rakshasi melihat antelop itu dengan penuh minat.
At the sight of the raw meat her mouth began to water.
Apabila melihat daging mentah itu mulutnya mula berair.
The antelope was never taken to the kitchen.
Antelop itu tidak pernah dibawa ke dapur.
Instead, the Rakshasi took the antelope to another room.
Sebaliknya, Rakshasi membawa antelop itu ke bilik lain.
In this room she began devouring the antelope.
Di dalam bilik ini dia mula memakan antelop itu.
The Brahman woman saw everything from a secret room.
Wanita Brahman itu melihat segala-galanya dari bilik rahsia.
Her Rakshasi sister tore a leg off the antelope.
Kakak Rakshasinya mengoyakkan kaki dari antelop itu.

She saw how she opened her tremendous jaw.
Dia melihat bagaimana dia membuka rahangnya yang luar biasa.
And in one mouthful she swallowed up the leg.
Dan dalam satu suapan dia menelan kakinya.
The other limbs were devoured in the same manner.
Anggota badan yang lain dimakan dengan cara yang sama.
And opening her jaw even further, she swalled the body.
Dan membuka rahangnya lebih jauh, dia menelan badan.
Only a little bit of the meat was kept for the kitchen.
Hanya sedikit sahaja daging itu disimpan untuk dapur.
On the second day the Brahman caught another antelope.
Pada hari kedua Brahman menangkap seekor lagi antelop.
On the third day the Brahman caught another antelope.
Pada hari ketiga Brahman menangkap seekor lagi antelop.
The Rakshasi was unable to restrain her appetite.
Rakshasi tidak dapat menahan nafsu makannya.
The raw flesh brought out her demonic nature.
Daging mentah mengeluarkan sifat syaitannya.
And she devoured each antelope like the last.
Dan dia memakan setiap antelop seperti yang terakhir.
On the third day the Brahman woman expressed her surprise.
Pada hari ketiga wanita Brahman itu menyatakan rasa terkejutnya.
"Nearly three whole antelopes have disappeared"
"Hampir tiga keseluruhan antelop telah hilang"
"All that is left is a little bit of meat"
"Yang tinggal hanyalah sedikit daging"
The Rakshasi did not appreciate the accusation.
Rakshasi tidak menghargai tuduhan itu.
"Do I eat raw flesh?" she asked fiercely.
"Adakah saya makan daging mentah?" dia bertanya dengan garang.
"Perhaps you do eat raw flesh," replied the Brahman woman.

"Mungkin kamu makan daging mentah," jawab wanita Brahman itu.

"I have nothing to prove the contrary"

"Saya tidak mempunyai apa-apa untuk membuktikan sebaliknya"

The Rakshasi knew she had been discovered.

Rakshasi tahu dia telah ditemui.

Her eyes became even fiercer than before.

Matanya menjadi lebih galak daripada sebelumnya.

And she vowed to get her revenge.

Dan dia bersumpah untuk membalas dendamnya.

The Brahman woman concluded her fate was sealed.

Wanita Brahman itu membuat kesimpulan bahawa nasibnya telah dimeteraikan.

She thought her husband would meet the same fate.

Dia menyangka suaminya akan mengalami nasib yang sama.

She did not expect her son to be spared either.

Dia juga tidak menyangka anaknya terselamat.

That night she hardly slept at all.

Malam itu dia hampir tidak tidur sama sekali.

The Rakshasi had prevented her from seeing her husband.

Rakshasi telah menghalangnya daripada melihat suaminya.

Early next morning Champa-Dal went to school.

Pagi-pagi lagi Champa-Dal pergi ke sekolah.

Before he went to school she gave her son a golden bottle.

Sebelum dia pergi ke sekolah, dia memberi anaknya sebotol emas.

In the golden bottle was her own breast milk.

Di dalam botol emas itu terdapat susu ibunya sendiri.

"Carefully watch the colour of the milk"

"Berhati-hati perhatikan warna susu"

"If the milk turns red, your father has been killed"

"Jika susu menjadi merah, ayah kamu telah dibunuh"

"If the milk turns redder, then I have been killed"

"Jika susu menjadi lebih merah, maka saya telah dibunuh"

"If the milk turns red you must gallop away"

"Jika susu menjadi merah, anda mesti berlari"

"Gallop as fast as your horse can carry you"
"Melompat sepantas kuda anda boleh membawa anda"
"If you do not run away, you will be devoured"
"Jika kamu tidak lari, kamu akan dibaham"
That morning the Rakshasi made a suggestion to her husband.
Pagi itu Rakshasi memberi cadangan kepada suaminya.
"Let us bathe in the river this morning"
"Mari kita mandi sungai pagi ini"
She would not take no for an answer.
Dia tidak akan menerima tidak sebagai jawapan.
The river was some distance from the palace.
Sungai itu agak jauh dari istana.
The Brahman followed her as meekly as a lamb.
Brahman itu mengikutinya dengan lemah lembut seperti anak domba.
The Brahman woman saw that her doom was near.
Wanita Brahman itu melihat bahawa ajalnya sudah dekat.
But it was beyond her power to avert the catastrophe.
Tetapi ia di luar kuasanya untuk mengelak malapetaka itu.
The Brahman and the Rakshasi did indeed reach the river.
Brahman dan Rakshasi memang sampai ke sungai.
Soon after the Rakshasi changed into her real dimensions.
Tidak lama selepas Rakshasi berubah menjadi dimensi sebenar.
She tore the Brahman limb from limb.
Dia mengoyakkan anggota Brahman dari anggota badan.
She devoured him like she had devoured the antelope.
Dia memakannya seperti dia memakan antelop itu.
Then she ran back to her palace.
Kemudian dia berlari kembali ke istananya.
The wive's fate was the same as the Brahman's.
Nasib isteri itu sama seperti Brahman.

Young Champ Dal had done as his mother instructed.
Champ Dal muda telah melakukan seperti yang diarahkan oleh ibunya.

He was diligently observing the golden bottle.
Dia tekun memerhatikan botol emas itu.
He paid special attention to the colour of the milk.
Dia memberi perhatian khusus kepada warna susu.
He was horror-struck to find the milk redden a little.
Dia berasa ngeri apabila mendapati susunya sedikit memerah.
"My father has been killed," he cried.
"Ayah saya telah dibunuh," dia menangis.
Soon after the milk completely reddened.
Tidak lama selepas susu menjadi merah sepenuhnya.
"Now my mother has been killed too," he cried.
"Sekarang ibu saya telah dibunuh juga," dia menangis.
Quickly he rushed to mount his pony.
Pantas dia meluru memasang kuda poninya.
His half-brother, Sahasra-Dal, was surprised.
Abang tirinya, Sahasra-Dal, terkejut.
"Where are you going, Champa?"
"Kau nak pergi mana, Champa?"
"Why are you crying, brother?"
"Kenapa abang menangis?"
"Let me accompany you to wherever you are going"
"Izinkan saya menemani awak ke mana sahaja awak pergi"
But Champa-Dal now feared his brother.
Tetapi Champa-Dal kini takut kepada abangnya.
"Oh! do not come to me," he objected.
"Oh! jangan datang kepada saya," dia membantah.
"Your mother has devoured my father and mother"
"Ibu kamu telah memakan ayah dan ibu saya"
"Don't you come and devour me"
"Jangan kamu datang dan memakan saya"
"I will not devour you," he promised his brother.
"Saya tidak akan memakan awak," dia berjanji kepada
saudaranya.
"I'll save you," he promised his brother.
"Saya akan menyelamatkan awak," dia berjanji kepada
abangnya.
And he galloped after his brother, Champa-Dal.

Dan dia berlari mengejar abangnya, Champa-Dal.
Soon his mother, the Rakshasi, appeared at a distance.
Tidak lama kemudian ibunya, Rakshasi, muncul dari jauh.
She demanded Champa-Dal to come to her.
Dia meminta Champa-Dal datang kepadanya.
But Champa-Dal knew better than to go to the Rakshasi.
Tetapi Champa-Dal tahu lebih baik daripada pergi ke
Rakshasi.
"Champa-Dal will not come to you, but I will"
"Champa-Dal tidak akan datang kepada anda, tetapi saya
akan"
And instead, Sahasra-Dal went to his mother.
Dan sebaliknya, Sahasra-Dal pergi kepada ibunya.
The young prince always carried a sword with him.
Putera muda itu sentiasa membawa pedang bersamanya.
With his sword he cut off his mother's head.
Dengan pedangnya dia memenggal kepala ibunya.
Champa-Dal had not stayed to witness this.
Champa-Dal tidak tinggal untuk menyaksikan ini.
He had galloped off as far as his pony could carry him.
Dia telah berlari sejauh yang kudanya boleh membawanya.
Because he was running for his life.
Kerana dia berlari untuk hidupnya.
But Sahasra-Dal soon caught up with his brother.
Tetapi Sahasra-Dal segera mengejar abangnya.
And he told him that his mother was no more.
Dan dia memberitahunya bahawa ibunya sudah tiada.
This was small consolation to Champa-Dal.
Ini adalah saguhati kecil kepada Champa-Dal.
The Rakshasi had already devoured both his parents.
Rakshasi itu sudah memakan kedua ibu bapanya.
But he could still not trust Sahasra-Dal's friendship.
Tetapi dia masih tidak boleh mempercayai persahabatan
Sahasra-Dal.
They both rode as fast as their horses could carry them.
Mereka berdua menunggang sepantas yang boleh dibawa
oleh kuda mereka.

And their horses could carry them very far.

Dan kuda mereka boleh membawa mereka dengan sangat jauh.

Because their horses were Pakshirajes horses.

Kerana kuda mereka adalah kuda Pakshirajes.

Pakshirajes horses are the kings of birds.

Kuda Pakshirajes adalah raja burung.

On their horses they travelled over hundreds of miles.

Di atas kuda mereka mengembara sejauh ratusan batu.

An hour or two before sundown they reached a village.

Satu atau dua jam sebelum matahari terbenam mereka tiba di sebuah kampung.

Here they became the guests of a respectable family.

Di sini mereka menjadi tetamu keluarga yang dihormati.

But the two brothers saw the family was in gloom.

Tetapi dua beradik itu melihat keluarga itu dalam kesuraman.

Something was agitating the family very much.

Sesuatu yang sangat mengganggu keluarga.

Some of the family held private consultations.

Beberapa keluarga mengadakan perundingan peribadi.

And others in the family were weeping.

Dan yang lain dalam keluarga itu menangis.

The mother was the eldest lady in the house.

Ibu adalah wanita sulung di rumah itu.

"I will go, as I am the eldest," she said.

"Saya akan pergi, kerana saya anak sulung," katanya.

"I have lived long enough"

"Saya telah hidup cukup lama"

"At most my life would be cut short by a year or two"

"Paling-paling hidup saya akan dipendekkan oleh satu atau dua tahun"

The youngest member of the house was a little girl.

Ahli rumah yang paling muda ialah seorang gadis kecil.

"I will go, as I am young," she said.

"Saya akan pergi, kerana saya masih muda," katanya.

"I am useless to the family"

"Saya tidak berguna untuk keluarga"

"If I die, I shall not be missed"
"Jika saya mati, saya tidak akan terlepas"
The head of the house was the son of the old lady.
Ketua rumah itu adalah anak kepada wanita tua itu.
"I am the representative of the family," he said.
"Saya wakil keluarga," katanya.
"It is but reasonable that I should give up my life"
"Adalah munasabah bahawa saya harus menyerahkan nyawa saya"
He also had a younger brother.
Dia juga mempunyai seorang adik lelaki.
"You are the pillar of the family," he said.
"Anda adalah tonggak keluarga," katanya.
"If you go the whole family is ruined"
"Jika anda pergi seluruh keluarga akan musnah"
"It is not reasonable that you should go"
"Adalah tidak munasabah untuk kamu pergi"
"I will go, as I shall not be much missed"
"Saya akan pergi, kerana saya tidak akan terlepas"
The two strangers listened to all this conversation.
Kedua-dua orang yang tidak dikenali itu mendengar semua perbualan ini.
You can imagine their curiosity was not little.
Anda boleh bayangkan rasa ingin tahu mereka bukan sedikit.
They wondered what the discussion could be about.
Mereka tertanya-tanya apakah perbincangan itu.
Sahasra-Dal took the risk of being thought meddlesome.
Sahasra-Dal mengambil risiko untuk dianggap masuk campur.
"What is the subject of your consultations?"
"Apakah subjek perundingan anda?"
"What is the reason for your deep miserable?"
"Apakah sebabnya anda sangat sengsara?"
"Why are your words full of countenances?"
"Mengapa kata-katamu penuh dengan wajah?"
The head of the house gave the following answer.
Ketua rumah memberikan jawapan berikut.

"There is something you must know, me worthy guests"
"Ada sesuatu yang anda mesti tahu, saya tetamu yang layak"
"These lands are infested by a terrible Rakshasi"
"Tanah ini dipenuhi oleh Rakshasi yang dahsyat"
"This Rakshasi has depopulated all the regions here"
"Raksasi ini telah menurunkan penduduk semua wilayah di sini"
"This town, too, would have been depopulated"
"Pekan ini juga, akan berkurangan penduduknya"
"But that our king became suppliant to the Rakshasi"
"Tetapi raja kita memohon kepada Rakshasi"
"He begged her to show mercy to us his people"
"Dia memohon kepadanya untuk menunjukkan belas kasihan kepada kita umatnya"
The Rakshasi replied to the king.
Rakshasi menjawab kepada raja.
"I will consent to show mercy to your subjects"
"Saya akan bersetuju untuk menunjukkan belas kasihan kepada rakyat anda"
"But there is one condition for my mercy"
"Tetapi ada satu syarat untuk belas kasihan-Ku"
"Every night I demand one human being"
"Setiap malam saya menuntut seorang manusia"
"I don't mind if it is a male or a female"
"Saya tidak kisah sama ada lelaki atau perempuan"
"Put the human being in a temple for me to feast"
"Letakkan manusia itu ke dalam kuil untuk saya berpesta"
"If I get a human being every night I will rest satisfied"
"Jika saya mendapat seorang manusia setiap malam saya akan berehat dengan puas"
"Promise me this and I will commit no further depredations"
"Berjanjilah ini kepada saya dan saya tidak akan melakukan pemusnahan lagi"
"Your subjects will be spared from my ravenous hunger"
"Rakyat kamu akan terhindar dari kelaparan saya"
"Our king had no other alternative than to agree"

"Raja kita tidak mempunyai pilihan lain selain bersetuju"
"What human can ever hope to contend against a Rakshasi?"
"Siapakah manusia yang boleh berharap untuk menentang
Rakshasi?"
"From that day the king made a new law"
"Sejak hari itu raja membuat undang-undang baru"
"Every family has to send one member to the temple"
"Setiap keluarga perlu menghantar seorang ahli ke bait suci"
"To appease the wrath of the terrible Rakshasi"
"Untuk meredakan kemarahan Rakshasi yang dahsyat"
"To satisfy the endless hunger of the Rakshasi"
"Untuk memuaskan rasa lapar Rakshasi yang tidak
berkesudahan"
"All the families in this neighbourhood have had their turn"
"Semua keluarga di kawasan kejiranan ini telah mendapat
giliran"
"This night it is the turn of our family"
"Malam ini giliran kami sekeluarga"
"One of us is to devote ourself to destruction"
"Salah satu daripada kita adalah mengabdikan diri kepada
kehancuran"
**"We are therefore discussing who should go to the
Rakshasi"**
"Oleh itu kami sedang membincangkan siapa yang harus
pergi ke Rakshasi"
"You can now perceive the cause of our distress"
"Anda kini boleh memahami punca kesusahan kami"
The two friends consulted together for a few minutes.
Kedua-dua rakan berunding bersama selama beberapa minit.
After this time they concluded their consultation.
Selepas masa ini mereka memuktamadkan perundingan
mereka.
Sahasra-Dal was the spokesman for the brothers.
Sahasra-Dal adalah jurucakap saudara-saudara.
"Most worthy host, do not any longer be sad"
"Tuan rumah yang paling layak, jangan bersedih lagi"
"You have been very kind to us"

"Anda telah sangat baik kepada kami"

"We have resolved to requite your hospitality"

"Kami telah memutuskan untuk membalas layanan anda"

"We will go to the temple instead of you"

"Kami akan pergi ke kuil bukannya kamu"

"We shall go as your representatives"

"Kami akan pergi sebagai wakil kamu"

"We will become the food of the Rakshasi"

"Kami akan menjadi makanan Rakshasi"

The whole family protested against the proposal.

Seluruh keluarga membantah cadangan itu.

They declared that guests were like gods.

Mereka mengisytiharkan bahawa tetamu adalah seperti tuhan.

"The host must ensure the comfort of the guests"

"Hos mesti memastikan keselesaan tetamu"

"The guests must not suffer for the host"

"Tetamu tidak boleh menderita untuk tuan rumah"

But the two strangers could not be persuaded.

Tetapi dua orang yang tidak dikenali itu tidak dapat dipujuk.

"We will stand as proxies for your family"

"Kami akan berdiri sebagai proksi untuk keluarga anda"

There was a great deal of objection to the proposal.

Terdapat banyak bantahan terhadap cadangan tersebut.

But eventually the guests persuaded their hosts.

Tetapi akhirnya tetamu memujuk tuan rumah mereka.

Finally the hosts consented to the arrangement.

Akhirnya tuan rumah bersetuju dengan pengaturan itu.

Sahasra-Dal and Champa-Dal rode off on their horses.

Sahasra-Dal dan Champa-Dal menunggang kuda mereka.

Immediately after candle light they reached the temple.

Sejurus selepas cahaya lilin mereka sampai ke kuil.

They went into the temple, and shut the door.

Mereka masuk ke dalam kuil, dan menutup pintu.

Sahasra told his brother to go to sleep.

Sahasra menyuruh adiknya tidur.

"I will guard over your sleep"

"Saya akan menjaga tidur anda"
"I will watch out for the terrible Rakshasi"
"Saya akan berhati-hati dengan Rakshasi yang dahsyat"
Champa was soon in a fine sleep.
Champa tidak lama kemudian dalam tidur yang nyenyak.
Sahasra lay awake, waiting for the Rakshasi.
Sahasra berbaring terjaga, menunggu Rakshasi.
Nothing happened during the early hours of the night.
Tiada apa-apa yang berlaku pada waktu awal malam.
But then the gong of the king's bell sounded.
Tetapi kemudian gong loceng raja berbunyi.
It was midnight, the dead hour of the night.
Ia adalah tengah malam, jam mati malam.
Sahasra heard the sound as of a rushing tempest.
Sahasra mendengar bunyi seperti ribut ribut.
He used the knowledge he had of Rakshasas.
Dia menggunakan pengetahuannya tentang Rakshasas.
He concluded the Rakshasi was nigh.
Dia membuat kesimpulan bahawa Rakshasi sudah dekat.
A thundering knock was heard at the door.
Ketukan berdentum kedengaran di pintu.
The following words accompanied the knock at the door:
Kata-kata berikut mengiringi ketukan di pintu:
"How, mow, khow! A human being I smell"
"Bagaimana, mow, khow! Manusia yang saya bau"
"Who keeps guard inside this temple?"
"Siapa yang menjaga di dalam kuil ini?"
To this question Sahasra-Dal made the following reply:
Untuk soalan ini Sahasra-Dal membuat jawapan berikut:
"Sahasra-Dal keeps guard inside this temple"
"Sahasra-Dal berjaga-jaga di dalam kuil ini"
"Champa-Dal keeps guard inside this temple"
"Champa-Dal berjaga-jaga di dalam kuil ini"
"Two winged horses keep guard inside this temple"
"Dua ekor kuda bersayap berjaga-jaga di dalam kuil ini"
Rakshasa blood flowed through Sahasra-Dal's veins.
Darah Rakshasa mengalir melalui urat Sahasra-Dal.

The Rakshasi knew Sahasra-Dal was not human.

Rakshasi tahu Sahasra-Dal bukan manusia.

And so the Rakshasi turned away with a groan.

Maka Rakshasi berpaling dengan mengerang.

After an hour the Rakshasi returned to the temple.

Selepas sejam Rakshasi kembali ke kuil.

The Rakshasi thundered at the door again.

Rakshasi bergemuruh di pintu lagi.

"How, mow, khow! A human being I smell"

"Bagaimana, mow, khow! Manusia yang saya bau"

"Who keeps guard inside this temple?"

"Siapa yang menjaga di dalam kuil ini?"

To this question Sahasra-Dal again replied:

Kepada soalan ini Sahasra-Dal sekali lagi menjawab:

"Sahasra-Dal keeps guard inside this temple"

"Sahasra-Dal berjaga-jaga di dalam kuil ini"

"Champa-Dal keeps guard inside this temple"

"Champa-Dal berjaga-jaga di dalam kuil ini"

"Two winged horses keep guard inside this temple"

"Dua ekor kuda bersayap berjaga-jaga di dalam kuil ini "

The Rakshasi again groaned and went away.

Rakshasi itu sekali lagi mengerang dan pergi.

At two o'clock the Rakshasi appeared once more.

Pada pukul dua Rakshasi muncul sekali lagi.

And at three o'clock the Rakshasi came again.

Dan pada pukul tiga Rakshasi datang lagi.

Each time the Rakshasi made the same inquiry.

Setiap kali Rakshasi membuat pertanyaan yang sama.

And each time the Rakshasi left with a groan.

Dan setiap kali Rakshasi pergi dengan mengerang.

After three o'clock, however, Sahasra-Dal felt very sleepy.

Selepas pukul tiga, bagaimanapun, Sahasra-Dal berasa sangat mengantuk.

He could not any longer keep awake.

Dia tidak boleh berjaga lagi.

He therefore roused Champa.

Oleh itu dia membangkitkan Champa.

And he told him to keep guard over the temple.
Dan dia menyuruhnya untuk menjaga kuil itu.
"The Rakshasi will come again in an hour"
"Raksasi akan datang lagi dalam masa sejam"
"The Rakshasi will ask who keeps guard here"
"Raksasi akan bertanya siapa yang berjaga di sini"
"You must mention Sahasra's name first"
"Kamu mesti menyebut nama Sahasra dahulu"
Having given these instructions he went to sleep.
Setelah memberi arahan ini dia tidur.
At four o'clock the Rakshasi again made her appearance.
Pada pukul empat, Rakshasi sekali lagi muncul.
The Rakshasi thundered at the door, and said:
Rakshasi bergemuruh di pintu, dan berkata:
"How, mow, khow! A human being I smell"
"Bagaimana, mow, khow! Manusia yang saya bau"
"Who keeps guard inside this temple?"
"Siapa yang menjaga di dalam kuil ini?"
Champa-Dal was in a terrible fright.
Champa-Dal berada dalam ketakutan yang teruk.
He had forgotten the instructions of his brother.
Dia sudah lupa akan arahan abangnya.
"Champa-Dal keeps guard inside this temple"
"Champa-Dal berjaga-jaga di dalam kuil ini"
"Sahasra-Dal keeps guard inside this temple"
"Sahasra-Dal berjaga-jaga di dalam kuil ini"
"Two winged horses keep guard inside this temple"
"Dua ekor kuda bersayap berjaga-jaga di dalam kuil ini"
The Rakshasi uttered a shout of exultation.
Rakshasi melaungkan teriakan kegembiraan.
And the Rakshasi laughed how only demons can laugh.
Dan Rakshasi ketawa bagaimana hanya syaitan yang boleh ketawa.
With a dreadful noise the door broke open.
Dengan bunyi yang mengerikan pintu itu pecah.
The noise roused Sahasra from his sleep.
Bunyi itu membangunkan Sahasra dari tidurnya.

Within a moment he sprung to his feet.
Seketika dia bangun.
He had his sword with him not only by day.
Dia membawa pedangnya bukan sahaja pada siang hari.
He had his sword with him by night too.
Dia juga membawa pedangnya pada waktu malam.
His sword was as supple as a palm-leaf.
Pedangnya lembut seperti daun kurma.
And he cut off the head of the Rakshasi.
Dan dia memotong kepala Rakshasi.
The huge mountain of a body fell to the ground.
Gunung besar sebuah mayat jatuh ke tanah.
The body made a great noise when it fell.
Badan itu mengeluarkan bunyi yang kuat apabila ia jatuh.
And the body covered many surrounding acres.
Dan badan itu meliputi banyak ekar sekeliling.
Sahasra-Dal kept the severed head of the Rakshasi.
Sahasra-Dal menyimpan kepala Rakshasi yang terputus.
And he slept again with the head near him.
Dan dia tidur lagi dengan kepala dekat dia.

Early in the morning some wood-cutters came.
Pagi-pagi lagi beberapa orang pemotong kayu datang.
The wood-cutters were passing near the temple.
Pemotong kayu sedang melalui berhampiran kuil.
The wood-cutters saw the huge body on the ground.
Pemotong kayu melihat mayat besar itu di atas tanah.
So they walked towards the temple.
Jadi mereka berjalan menuju ke kuil.
Soon they saw that it was a carcass.
Tidak lama kemudian mereka melihat bahawa ia adalah bangkai.
The carcass of the terrible Rakshasi.
Bangkai Rakshasi yang dahsyat.
The Rakshasi that had nearly depopulated the land.
Rakshasi yang hampir memusnahkan tanah itu.
There had been a bounty for this Rakshasi.

Terdapat karunia untuk Rakshasi ini.
The king offered the hand of his daughter.
Raja menghulurkan tangan puterinya.
And the king had offered half the kingdom.
Dan raja telah menawarkan separuh kerajaan.
He would trade it all for the head of the Rakshasi.
Dia akan menukar semuanya dengan ketua Rakshasi.
The wood-cutters saw no claimant at hand.
Pemotong kayu tidak melihat pihak yang menuntut di tangan.
So they went to get the reward.
Jadi mereka pergi untuk mendapatkan ganjaran.
Each wood-cutter cut off a limb from the Rakshasi.
Setiap pemotong kayu memotong satu anggota dari Rakshasi.
And each wood-cutter went to the king.
Dan setiap pemotong kayu pergi kepada raja.
And each wood-cutter tried to claim the reward.
Dan setiap pemotong kayu cuba menuntut ganjaran.
"I am the destroyer of the great man eater"
"Saya adalah pemusnah pemakan manusia yang hebat"
"I have come to claim my reward"
"Saya datang untuk menuntut ganjaran saya"
The king knew there could only be one hero.
Raja tahu hanya ada seorang pahlawan.
So he made an inquiry with his minister.
Jadi dia membuat siasatan dengan menterinya.
"What family's turn was it last night?"
"Apa giliran keluarga malam tadi?"
"And who is the head of that family?"
"Dan siapa ketua keluarga itu?"
The king's minister set out to find the family.
Menteri raja pergi mencari keluarga.
He brought the head of the family to the king.
Dia membawa ketua keluarga kepada raja.
And the head of the family told of his guests.
Dan ketua keluarga memberitahu tetamunya.
"Last night two youthful travelers came to me"

"Malam tadi dua orang pengembara muda datang kepada
saya"
"We offered to be their hosts for the night"
"Kami menawarkan diri untuk menjadi tuan rumah mereka
pada malam itu"
"Soon they discovered the problem we had"
"Tidak lama kemudian mereka mendapati masalah yang kami
hadapi"
"And they volunteered to take our place"
"Dan mereka menawarkan diri untuk menggantikan kami"
"They went to the temple, instead of one of us"
"Mereka pergi ke kuil, bukannya salah seorang daripada kita"
The king took his men to the temple.
Raja membawa orang-orangnya ke kuil.
The door of the temple was broken open.
Pintu kuil dipecahkan.
They found the two brothers sleeping.
Mereka mendapati dua beradik itu sedang tidur.
And the horses were safe in the temple too.
Dan kuda-kuda itu juga selamat di dalam kuil.
And the head of the Rakshasi was there too.
Dan ketua Rakshasi juga ada di sana.
There was no doubt about who had killed the monster.
Tidak ada keraguan tentang siapa yang telah membunuh
raksasa itu.
The real hero had been discovered.
Wira sebenar telah ditemui.
And the king kept true to his word.
Dan raja berpegang pada perkataannya.
He gave the hand of his daughter to Sahasra-Dal.
Dia memberikan tangan anak perempuannya kepada Sahasra-
Dal.
And he gave him half his kingdom too.
Dan dia memberikan separuh kerajaannya juga.
Champa-Dal remained with his friend.
Champa-Dal kekal bersama rakannya.
And he rejoiced in Sahasra-Dal's prosperity.

Dan dia bergembira dengan kemakmuran Sahasra-Dal.

And they lived together happily for some time.

Dan mereka hidup bersama dengan gembira untuk beberapa waktu.

But one day a misunderstanding arose between them.

Tetapi suatu hari timbul salah faham antara mereka.

The queen-mother had a certain maid-servant.

Ibu ratu mempunyai seorang pembantu rumah tertentu.

This maid-servant was the most useful domestic.

Pembantu rumah ini adalah pembantu rumah yang paling berguna.

She could turn her hand to any task.

Dia boleh menukar tangannya ke mana-mana tugas.

And she had uncommon strength for a woman.

Dan dia mempunyai kekuatan yang luar biasa untuk seorang wanita.

Her intelligence was not lacking either.

Kepintarannya juga tidak kurang.

And she had a remarkable amount of energy.

Dan dia mempunyai jumlah tenaga yang luar biasa.

She would have been quickly missed in the palace.

Dia akan cepat dirindui di istana.

The zenana was completely dependent on her.

Zenana bergantung sepenuhnya padanya.

Hence her services were highly valued.

Justeru jasa beliau amat dihargai.

The queen-mother appreciated her very much.

Ibu ratu sangat menghargainya.

And the ladies of the palace valued her too.

Dan wanita istana juga menghargainya.

But this valuable woman was not a woman.

Tetapi wanita yang berharga ini bukanlah seorang wanita.

What this woman was was a Rakshasi.

Wanita ini adalah seorang Rakshasi.

She had put on the appearance of a woman.

Dia telah memakai rupa seorang wanita.

She had her own nefarious reasons for doing this.
Dia mempunyai alasan jahatnya sendiri untuk melakukan ini.
And then she took service in the royal household.
Dan kemudian dia mengambil perkhidmatan dalam rumah diraja.
At night she used to assume her own real form.
Pada waktu malam, dia menggunakan bentuk sebenar dirinya.
When everyone in the palace was asleep.
Ketika semua orang di istana sedang tidur.
And then she went about in search of food.
Dan kemudian dia pergi mencari makanan.
Because her hunger was not satisfied at the palace.
Kerana laparnya tidak kenyang di istana.
A Rakshasi needs much more food than a man or woman.
Rakshasi memerlukan lebih banyak makanan daripada lelaki atau wanita.
At this time Champa-Dal had no wife.
Pada masa ini Champa-Dal tidak mempunyai isteri.
So he often slept outside the zenana.
Jadi dia sering tidur di luar zenana.
He was not far from the outer gate of the palace.
Dia tidak jauh dari pintu gerbang luar istana.
And from there he could observe her.
Dan dari situ dia dapat memerhatikannya.
He saw her devouring sundry goats and sheep.
Dia melihat dia memakan pelbagai jenis kambing dan biri-biri.
And he saw her devouring horses and elephants.
Dan dia melihat dia memakan kuda dan gajah.
This of course was not good for the maid-servant.
Ini sudah tentu tidak baik untuk pembantu rumah.
Champa-Dal was in the way of her supper.
Champa-Dal menghalang makan malamnya.
So she was determined to get rid of him.
Jadi dia bertekad untuk menyingkirkannya.
One day she went to the queen-mother.
Pada suatu hari dia pergi kepada ibu ratu.

"Queen-mother," she said to her.
"Ibu ratu," katanya kepadanya.
"I can no longer work in the palace"
"Saya tidak boleh bekerja di istana lagi"
"Why?" asked the queen-mother.
"Kenapa?" tanya ibu ratu.
"What is the matter, Dasi" she wanted to know.
"Ada apa, Dasi" dia ingin tahu.
"How can I go on without you?"
"Bagaimana saya boleh teruskan tanpa awak?"
"Tell me your reasons for leaving"
"Beritahu saya sebab anda pergi"
The maid-servant explained her situation.
Pembantu rumah menjelaskan keadaannya.
"I am but a poor woman in this palace"
"Saya hanyalah seorang wanita miskin di istana ini"
"A woman like me can't preserve her honour here"
"Wanita seperti saya tidak dapat mengekalkan
kehormatannya di sini"
"Your son-in-law has a friend, Champa-Dal"
"Anak menantu awak ada kawan, Champa-Dal"
"He always cracks indecent jokes with me"
"Dia selalu bergurau tidak senonoh dengan saya"
"I would rather beg for my rice than to lose my honour"
"Saya lebih rela meminta beras saya daripada kehilangan
kehormatan saya"
"If Champa-Dal remains in the palace I must go away"
"Jika Champa-Dal kekal di istana saya mesti pergi"
The maid-servant was irreplicable in the palace.
Pembantu rumah itu tidak dapat ditiru di istana.
The queen-mother knew what sacrifice to make.
Ibu ratu tahu pengorbanan apa yang perlu dilakukan.
Champa-Dal was going to have to leave the palace.
Champa-Dal terpaksa meninggalkan istana.
And she told Sahasra-Dal all her reasons.
Dan dia memberitahu Sahasra-Dal semua alasannya.
"Champa-Dal is a bad man"

"Champa-Dal seorang yang jahat"
"His character and morals are loose"
"Perwatakan dan akhlaknya longgar"
"He must leave this palace at once"
"Dia mesti meninggalkan istana ini dengan segera"
Sahasra-Dal did his best to persuade her otherwise.
Sahasra-Dal melakukan yang terbaik untuk memujuknya sebaliknya.
He earnestly pleaded on behalf of his friend.
Dia bersungguh-sungguh merayu bagi pihak rakannya.
But his efforts were in vain.
Tetapi usahanya sia-sia.
The queen-mother had made up her mind.
Ibu ratu telah membuat keputusan.
He had to be driven out of the palace.
Dia terpaksa dihalau keluar dari istana.
Sahasra-Dal had not the courage to tell his friend.
Sahasra-Dal tidak mempunyai keberanian untuk memberitahu kawannya.
He therefore wrote a letter to him.
Oleh itu dia menulis surat kepadanya.
In the letter he was vague about the reason.
Dalam surat itu dia samar-samar tentang sebabnya.
But either way, he was going to have to leave.
Tetapi bagaimanapun, dia harus pergi.
Champa-Dal went to have a bath.
Champa-Dal pergi mandi.
And the letter was put in his room.
Dan surat itu diletakkan di dalam biliknya.
Champa-Dal was grieved upon reading the letter.
Champa-Dal berasa sedih apabila membaca surat itu.
He mounted his fleet of horses.
Dia menaiki armada kudanya.
And on his horses he left the palace.
Dan di atas kudanya dia meninggalkan istana.

Champa's horses were uncommonly fleet.

Kuda Champa adalah armada yang luar biasa.

Soon he had traversed thousands of miles.

Tidak lama kemudian dia telah melalui beribu-ribu batu.

And eventually he reached a new city.

Dan akhirnya dia sampai ke bandar baru.

He stood at the gateway of a magnificent palace.

Dia berdiri di pintu masuk istana yang megah.

He dismounted from his horse.

Dia turun dari kudanya.

And he entered the palace.

Dan dia masuk ke dalam istana.

But in the palace he met not a single creature.

Tetapi di dalam istana dia tidak bertemu dengan satu
makhluk pun.

He went from apartment to apartment.

Dia pergi dari apartmen ke apartmen.

All the rooms were richly furnished.

Semua bilik dilengkapi perabot yang mewah.

But none of the rooms were lived in.

Tetapi tiada satu pun bilik yang didiami.

But in the end he came to a different room.

Tetapi akhirnya dia datang ke bilik yang berbeza.

In this room there was a young lady.

Di dalam bilik ini terdapat seorang wanita muda.

The young lady was of heavenly beauty.

Wanita muda itu adalah kecantikan syurgawi.

And she was lying down on a splendid bedstead.

Dan dia sedang berbaring di atas katil yang indah.

The beautiful young lady was asleep.

Wanita muda yang cantik itu sedang tidur.

Champa-Dal looked upon the sleeping beauty.

Champa-Dal memandang si cantik yang sedang tidur.

He was captivated by what he was seeing.

Dia terpikat dengan apa yang dilihatnya.

He had not seen any woman so beautiful.

Dia tidak pernah melihat mana-mana wanita secantik itu.

Upon the bed there were two sticks.

Di atas katil terdapat dua batang kayu.

The two sticks were near the woman's head.

Dua batang kayu itu berada berhampiran kepala wanita itu.

One of the sticks was made of silver.

Satu daripada kayu itu diperbuat daripada perak.

And the other stick was made of gold.

Dan tongkat yang satu lagi diperbuat daripada emas.

Champa took the silver stick into his hand.

Champa mengambil kayu perak itu ke dalam tangannya.

And with the stick he touched the body of the lady.

Dan dengan kayu itu dia menyentuh badan wanita itu.

But no change was perceptible to her sleep.

Tetapi tiada perubahan yang dapat dilihat pada tidurnya.

He then took up the gold stick.

Dia kemudian mengambil tongkat emas itu.

And with the stick he touched the body of the lady.

Dan dengan kayu itu dia menyentuh badan wanita itu.

This time the young lady did awake.

Kali ini wanita muda itu terjaga.

Eyeing the stranger, she inquired who he was.

Sambil memandang orang asing itu, dia bertanya siapa dia.

"I am Champa-Dal," he told her.

"Saya Champa-Dal," katanya kepadanya.

"There was once a poor dimwitted Brahman"

"Dahulu ada seorang Brahman yang malang"

"This dimwitted man had a wife, but no children"

"Lelaki bodoh ini mempunyai seorang isteri, tetapi tiada anak"

"But him not having children was probably for the best"

"Tetapi dia tidak mempunyai anak mungkin adalah yang terbaik"

"Because he was barely able to meet his own needs"

"Kerana dia hampir tidak dapat memenuhi keperluannya sendiri"

"And he could hardly supply enough for his wife"

"Dan dia hampir tidak dapat membekalkan cukup untuk isterinya"

"But his dimwittedness was not even his biggest problem"

"Tetapi kebodohannya bukanlah masalah terbesarnya"
And he continued the story as we have followed it.
Dan dia meneruskan cerita seperti yang kita telah
mengikutinya.
"My mother concluded her fate was sealed"
"Ibu saya membuat kesimpulan bahawa nasibnya telah
dimeteraikan"
"And she thought my father would meet the same fate"
"Dan dia fikir ayah saya akan menghadapi nasib yang sama"
"And she did not expect me to be spared either"
"Dan dia juga tidak menjangkakan saya akan terlepas"
"That night she hardly slept at all"
"Malam itu dia hampir tidak tidur sama sekali"
"The Rakshasi had prevented her from seeing my father"
"Raksasi telah menghalangnya daripada melihat ayah saya"
"Early next morning I went to school"
"Awal pagi saya pergi ke sekolah"
"Before I went to school she gave me a golden bottle"
"Sebelum saya pergi ke sekolah, dia memberi saya botol emas"
"In the golden bottle was her own breast milk"
"Dalam botol emas itu terdapat susu ibunya sendiri"
"I was told to carefully watch the colour of the milk"
"Saya diberitahu untuk berhati-hati melihat warna susu"
And he continued the story as we have followed it.
Dan dia meneruskan cerita seperti yang kita telah
mengikutinya.
"We will stand as proxies for your family"
"Kami akan berdiri sebagai proksi untuk keluarga anda"
"There was a great deal of objection to our proposal"
"Terdapat banyak bantahan terhadap cadangan kami"
"But eventually we persuaded our hosts"
"Tetapi akhirnya kami memujuk tuan rumah kami"
"Finally the hosts consented to the arrangement"
"Akhirnya tuan rumah bersetuju dengan pengaturan itu"
And he continued the story as we have followed it.
Dan dia meneruskan cerita seperti yang kita telah
mengikutinya.

"So I often slept outside the zenana"
"Jadi saya sering tidur di luar zenana"
"I was not far from the outer gate of the palace"
"Saya tidak jauh dari pintu gerbang luar istana"
"And from there I could observe her"
"Dan dari situ saya dapat memerhatikannya"
"I saw her devouring sundry goats and sheep"
"Saya melihat dia memakan pelbagai jenis kambing dan biri-biri "
"And I saw her devouring horses and elephants"
"Dan saya melihat dia memakan kuda dan gajah"
And he continued the story as we have followed it.
Dan dia meneruskan cerita seperti yang kita telah mengikutinya.
"One day a letter was put in my room"
"Suatu hari sepucuk surat dimasukkan ke dalam bilik saya"
"I was grieved upon reading the letter"
"Saya sedih membaca surat itu"
"I mounted my fleet of horses"
"Saya menaiki armada kuda saya"
"And on my horses he left the palace"
"Dan di atas kuda saya dia meninggalkan istana"
"My horse are uncommonly fleet"
"Kuda saya adalah armada yang luar biasa"
"Soon I had traversed thousands of miles"
"Tidak lama kemudian saya telah melalui beribu-ribu batu"
"And eventually I reached a new city"
"Dan akhirnya saya sampai ke bandar baharu"
And he continued the story as we have followed it.
Dan dia meneruskan cerita seperti yang kita telah mengikutinya.
"I took the silver stick into his hand"
"Saya mengambil tongkat perak ke tangannya"
"And with the stick I touched your body"
"Dan dengan kayu itu saya sentuh badan awak"
"But no change was perceptible to your sleep"
"Tetapi tiada perubahan yang dapat dilihat pada tidur anda"

"I then took up the gold stick"
"Saya kemudian mengambil tongkat emas itu"
And with the stick he touched your body.
Dan dengan kayu itu dia menyentuh badan awak.
"This time you did awake from your sleep"
"Kali ini awak terjaga dari tidur awak"
The young lady had listened to Champa-Dal's story.
Wanita muda itu telah mendengar cerita Champa-Dal.
The young lady was in fact a princess.
Wanita muda itu sebenarnya seorang puteri.
"Unhappy man! why have you come here?"
"Lelaki yang tidak berpuas hati! mengapa kamu datang ke sini?"
"This is the country of Rakshasas"
"Ini adalah negara Rakshasas"
"No less than seven hundred Rakshasas live here"
"Tidak kurang daripada tujuh ratus Rakshasa tinggal di sini"
"Every morning the Rakshasas leave"
"Setiap pagi Rakshasas pergi"
"They go to the other side of the ocean"
"Mereka pergi ke seberang lautan"
"And they search for provisions there"
"Dan mereka mencari rezeki di sana"
"And before dusk they return again"
"Dan sebelum senja mereka kembali lagi"
"My father was king in these regions"
"Ayah saya adalah raja di kawasan ini"
"His kingdom had millions of subjects"
"Kerajaannya mempunyai jutaan rakyat"
"They lived in flourishing towns and cities"
"Mereka tinggal di pekan dan bandar yang berkembang maju"
"But some years ago the Rakshasas invaded"
"Tetapi beberapa tahun yang lalu Rakshasas menyerang"
"And they devoured all the subjects of the kingdom"
"Dan mereka memakan semua rakyat kerajaan"
"The Rakshasas devoured my father and my mother"

"The Rakshasas memakan ayah dan ibu saya"
"The Rakshasas devoured my brothers and sisters"
"The Rakshasas memakan saudara-saudara saya"
"And they devoured all the cattle of the country"
"Dan mereka memakan semua ternakan di negeri itu"
"There is no living human being in these regions"
"Tidak ada manusia yang hidup di kawasan ini"
"I am the last human living left"
"Saya adalah manusia terakhir yang tinggal"
"I too would have been devoured long ago"
"Saya juga sudah lama dimakan"
"But an old Rakshasi took a liking to me"
"Tetapi seorang Rakshasi tua menyukai saya"
"She prevents the other Rakshasas from eating me"
"Dia menghalang Rakshasa lain daripada memakan saya"
"Do you see those sticks of silver and gold?"
"Adakah kamu melihat tongkat perak dan emas itu?"
"Every morning she kills me with the silver stick"
"Setiap pagi dia membunuh saya dengan tongkat perak"
"Every evening she re-animates me with the gold stick"
"Setiap petang dia menghidupkan saya semula dengan
tongkat emas"
"I do not know how to advise you"
"Saya tidak tahu bagaimana untuk menasihati anda"
"If the Rakshasas see you, you are a dead man"
"Jika Rakshasas melihat anda, anda adalah orang mati"
Then they talked in a very affectionate manner.
Kemudian mereka bercakap-cakap dengan penuh kasih
sayang.
And they laid their heads together.
Dan mereka meletakkan kepala mereka bersama-sama.
And they thought to devise a means of escape.
Dan mereka berfikir untuk mencari cara untuk melarikan diri.
Some way to get out of the hands of the Rakshasas.
Beberapa cara untuk melepaskan diri dari tangan Rakshasas.

The hour of the return of the Rakshasas was coming.

Jam kepulangan Rakshasa akan tiba.
The seven hundred flesh-eaters were soon returning.
Tujuh ratus pemakan daging segera kembali.
Keshavati called out to Champa-Dal.
Keshavati memanggil Champa-Dal.
(Because that was the name of the princess)
(Kerana itu adalah nama puteri)
"Hide yourself in the heaps of the sacred trefoil"
"Sembunyikan diri anda dalam timbunan trefoil suci"
But first Champ Dal picked up the silver stick.
Tetapi Champ Dal mula-mula mengambil kayu perak itu.
He touched Keshavati with the silver stick.
Dia menyentuh Keshavati dengan tongkat perak.
And as soon as he touched her, she died.
Dan sebaik sahaja dia menyentuhnya, dia mati.
Then he went to the center of the temple of Siva.
Kemudian dia pergi ke pusat kuil Siva.
And he hid beneath the heaps of sacred trefoil.
Dan dia bersembunyi di bawah timbunan trefoil suci.
From his hiding place he heard the sound of wind rushing.
Dari tempat persembunyiannya dia terdengar bunyi angin
yang menderu.
Then he heard terrible noises in the palace.
Kemudian dia mendengar bunyi yang dahsyat di dalam
istana.
The Rakshasas had come home from their hunt.
Rakshasas telah pulang dari perburuan mereka.
They had filled their stomachs with meat.
Mereka telah mengisi perut mereka dengan daging.
Sundry goats, sheep, cows, horses, buffaloes.
Pelbagai kambing, biri-biri, lembu, kuda, kerbau.
And they had devoured elephants too.
Dan mereka juga telah memakan gajah.
The old Rakshasi returned to the palace too.
Rakshasi tua itu kembali ke istana juga.
She went to the room of the sleeping princess.
Dia pergi ke bilik puteri yang sedang tidur.

And she woke her with the stick made of gold.

Dan dia membangunkannya dengan tongkat yang diperbuat daripada emas.

"Hye, mye, khye! A human being I smell"

"Hye, mye, khye! Manusia yang saya bau"

"I am the only human being here," said the princess.

"Saya satu-satunya manusia di sini," kata puteri.

"Eat me if you like," added Keshavati.

"Makan saya jika anda suka," tambah Keshavati.

To this the Rakshasi replied:

Untuk ini Rakshasi menjawab:

"Let me eat up your enemies"

"Biarkan aku memakan musuhmu"

"Why should I eat you?" she asked the princess.

"Kenapa saya perlu makan awak?" dia bertanya kepada puteri.

She laid herself down on the ground.

Dia membaringkan dirinya di atas tanah.

She was as long and high as the Vindhya Hills.

Dia panjang dan tinggi seperti Bukit Vindhya.

And in this position she fell asleep.

Dan dalam kedudukan ini dia tertidur.

The other Rakshasas and Rakshasis soon fell asleep too.

Rakshasa dan Rakshasis yang lain tidak lama kemudian juga tertidur.

Because they were tired from their gigantic labour.

Kerana mereka letih dengan kerja-kerja besar mereka.

Keshavati also composed herself to sleep.

Keshavati juga menenangkan dirinya untuk tidur.

But Champa did not dare to come out from under the leaves.

Tetapi Champa tidak berani keluar dari bawah daun.

And he tried his best to pray to the god of repose.

Dan dia cuba sedaya upaya untuk berdoa kepada tuhan ketenangan.

At daybreak all seven hundred Rakshasas got up again.

Pada waktu subuh kesemua tujuh ratus Rakshasas bangun semula.

They went on their usual predatory excursion.

Mereka melakukan lawatan pemangsa seperti biasa.

And along with them went the old Rakshasi.

Dan bersama mereka pergi Rakshasi lama.

But first the old Rakshasi picked up the silver stick.

Tetapi dahulu Rakshasi tua mengambil kayu perak itu.

And she touched Keshavati with the silver stick.

Dan dia menyentuh Keshavati dengan tongkat perak.

Soon the coast was clear for Champa-Dal.

Tidak lama kemudian pantai jelas untuk Champa-Dal.

And he dared to come out from under the pile of leaves.

Dan dia berani keluar dari bawah timbunan daun.

He walked back into the room of the princess.

Dia berjalan semula ke dalam bilik puteri.

And he touched her with the golden stick.

Dan dia menyentuhnya dengan tongkat emas.

And the princess revived from her death again.

Dan puteri itu hidup semula dari kematiannya.

They sauntered about in the gardens.

Mereka bersiar-siar di taman.

They enjoyed the cool breeze of the morning.

Mereka menikmati sejuknya angin pagi.

They bathed in a lucid pool of water.

Mereka mandi di kolam air yang jernih.

And they ate and drank food in the palace.

Dan mereka makan dan minum makanan di dalam istana.

And they spent the day in sweet converse.

Dan mereka menghabiskan hari itu dalam perbualan yang manis.

And they concocted a plan for their deliverance.

Dan mereka membuat rancangan untuk pembebasan mereka.

Keshavaity was going to speak to the old Rakshasi.

Keshavaity akan bercakap dengan Rakshasi lama.

She was going to ask on what a Rakshasa's life depended.

Dia akan bertanya tentang apa yang bergantung kepada kehidupan Rakshasa.

And with that secret they were going to act accordingly.

Dan dengan rahsia itu mereka akan bertindak sewajarnya.

The hour of the return of the Rakshasas was coming again.

Jam kepulangan Rakshasa akan datang lagi.

And events unfolded as they had the evening before.

Dan peristiwa berlaku seperti petang sebelumnya.

The seven hundred flesh-eaters were returning to the palace.

Tujuh ratus pemakan daging itu kembali ke istana.

Champ Dal touched Keshavati with the silver stick.

Champ Dal menyentuh Keshavati dengan kayu perak.

She died like the had died the night before.

Dia mati seperti yang telah meninggal dunia malam sebelumnya.

Champa-Dal went to the centre of the temple of Siva.

Champa-Dal pergi ke pusat kuil Siva.

He hid beneath the heaps of sacred trefoil again.

Dia bersembunyi di bawah timbunan trefoil suci lagi.

He heard the sound of wind rushing.

Dia terdengar bunyi angin yang berhembus.

And he heard terrible noises in the palace.

Dan dia mendengar bunyi yang dahsyat di dalam istana.

The Rakshasas had come home from their hunt.

Rakshasas telah pulang dari perburuan mereka.

They had filled their stomachs with meat.

Mereka telah mengisi perut mereka dengan daging.

Sundry goats, sheep, cows, horses, buffaloes.

Pelbagai kambing, biri-biri, lembu, kuda, kerbau.

And they had devoured elephants too.

Dan mereka juga telah memakan gajah.

The old Rakshasi returned to the palace too.

Rakshasi tua itu kembali ke istana juga.

She went to the room of the sleeping princess.

Dia pergi ke bilik puteri yang sedang tidur.

And she woke her with the stick made of gold.

Dan dia membangunkannya dengan tongkat yang diperbuat daripada emas.

"Hye, mye, khye! A human being I smell"

"Hye, mye, khye! Manusia yang saya bau"

"I am the only human being here," said the princess.

"Saya satu-satunya manusia di sini," kata puteri.

"Eat me if you like," added Keshavati.

"Makan saya jika anda suka," tambah Keshavati.

To this the Rakshasi replied:

Untuk ini Rakshasi menjawab:

"Let me eat up your enemies"

"Biarkan aku memakan musuhmu"

"Why should I eat you?" she asked the princess.

"Kenapa saya perlu makan awak?" dia bertanya kepada puteri.

She laid herself down on the ground.

Dia membaringkan dirinya di atas tanah.

And she looked like a part of the Himalaya mountains.

Dan dia kelihatan seperti sebahagian daripada pergunungan Himalaya.

Keshavati had a phial of heated mustard oil.

Keshavati mempunyai sebotol minyak sawi yang dipanaskan.

And she approached the foot of the Rakshasi.

Dan dia mendekati kaki Rakshasi.

"Mother, your feet are sore from walking"

"Ibu, kakimu sakit kerana berjalan"

"Let me rub your sore feet with oil"

"Biar saya sapu kaki awak yang sakit dengan minyak"

And she began to rub with oil the Rakshasi's feet.

Dan dia mula menggosok dengan minyak kaki Rakshasi itu.

Then a few tear-drops fell from the eyes of the princess.

Kemudian beberapa titik air mata jatuh dari mata puteri.

And the tear-drops landed on the monster's legs.

Dan titisan air mata itu hinggap di kaki raksasa itu.

The Rakshasi tasted the tear-drops with her lips.

Rakshasi itu merasai titisan air mata dengan bibirnya.

And she found the tear-drops tasted briny.

Dan dia mendapati titisan air mata itu terasa masin.

"Why are you weeping, darling?" asked the Rakshasi.

"Kenapa awak menangis, sayang?" tanya Rakshasi.

"What aileth thee?" she wanted to know.

"Apa yang mengganggumu?" dia ingin tahu.

The princess tried to stop herself from crying.

Puteri cuba menahan dirinya daripada menangis.

"Mother, I am weeping because you are old"

"Ibu, saya menangis kerana kamu sudah tua"

"When you die one of the Rakshasas will devour me"

"Apabila kamu mati salah seorang Rakshasa akan memakan saya"

"When I die?! Don't be foolish, girl"

"Apabila saya mati?! Jangan bodoh, perempuan"

"Don't you know that Rakshasas never die?"

"Tidakkah anda tahu bahawa Rakshasas tidak pernah mati?"

"We are not naturally immortal"

"Kami secara semula jadi tidak abadi"

"There is a secret to our strength"

"Ada rahsia kekuatan kita"

"But no human can unravel this secret"

"Tetapi tiada manusia yang dapat membongkar rahsia ini"

"But let me tell you the secret"

"Tetapi biar saya beritahu awak rahsianya"

"So that you are comforted a little"

"Supaya kamu terhibur sedikit"

"Do you see the pool of water in the palace?"

"Adakah anda melihat kolam air di istana?"

"In that pool of water is a Sphatikasthamba"

"Di dalam kolam air itu terdapat Sphatikasthamba"

"The Sphatikasthambha is deep in the water"

"Shatikasthambha berada jauh di dalam air"

"And on the Sphatikasthambha are two bees"

"Dan pada Sphatikasthambha ada dua lebah"

"A human being would have to dive into the water"

"Seorang manusia perlu menyelam ke dalam air"

"The human being would have to bring the bees onto dry land"

"Manusia itu perlu membawa lebah ke tanah kering "

"Then the human being would have to kill the two bees"

"Maka manusia itu harus membunuh dua lebah itu"

"But not a drop of their blood must touch the ground"

"Tetapi tiada setitik darah mereka pun mesti menyentuh tanah"

"Only then can a human kill a Rakshasa"

"Hanya dengan itu manusia boleh membunuh Rakshasa"

"But if the blood touches the ground, a thousand Rakshasas will rise"

"Tetapi jika darah itu menyentuh tanah, seribu Rakshasa akan bangkit"

"But what human will find out this secret?"

"Tetapi manusia mana yang akan mengetahui rahsia ini?"

"And what human can achieve this feat?"

"Dan manusia mana yang boleh mencapai kejayaan ini?"

"No human knows the secret to the life of a Rakshasa"

"Tiada manusia yang mengetahui rahsia kehidupan Rakshasa"

"And no human can achieve such a feat"

"Dan tiada manusia yang dapat mencapai kejayaan seperti itu"

"So there is no reason to be sad, my darling"

"Jadi tidak ada sebab untuk bersedih, sayangku"

"I am practically immortal," she confirmed.

"Saya boleh dikatakan abadi," dia mengesahkan.

Keshavati treasured the secret in her memory.

Keshavati menyimpan rahsia itu dalam ingatannya.

And then she went back to sleep.

Dan kemudian dia kembali tidur.

Next morning the Rakshasas, as usual, went away.

Keesokan harinya, Rakshasas, seperti biasa, pergi.

Champa came out of his hiding-place.

Champa keluar dari tempat persembunyiannya.

And he roused Keshavati from her sleep.

Dan dia membangunkan Keshavati dari tidurnya.

The princess told him the secret she had learnt.

Puteri memberitahu rahsia yang telah dipelajarinya.

Champa-Dal immediately started to prepare himself.

Champa-Dal segera mula mempersiapkan dirinya.

He brought to the pool a knife.

Dia membawa pisau ke kolam.

And he brought a quantity of ashes.

Dan dia membawa sejumlah besar abu.

He took off his heavy clothes.

Dia menanggalkan pakaiannya yang berat.

He put a drop or two of mustard oil into each ear.

Dia meletakkan setitik atau dua minyak sawi ke dalam setiap telinga.

To prevent water from entering into his ears.

Untuk mengelakkan air masuk ke dalam telinganya.

He swam out into the middle of the water.

Dia berenang keluar ke tengah air.

And from there he dove down into the pool.

Dan dari situ dia terjun ke dalam kolam.

Soon he reached the top of the crystal pillar.

Tidak lama kemudian dia sampai ke puncak tiang kristal itu.

And on Sphatikasthambha were the two bees.

Dan pada Sphatikasthambha terdapat dua lebah.

He caught hold of the two bees he found there.

Dia menangkap dua ekor lebah yang ditemuinya di situ.

And he swam up again in a singular breath.

Dan dia berenang semula dengan nafas tunggal.

He took the knife he had left at the edge of the water.

Dia mengambil pisau yang tertinggal di tepi air.

And over the ashes he cut up the bees.

Dan di atas abu dia memotong lebah.

A drop or two of the blood fell from the bees.

Satu atau dua titisan darah jatuh dari lebah.

But their blood did not touch the ground.

Tetapi darah mereka tidak menyentuh tanah.

Instead, their blood landed on the ashes.

Sebaliknya, darah mereka mendarat di atas abu.

A terrible scream was heard at a distance.
Jeritan yang dahsyat kedengaran dari jauh.
The scream was the wailing of the Rakshasas.
Jeritan itu adalah ratapan Rakshasa.
They were all running home as fast as they could.
Mereka semua berlari pulang secepat mungkin.
They wanted to prevent the bees from being killed.
Mereka mahu menghalang lebah daripada dibunuh.
But they could not reach the palace in time.
Tetapi mereka tidak dapat sampai ke istana pada waktunya.
Because the bees had already perished.
Kerana lebah telah pun binasa.
The moment the bees were killed, all the Rakshasas died.
Saat lebah dibunuh, semua Rakshasa mati.
Their carcases fell on the very spot they were standing.
Bangkai mereka jatuh di tempat mereka berdiri.
Their carcases now blocked the gateway of the palace.
Bangkai mereka kini menghalang pintu masuk istana.
In this manner the seven hundred Rakshasas were destroyed.
Dengan cara ini tujuh ratus Rakshasa telah dimusnahkan.

Afterwards Champa-Dal and Keshavati got married.
Selepas itu Champa-Dal dan Keshavati berkahwin.
They made the traditional exchange of garlands of flowers.
Mereka membuat pertukaran tradisional kalungan bunga.
The princess had never been out of the house.
Puteri tidak pernah keluar dari rumah.
So she naturally expressed a desire to see the outer world.
Jadi dia secara semula jadi menyatakan keinginan untuk melihat dunia luar.
Every morning and evening they went on long walks.
Setiap pagi dan petang mereka berjalan jauh.
There was a large river Keshavati wished to bathe in.
Terdapat sebuah sungai besar Keshavati ingin mandi.
As she bathed one of Keshavati's hairs came off.
Semasa dia mandi, salah satu rambut Keshavati tertanggal.

There was a special custom in those times.
Ada adat yang istimewa pada zaman itu.
A woman never threw away a hair away by itself.
Seorang wanita tidak pernah membuang sehelai rambut dengan sendirinya.
A sea-shell was floating in the water.
Kerang laut terapung di dalam air.
So Keshavati tied the strand of hair to the sea-shell.
Maka Keshavati mengikat sehelai rambut pada cangkang laut.
And then the couple returned to the palace.
Dan kemudian pasangan itu kembali ke istana.
Meanwhile the sea-shell floated down the stream.
Sementara itu cangkerang laut terapung di sungai.
And in due time the sea-shell reached another bathing spot.
Dan pada masa yang ditetapkan kerang laut mencapai tempat mandi yang lain.
This was the bathing spot Sahasra-Dal went to.
Ini adalah tempat mandi yang Sahasra-Dal pergi.
Here Champa-Dal's brother performed his ablutions.
Di sini abang Champa-Dal berwuduk.
On this day Sahasra-Dal was in the water.
Pada hari ini Sahasra-Dal berada di dalam air.
He was bathing and swimming with his friends.
Dia mandi dan berenang bersama kawan-kawannya.
And so the sea-shell floated past the men.
Maka cangkerang laut itu melayang melepasi lelaki itu.
The men were in a playful mood that day.
Lelaki itu dalam mood main-main pada hari itu.
"Whoever gets to the sea-shell first wins"
"Sesiapa yang sampai ke cangkang laut terlebih dahulu menang"
And so they all swam towards the sea-shell.
Maka mereka semua berenang ke arah kerang laut.
Sahasra-Dal was the strongest swimmer among his friends.
Sahasra-Dal adalah perenang terkuat di kalangan kawan-kawannya.
And so he was the first the reach the sea-shell.

Jadi dia adalah orang pertama yang mencapai kerang laut.
Examining the seashell, he found a hair tied to it.
Memeriksa cangkerang itu, dia mendapati sehelai rambut
terikat padanya.
But it was a hair of extraordinary length.
Tetapi ia adalah rambut yang luar biasa panjang.
He had never seen such a long hair.
Dia tidak pernah melihat rambut sebegitu panjang.
The strand of hair was exactly seven cubits long.
Sehelai rambut itu panjangnya tepat tujuh hasta.
"This strand of hair must belong to a woman"
"Helaian rambut ini mestilah milik seorang wanita"
"And this woman must be very remarkable"
"Dan wanita ini pasti sangat luar biasa"
"I must see who this remarkable woman is"
"Saya mesti melihat siapa wanita yang luar biasa ini"
Sahasra-Dal was determined to find the remarkable woman.
Sahasra-Dal bertekad untuk mencari wanita yang luar biasa
itu.
He went home from the river in a pensive mood.
Dia pulang dari sungai dalam suasana termenung.
And he did not proceed to the zenana for breakfast.
Dan dia tidak meneruskan ke zenana untuk sarapan pagi.
Instead he remained in the outer part of the palace.
Sebaliknya dia kekal di bahagian luar istana.
The queen-mother heard about Sahasra-Dal's meloncholy.
Ratu-ibu mendengar tentang melonkol Sahasra-Dal.
And she heard he had not come to breakfast.
Dan dia mendengar dia tidak datang untuk sarapan pagi.
So she went to him and asked the reason.
Jadi dia pergi kepadanya dan bertanya sebabnya.
He showed her the strand of hair he had found.
Dia menunjukkan helaian rambut yang ditemuinya.
**"I must see the woman who's head this strand of hair
adorned"**
"Saya mesti melihat wanita yang mengepalai helaian rambut
ini dihiasi"

The queen-mother was happy to help her son-in-law.
Ibu ratu gembira dapat membantu menantunya.
"Very well," she said to him.
"Baiklah," katanya kepadanya.
"You shall soon have that lady in the palace"
"Anda akan mempunyai wanita itu di istana"
"I promise you to bring her here"
"Saya janji awak bawa dia ke sini"
The queen mother already had a plan.
Ibu permaisuri sudah mempunyai rancangan.
Her favourite maid-servant would be good at the job.
Pembantu rumah kegemarannya akan mahir dalam pekerjaan itu.
Because this maid-servant was very resourceful.
Kerana pembantu rumah ini sangat bijak.
Of course the queen-mother did not really know her maid.
Sudah tentu ibu ratu itu tidak begitu mengenali pembantu rumahnya.
She did not know her favourite maid was a Rakshasi.
Dia tidak tahu pembantu rumah kegemarannya ialah seorang Rakshasi.
"Please find the owner of this strand of hair," she asked.
"Sila cari pemilik helaian rambut ini," pintanya.
And her maid-servant more than politely agreed.
Dan pembantu rumahnya lebih daripada sopan bersetuju.
"It would my pleasure to find this woman"
"Saya berbesar hati untuk mencari wanita ini"
"I will soon bring her to the palace"
"Saya akan membawanya ke istana tidak lama lagi"
"I will need a boat build from Hajol wood"
"Saya memerlukan bot yang dibina daripada kayu Hajol"
"The oars of the boat must be made from Mon-Paban wood"
"Dayung perahu mesti dibuat daripada kayu Mon-Paban"
The boat makers soon made the boat.
Pembuat bot segera membuat bot itu.
And the boat was launched on the stream.
Dan bot itu dilancarkan di atas sungai.

The maid-servant went on board of the boat.

Hamba perempuan itu naik ke atas bot.

With her she took some baskets of wicker.

Bersamanya dia membawa beberapa bakul rotan.

The baskets of wicker were of curious workmanship.

Bakul-bakul rotan adalah hasil kerja yang ingin tahu.

She also took with her some sweetmeats.

Dia juga membawa beberapa makanan manis.

Into the sweetmeats some poison had been mixed.

Ke dalam manisan beberapa racun telah dicampur.

She snapped her fingers thrice.

Dia memetik jarinya tiga kali.

And then she uttered the following charm:

Dan kemudian dia mengucapkan pesona berikut:

"Boat of Hajol! Oars of Mon Paban!"

"Boat Hajol! Dayung Mon Paban!"

"Take me to the Ghat,"

"Bawa saya ke Ghat,"

"The Ghat in which Keshavati bathes"

"Ghat di mana Keshavati mandi"

The boat heeded to her command.

Bot itu menuruti arahannya.

And the boat flew like lightning over the waters.

Dan perahu itu terbang seperti kilat di atas air.

And the boat left many towns and cities behind.

Dan bot itu meninggalkan banyak bandar dan bandar.

At last the boat stopped at a bathing-place.

Akhirnya bot itu berhenti di tempat mandi.

The Rakshasi maid-servant had reached her goal.

Pelayan Rakshasi telah mencapai matlamatnya.

She concluded it was the bathing ghat of Keshavati.

Dia membuat kesimpulan bahawa ia adalah ghat mandi Keshavati.

She landed with the sweetmeats in her hand.

Dia mendarat dengan manisan di tangannya.

She went to the gate of the palace, and cried aloud:

Dia pergi ke pintu gerbang istana, dan berseru dengan nyaring:

"Oh Keshavati! Keshavati! I am your aunt"

"Oh Keshavati! Keshavati! Saya makcik awak"

"Oh Keshavati, I am your mother's sister"

"Oh Keshavati, saya adik perempuan ibu awak"

"I have come to see you, my darling"

"Saya datang untuk melihat awak, sayang saya"

"I have come after so many years"

"Saya datang selepas bertahun-tahun"

"Are you home, Keshavati?" she asked.

"Adakah anda pulang, Keshavati?" dia bertanya.

The princess heard the words of the false-aunt.

Puteri mendengar kata-kata makcik palsu itu.

She came out of her room and to the entrance of the palace.

Dia keluar dari biliknya menuju ke pintu masuk istana.

She had no doubt that it was really her aunt.

Dia tidak ragu-ragu bahawa itu benar-benar ibu saudaranya.

And she embraced and kissed her aunt.

Dan dia memeluk dan mencium ibu saudaranya.

They both wept rivers of joy.

Mereka berdua menangis sungai kegembiraan.

Although you should know the Rakshasi wept first.

Walaupun anda sepatutnya tahu Rakshasi menangis dahulu.

Keshavati wept with her out of empathy.

Keshavati menangis bersamanya kerana empati.

Champa-Dal also believed the Rakshasi to be her aunt.

Champa-Dal juga percaya Rakshasi adalah ibu saudaranya.

They all ate and drank and enjoyed the happy occasion.

Mereka semua makan dan minum serta menikmati majlis yang meriah itu.

And then they took rest in the middle of the day.

Dan kemudian mereka berehat di tengah hari.

And they celebrated again in the evening.

Dan mereka beraya lagi pada waktu petang.

The next day the celebrations continued at breakfast.

Keesokan harinya sambutan diteruskan pada sarapan pagi.

Champa-Dal had a habit of sleeping after breakfast.

Champa-Dal mempunyai tabiat tidur selepas sarapan pagi.

Towards afternoon, the supposed aunt said to Keshavati:

Menjelang petang, ibu saudara yang dikatakan itu berkata kepada Keshavati:

"Let us both go to the river and wash ourselves:

"Marilah kita berdua pergi ke sungai dan membasuh diri:

Keshavati replied, "How can we go now?"

Keshavati menjawab, "Bagaimana kita boleh pergi sekarang?"

"My husband is sleeping," she explained.

"Suami saya sedang tidur," jelasnya.

"Do not worry about your husband's sleep," said the aunt.

"Jangan risau tentang tidur suami anda," kata makcik itu.

"Let him sleep as much as he likes"

"Biarkan dia tidur sesuka hati"

"Let me put these sweetmeats near his bedside"

"Biar saya letakkan manisan ini dekat sisi katilnya"

"That way, when he awakes, he has something to eat"

"Dengan cara itu, apabila dia bangun, dia mempunyai sesuatu untuk dimakan"

Then they then went to the river-side.

Kemudian mereka pergi ke tepi sungai.

They went close to the spot where the boat was.

Mereka pergi dekat dengan tempat di mana bot itu berada.

From a distance Keshavati saw the baskets of wicker-work.

Dari jauh Keshavati melihat bakul-bakul kerja rotan.

"Aunt, what beautiful things are those!"

"Makcik, cantiknya benda tu!"

"I wish I could get some of those wicker baskets"

"Saya harap saya boleh mendapatkan beberapa bakul rotan itu"

Her aunt happily obliged her.

Makciknya dengan senang hati mewajibkannya.

"Come, my child, and look at the wicker baskets"

"Mari, anakku, dan lihatlah bakul rotan"

"You can have as many baskets as you like"

"Anda boleh mempunyai seberapa banyak bakul yang anda suka"

Keshavati at first refused to go into the boat.

Keshavati pada mulanya enggan masuk ke dalam bot.

But her aunt was very persuasive.

Tetapi ibu saudaranya sangat memujuk.

And finally she went onto the boat.

Dan akhirnya dia naik ke bot.

But once on the boat her aunt did a strange thing.

Tetapi apabila di atas bot, makciknya melakukan perkara yang pelik.

The aunt snapped her fingers thrice and said:

Makcik itu memetik jarinya tiga kali dan berkata:

"Boat of Hajol! Oars of Mon-Paban!"

"Boat Hajol! Dayung Mon-Paban!"

"Take me to the Ghat,"

"Bawa saya ke Ghat,"

"The Ghat in which Sahasra-Dal bathes"

"Ghat di mana Sahasra-Dal mandi"

And the boat heeded to her command.

Dan perahu itu menuruti perintahnya.

And the boat flew like an arrow over the waters.

Dan perahu itu terbang seperti anak panah di atas air.

Keshavati was frightened and began to cry.

Keshavati ketakutan dan mula menangis.

But the boat went on despite her crying.

Tetapi bot itu diteruskan walaupun dia menangis.

And the boat left behind many towns and cities.

Dan bot itu meninggalkan banyak pekan dan bandar.

In a trice the boat reached its destination.

Sekejap sahaja bot itu sampai ke destinasinya.

The ghat where Sahasra-Dal was in the habit of bathing.

Ghat di mana Sahasra-Dal berada dalam tabiat mandi.

Keshavati was taken to the palace.

Keshavati dibawa ke istana.

Sahasra-Dal admired her beauty and the length of her hair.

Sahasra-Dal mengagumi kecantikannya dan panjang rambutnya.

And the ladies of the palace tried their best to comfort her.

Dan wanita-wanita istana cuba sedaya upaya untuk menghiburkannya.

But she set up a loud cry of protest.

Tetapi dia membuat seruan protes yang kuat.

And she wanted to be taken back to her husband.

Dan dia mahu dibawa kembali kepada suaminya.

Finally she saw that she had been taken captive.

Akhirnya dia melihat bahawa dia telah ditawan.

So she spoke to the ladies of the palace.

Jadi dia bercakap dengan wanita istana.

"Upon marriage I made a vow to my husband"

"Setelah berkahwin saya berikrar kepada suami saya"

"I promised not to look upon the face of any other man"

"Saya berjanji tidak akan melihat wajah lelaki lain"

"I promised to uphold this vow for six months"

"Saya berjanji akan menepati ikrar ini selama enam bulan"

She was then lodged away from the others in the palace.

Dia kemudian ditempatkan jauh dari yang lain di istana.

And she was given a small house to live in.

Dan dia diberi sebuah rumah kecil untuk didiami.

The window of the house overlooked the road.

Tingkap rumah menghadap ke jalan raya.

There she spent the livelong day.

Di sana dia menghabiskan hari sepanjang hayat.

And there she spent the livelong night.

Dan di sana dia menghabiskan malam sepanjang hayat.

Because she had very little sleep.

Kerana dia kurang tidur.

Because her time was spent in sighing and weeping.

Kerana masanya dihabiskan dengan mengeluh dan menangis.

In the meantime Champa-Dal awoke from his sleep.

Dalam pada itu Champa-Dal terjaga dari tidurnya.

He was distracted with the grief of not finding his wife.

Dia terganggu dengan kesedihan kerana tidak menemui isterinya.

His suspicions turned to the aunt of Keshavati.

Kecurigaannya beralih kepada ibu saudara Keshavati.

He knew she was a cheat and an impostor.

Dia tahu dia seorang penipu dan penipu.

It must have been her who carried away Keshavati.

Pasti dia yang membawa pergi Keshavati.

He did not eat the sweetmeats left for him.

Dia tidak makan manisan yang ditinggalkan untuknya.

Because he suspected the sweets to have been poisoned.

Kerana dia mengesyaki gula-gula itu telah diracun.

He threw one of the sweets to a crow.

Dia melemparkan salah satu gula-gula kepada seekor burung gagak.

The moment the crow ate the sweet, it dropped down dead.

Sebaik sahaja burung gagak makan manis, ia jatuh mati.

This confirmed his suspicion of the pretend aunt.

Ini mengesahkan syak wasangkanya terhadap makcik yang berpura-pura itu.

Maddened with grief, he rushed out of the house.

Dengan rasa sedih, dia bergegas keluar dari rumah.

He was determined to go wherever his feet took him.

Dia bertekad untuk pergi ke mana sahaja kakinya membawanya.

Like a madman he blubbered, "Oh Keshavati! Oh Keshavati!"

Seperti orang gila dia berkata, "Oh Keshavati! Oh Keshavati!"

He travelled on foot day after day.

Dia berjalan kaki hari demi hari.

And he followed whatever way his feet took him.

Dan dia mengikut ke mana sahaja kakinya melangkah.

Six months he spent travelling in this wearisome manner.

Enam bulan dia menghabiskan perjalanan dengan cara yang memenatkan ini.

After six month he reached the capital of Sahasra-Dal.

Selepas enam bulan dia sampai ke ibu kota Sahasra-Dal.

He passed by the gate of the palace.
Dia melalui pintu gerbang istana.
And from the road he could see a small house.
Dan dari jalan itu dia dapat melihat sebuah rumah kecil.
And from in the house he could hear sighs.
Dan dari dalam rumah dia dapat mendengar esakan.
Champa-Dal instantly recognized his wife.
Champa-Dal serta-merta mengenali isterinya.
And Keshavita instantly recognized her husband.
Dan Keshavita serta-merta mengenali suaminya.
Keshavita told her husband everything that had happened.
Keshavita memberitahu suaminya segala yang telah berlaku.
"The woman asked to go bathing after breakfast"
"Wanita itu meminta untuk pergi mandi selepas sarapan pagi"
"At the river there was a boat"
"Di sungai itu ada sebuah bot"
"The woman persuaded me onto the boat"
"Wanita itu memujuk saya ke atas bot"
"And then the boat took us to this place"
"Dan kemudian bot itu membawa kami ke tempat ini"
"I realized that I had been made captive"
"Saya sedar bahawa saya telah dijadikan tawanan"
"So I told them of my vows to you"
"Maka aku katakan kepada mereka tentang nazarku
kepadamu"
"But tomorrow will be the end of six month"
"Tetapi esok adalah penghujung enam bulan"
There was a custom in those days.
Ada adat pada zaman itu.
The fulfilments of vows were publicly recited.
Pemenuhan nazar dibacakan secara terbuka.
This was normally fulfilled by a learned Brahman.
Ini biasanya dipenuhi oleh seorang Brahman yang terpelajar.
They planned for Champa-Dal to take on this role.
Mereka merancang untuk Champa-Dal mengambil alih
peranan ini.
And so that evening the palace drum was beat.

Maka petang itu gendang istana dipukul.
The king wanted a learned Brahman to make a recitation.
Raja mahukan seorang Brahman yang terpelajar untuk membuat bacaan.
The story of Keshavati on the fulfilment of her vow.
Kisah Keshavati mengenai pemenuhan nazarnya.
Champa-Dal touched the drum and volunteered.
Champa-Dal menyentuh dram dan menawarkan diri.
"I will make the recitation of Keshavita's vows"
"Saya akan melafazkan ikrar Keshavita"
The next morning all assembled in the courtyard.
Keesokan paginya semua berkumpul di halaman rumah.
The old king and the queen mother.
Raja tua dan ibu permaisuri.
Sahasra-Dal and his wife were there.
Sahasra-Dal dan isterinya ada di sana.
All the courtiers and the learned Brahmans of the country.
Semua pembesar istana dan Brahman terpelajar di negara ini.
All royalty was under a huge canopy of silk.
Semua royalti berada di bawah kanopi besar sutera.
Kashavati was also there, but behind a veil.
Kashavati juga ada di sana, tetapi di sebalik tabir.
So that she wouldn't be exposed to the rude gaze of people.
Supaya dia tidak terdedah kepada pandangan kasar orang.
Champa-Dal, the reciter, sat on a dais.
Champa-Dal, qari, duduk di atas pelamin.
And he began to tell the story of Keshavati.
Dan dia mula menceritakan kisah Keshavati.
"There was once a poor dimwitted Brahman"
"Pernah ada seorang Brahman yang malang"
"This dimwitted man had a wife, but no children"
"Lelaki bodoh ini mempunyai seorang isteri, tetapi tiada anak"
"But him not having children was probably for the best"
"Tetapi dia tidak mempunyai anak mungkin adalah yang terbaik"
"Because he was barely able to meet his own needs"

"Kerana dia hampir tidak dapat memenuhi keperluannya
sendiri"
"And he could hardly supply enough for his wife"
"Dan dia hampir tidak dapat membekalkan cukup untuk
isterinya"
"But his dimwittedness was not even his biggest problem"
"Tetapi kebodohannya bukanlah masalah terbesarnya"
And he continued the story as we have followed it.
Dan dia meneruskan cerita seperti yang kita telah
mengikutinya.
And sometimes he turned around to Keshavati.
Dan kadang-kadang dia berpaling kepada Keshavati.
And he asked her if he was telling the story correctly.
Dan dia bertanya sama ada dia bercerita dengan betul.
And she told him he was telling the story correctly.
Dan dia memberitahunya bahawa dia menceritakan kisah itu
dengan betul.
"The Brahman woman concluded her fate was sealed"
"Wanita Brahman menyimpulkan nasibnya telah
dimeteraikan"
"And she thought her husband would meet the same fate"
"Dan dia fikir suaminya akan menghadapi nasib yang sama"
"And she did not expect her son to be spared either"
"Dan dia juga tidak menyangka anaknya terselamat"
"That night she hardly slept at all"
"Malam itu dia hampir tidak tidur sama sekali"
"The Rakshasi had prevented her from seeing her husband"
"Raksasi telah menghalangnya daripada melihat suaminya"
"Early next morning Champa-Dal went to school"
"Pagi-pagi lagi Champa-Dal pergi ke sekolah"
"Before he went to school, she gave her son a golden bottle"
"Sebelum dia pergi ke sekolah, dia memberi anaknya sebotol
emas"
"In the golden bottle was her own breast milk"
"Dalam botol emas itu terdapat susu ibunya sendiri"
"Carefully watch the colour of the milk"
"Berhati-hati perhatikan warna susu "

During the recitation the Rakshasi maid-servant grew pale.

Semasa bacaan, pelayan pelayan Rakshasi menjadi pucat.

She perceived that her real character was going to be discovered.

Dia merasakan bahawa watak sebenar dia akan ditemui.

And Sahasra-Dal was astonished at the knowledge of the reciter.

Dan Sahasra-Dal kagum dengan pengetahuan qari.

The reciter clearly told the history of the prince's life.

Qari dengan jelas menceritakan sejarah hidup putera raja.

"A drop or two of the blood fell from the bees"

"Setitis atau dua darah jatuh dari lebah"

"But their blood did not touch the ground"

"Tetapi darah mereka tidak menyentuh tanah"

"Instead, their blood landed on the ashes"

"Sebaliknya, darah mereka mendarat di atas abu"

"A terrible scream was heard at a distance"

"Satu jeritan yang dahsyat kedengaran dari jauh"

"The scream was the wailing of the Rakshasas"

"Jerit itu adalah ratapan Rakshasa"

"They were all running home as fast as they could"

"Mereka semua berlari pulang secepat mungkin"

"They wanted to prevent the bees from being killed"

"Mereka mahu menghalang lebah daripada dibunuh"

"But they could not reach the palace in time"

"Tetapi mereka tidak dapat sampai ke istana pada waktunya"

"Because the bees had already been killed"

"Kerana lebah telah dibunuh"

"The moment the bees were killed, all the Rakshasas died"

"Saat lebah dibunuh, semua Rakshasa mati"

"Their carcasses fell on the very spot they were standing"

"Mayat mereka jatuh di tempat mereka berdiri"

"Their carcasses now blocked the gateway of the palace"

"Mayat mereka kini menghalang pintu masuk istana"

"In this manner the seven hundred Rakshasas were destroyed"

"Dengan cara ini tujuh ratus Rakshasa telah dimusnahkan"

All where enthralled by the story of the Rakshasas.
Semuanya terpesona dengan kisah Rakshasas.
Because the story was being told by a true storyteller.
Kerana cerita itu diceritakan oleh seorang pencerita benar.
All enjoyed the story except for the maid-servant.
Semua menikmati cerita itu kecuali pembantu rumah.
Because her real character was bound to be discovered.
Kerana watak sebenar dia pasti akan ditemui.
"Champa-Dal touched the drum and volunteered.
"Champa-Dal menyentuh dram dan menawarkan diri.
"I will make the recitation of Keshavita's vows"
"Saya akan melafazkan ikrar Keshavita"
"The next morning all assembled in the courtyard"
"Keesokan paginya semua berkumpul di halaman"
"The old king and the queen mother"
"Raja tua dan ibu permaisuri"
"Sahasra-Dal and his wife were there"
"Sahasra-Dal dan isterinya ada di sana"
"All the courtiers and the learned Brahmans of the country"
"Semua pembesar istana dan Brahman terpelajar di negara
ini"
"All royalty was under a huge canopy of silk"
"Semua royalti berada di bawah kanopi sutera yang besar"
"Kashavati was also there, but behind a veil"
"Kashavati juga ada di sana, tetapi di sebalik tabir"
"So that she wouldn't be exposed to the rude gaze of people"
"Supaya dia tidak terdedah kepada pandangan kasar orang"
"Champa-Dal, the reciter, sat on a dais"
"Champa-Dal, qari, duduk di atas pelamin"
"And he began to tell the story of Keshavati"
"Dan dia mula menceritakan kisah Keshavati"
Sahasra-Dal jumped up from his seat.
Sahasra-Dal melompat dari tempat duduknya.
And he embraced the reciter of the story.
Dan dia memeluk qari cerita itu.
"You can be none other than my brother Champa-Dal"
"Kamu tidak lain adalah abang saya Champa-Dal"

Then the prince was inflamed with rage.

Kemudian putera raja itu berkobar-kobar dengan kemarahan.

He ordered the maid-servant to come into his presence.

Dia memerintahkan hamba perempuan itu datang ke hadapannya.

A hole the height of a man was dug in the ground.

Sebuah lubang setinggi seorang lelaki digali di dalam tanah.

And the maid-servant was put into the hole, standing.

Dan hamba perempuan itu dimasukkan ke dalam lubang, berdiri.

Prickly thorns were heaped around her.

Duri berduri bertimbun di sekelilingnya.

Up to the crown of her head she was covered in thorns.

Sehingga ke ubun-ubun kepalanya dipenuhi duri.

In this way the maid-servant was buried alive.

Dengan cara ini pelayan perempuan itu dikebumikan hidup-hidup.

After this all lived happily together for many years.

Selepas ini semua hidup bahagia bersama selama bertahun-tahun.

Sahasra-Dal and his princess, and Champa-Dal and Keshavati.

Sahasra-Dal dan puterinya, dan Champa-Dal dan Keshavati.

The Story of Swet and Bachanta
Kisah Swet dan Bachanta

There was once upon a time a rich merchant.
Pada suatu ketika dahulu ada seorang saudagar yang kaya raya.
This rich merchant had only one son.
Saudagar kaya ini hanya mempunyai seorang anak lelaki.
And he loved his only son very much.
Dan dia sangat menyayangi anak lelaki tunggalnya itu.
He gave to his son whatever he wanted.
Dia memberi kepada anaknya apa sahaja yang dia mahu.
Of course his son wanted a beautiful house.
Sudah tentu anaknya mahukan rumah yang cantik.
And he also wanted to have a large garden.
Dan dia juga ingin mempunyai taman yang luas.
So a beautiful house was built for him.
Maka dibinalah sebuah rumah yang indah untuknya.
And a fine garden was made for him too.
Dan taman yang indah dibuat untuknya juga.
The merchant's son was pleased with the garden.
Anak saudagar itu gembira dengan kebun itu.
And he enjoyed walking in the garden.
Dan dia seronok berjalan di taman.
One day a bird's nest caught his attention.
Suatu hari sarang burung menarik perhatiannya.
This bird happens to be called Toontooni.
Burung ini kebetulan dipanggil Toontooni.
He put his hand into the small bird's nest.
Dia memasukkan tangannya ke dalam sarang burung kecil itu.
And in the nest he found an egg.
Dan di dalam sarang dia menjumpai sebiji telur.
He took the egg out of its nest.
Dia mengeluarkan telur itu dari sarangnya.
There was an almirah in the wall of his house.
Terdapat sebuah almirah di dinding rumahnya.

So he put the egg in the almirah.
Jadi dia masukkan telur itu ke dalam almirah.
He closed the door of the almirah.
Dia menutup pintu almirah.
And then he thought no more of the egg.
Dan kemudian dia tidak memikirkan lagi tentang telur itu.
The merchant's son had a house of his own.
Anak saudagar itu mempunyai rumah sendiri.
But he had a house without a household.
Tetapi dia mempunyai rumah tanpa rumah.
So in his house there was no cook.
Jadi di rumahnya tidak ada tukang masak.
But he had no need for his own cook.
Tetapi dia tidak memerlukan tukang masak sendiri.
Because his mother regularly sent him food.
Kerana ibunya kerap menghantar makanan kepadanya.
In the morning she sent him breakfast.
Pada waktu pagi dia menghantarnya sarapan.
And every day she had dinner sent to him.
Dan setiap hari dia makan malam dihantar kepadanya.
One day the egg in the almirah burst.
Suatu hari telur dalam almirah pecah.
But it was not a bird that came out of the egg.
Tetapi ia bukan burung yang keluar dari telur.
Out of the egg came a beautiful infant.
Dari telur itu keluar seorang bayi yang cantik.
The infant was not a bird, but a human girl.
Bayi itu bukan burung, tetapi seorang gadis manusia.
But the merchant's son knew nothing of the event.
Tetapi anak saudagar itu tidak tahu apa-apa tentang peristiwa itu.
He had forgotten everything about the egg.
Dia telah melupakan segala-galanya tentang telur itu.
The door of the wall-almirah had been kept closed.
Pintu dinding-almirah tadi terus tertutup.
However, the merchant's son did not lock the door.
Bagaimanapun, anak peniaga itu tidak mengunci pintu.

The child grew up within the wall-almirah.
Kanak-kanak itu membesar dalam dinding-almirah.
She had no knowledge of the merchant's son.
Dia tidak mempunyai pengetahuan tentang anak saudagar itu.
Nor did she know of anyone else.
Dia juga tidak mengenali orang lain.
When the child could walk it grew curious.
Apabila kanak-kanak itu boleh berjalan ia semakin ingin tahu.
And out of curiosity she opened the door.
Dan kerana ingin tahu dia membuka pintu.
That day, too, the mother had sent breakfast.
Hari itu juga, ibu telah menghantar sarapan pagi.
And the breakfast had been put on the floor.
Dan sarapan telah diletakkan di atas lantai.
The child saw the food that was on the floor.
Kanak-kanak itu melihat makanan yang berada di atas lantai.
Of course the child ate from the food.
Sudah tentu anak itu makan daripada makanan itu.
And then the child returned into the wall.
Dan kemudian kanak-kanak itu kembali ke dinding.
The merchant's mother always made a lot of food.
Ibu saudagar itu selalu membuat banyak makanan.
It was more food than he could possibly eat.
Ia lebih banyak makanan daripada yang dia boleh makan.
So he didn't notice that any food was missing.
Jadi dia tidak perasan ada makanan yang hilang.
The girl of the wall-almirah came out every day.
Gadis wall-almirah keluar setiap hari.
And every day she ate a part of the food.
Dan setiap hari dia makan sebahagian daripada makanan itu.
After eating the food she returned to the almirah.
Selesai makan dia kembali ke almirah.
But with time the girl got older and older.
Tetapi lama kelamaan gadis itu semakin dewasa.
And with age she got bigger and bigger.
Dan dengan usia dia menjadi lebih besar dan lebih besar.

And the bigger she got the hungrier she got.

Dan semakin besar dia semakin lapar.

And she began to eat more of the food each day.

Dan dia mula makan lebih banyak makanan setiap hari.

Eventually the merchant's son noticed the missing food.

Akhirnya anak saudagar itu perasan makanan yang hilang itu.

But he had no way of knowing where the food went.

Tetapi dia tidak mempunyai cara untuk mengetahui ke mana perginya makanan itu.

The last thing he suspected was a girl from inside the almirah.

Perkara terakhir yang dia syak ialah seorang gadis dari dalam almirah.

And so he came to a very different conclusion.

Jadi dia membuat kesimpulan yang sangat berbeza.

"Why is mother sending such a small quantity of food?".

"Mengapa ibu menghantar kuantiti makanan yang sedikit?".

And he had a message sent to his mother.

Dan dia mempunyai mesej yang dihantar kepada ibunya.

"Why am I being sent insufficient food?".

"Mengapa saya dihantar makanan yang tidak mencukupi?".

"And why is the dish served so slovenly?".

"Dan mengapa hidangan itu dihidangkan dengan selamba?".

Of course we know why the food was insufficient.

Sudah tentu kita tahu mengapa makanan itu tidak mencukupi.

And we know why the food was presented slovenly.

Dan kita tahu mengapa makanan itu disajikan dengan selamba.

The girl from in the wall ate from his food.

Gadis dari dinding itu makan dari makanannya.

And as she ate she fingered the rice and curry.

Dan semasa dia makan dia menjai nasi dan kari.

And she always hurried back into her cell in the wall.

Dan dia sentiasa tergesa-gesa kembali ke dalam selnya di dinding.

So that she would not be seen by anyone.

Supaya dia tidak dilihat oleh sesiapa pun.
She had no time to put the rice in proper order.
Dia tidak mempunyai masa untuk menyusun nasi dengan betul.
The mother was astonished at her son's complaint.
Si ibu berasa hairan dengan keluhan anaknya.
She gave him more than he could eat.
Dia memberinya lebih daripada yang dia boleh makan.
The food was served up on a silver plate.
Makanan dihidangkan di atas pinggan perak.
And she neatly arranged the food herself.
Dan dia menyusun sendiri makanan itu dengan kemas.
But her son repeated the same complaint again.
Tetapi anaknya mengulangi keluhan yang sama sekali lagi.
Day after day he complained of the small portions.
Hari demi hari dia mengeluh tentang bahagian yang kecil.
Day after day he complained of the messy food.
Hari demi hari dia mengadu makanan yang bersepah.
And so his mother began to suspect foul play.
Maka ibunya mula mengesyaki perbuatan keji.
She told her son to watch over the food.
Dia menyuruh anaknya mengawasi makanan.
"See if anyone is eating your food".
"Lihat sama ada sesiapa sedang makan makanan anda".
The next day a servant brought the food.
Keesokan harinya seorang hamba membawa makanan.
The servant laid the food in a clean place.
Hamba itu meletakkan makanan di tempat yang bersih.
Normally the merchant's son took a bath.
Kebiasaannya anak saudagar itu mandi.
But this day he did not go for a bath.
Tetapi hari ini dia tidak pergi mandi.
Instead, on this day he hid himself nearby.
Sebaliknya, pada hari ini dia menyembunyikan dirinya berdekatan.
From his hiding place he could see the food.

Dari tempat persembunyiannya dia dapat melihat makanan itu.

The merchant's son did not have to wait for long.

Anak saudagar itu tidak perlu menunggu lama.

Soon he saw the wall-almirah open.

Tidak lama kemudian dia melihat dinding-almirah terbuka.

And he saw a beautiful damsel step out.

Dan dia melihat seorang gadis cantik melangkah keluar.

She could not have been more than sixteen.

Dia tidak mungkin lebih daripada enam belas tahun.

She sat on the carpet by the breakfast.

Dia duduk di atas permaidani di sebelah sarapan pagi.

And she began to eat from the food left on the floor.

Dan dia mula makan dari makanan yang tertinggal di atas lantai.

The merchant's son came out of his hiding-place.

Anak saudagar itu keluar dari tempat persembunyiannya.

And the damsel could not escape from him.

Dan gadis itu tidak dapat melarikan diri daripadanya.

"Who are you, beautiful creature?".

"Siapa kamu, makhluk yang cantik?".

"You do not seem to be earth-born".

"Kamu nampaknya tidak dilahirkan di bumi".

"Are you one of the daughters of the gods?".

"Adakah anda salah seorang anak perempuan dewa?".

The girl replied, "I do not know who I am".

Gadis itu menjawab, "Saya tidak tahu siapa saya".

"But there is one thing I do know," the girl continued.

"Tetapi ada satu perkara yang saya tahu," gadis itu menyambung.

"One day I found myself in the almirah in the wall".

"Suatu hari saya mendapati diri saya di almirah di dinding".

"And since then I have been living in the wall".

"Dan sejak itu saya telah tinggal di dinding".

The merchant's son thought her story was strange.

Anak saudagar itu menganggap ceritanya pelik.

But then he thought a bit more about the story.

Tetapi kemudian dia berfikir lebih lanjut tentang cerita itu.
And he remembered what happened sixteen years ago.
Dan dia teringat apa yang berlaku enam belas tahun lalu.
He remembered the nest of the toontoori bird.
Dia teringat sarang burung toontoori.
And he remembered finding an egg in the nest.
Dan dia teringat mencari telur di dalam sarang.
And he remembered putting the egg in the almirah.
Dan dia teringat untuk memasukkan telur itu ke dalam almirah.
The wall-almirah girl was of uncommon beauty.
Gadis wall-almirah itu mempunyai kecantikan yang luar biasa.
And the merchant's son was struck by her beauty.
Dan anak saudagar itu terpesona dengan kecantikannya.
Her beauty made a deep impression on his mind.
Kecantikan wanita itu memberi kesan yang mendalam di fikirannya.
And he resolved in his mind to marry her.
Dan dia memutuskan dalam fikirannya untuk mengahwininya.
From then on the girl didn't stay in the almirah.
Sejak itu gadis itu tidak tinggal di almirah.
She was given a room in the merchant's son's house.
Dia diberi bilik di rumah anak saudagar itu.
The next day the merchant's son wrote a message.
Keesokan harinya anak saudagar itu menulis pesanan.
And he had the message sent to his mother.
Dan dia menghantar mesej itu kepada ibunya.
You can guess the general theme of the message.
Anda boleh meneka tema umum mesej itu.
The merchant's son said he would like to get married.
Anak saudagar itu berkata dia ingin berkahwin.
The mother of the merchant's son reproached herself.
Ibu kepada anak saudagar itu mencela dirinya sendiri.
She had not tried to find a wife for his son.
Dia belum cuba mencari isteri untuk anaknya.

She felt she should have thought of his marriage.
Dia merasakan dia sepatutnya memikirkan perkahwinannya.
And so she promptly replied to her son's message.
Maka dia segera membalas mesej anaknya.
She and her father were going to send out ghataks.
Dia dan ayahnya akan menghantar ghataks.
The ghataks were going to go to different countries.
Ghataks akan pergi ke negara yang berbeza.
There they were going to look for suitable brides.
Di sana mereka akan mencari pengantin yang sesuai.
But the merchant's son said there would be no need.
Tetapi anak saudagar itu berkata tidak perlu.
He had secured himself a lovely young lady.
Dia telah memastikan dirinya seorang wanita muda yang cantik.
If they had no objection, he would introduce her to them.
Jika mereka tiada bantahan, dia akan memperkenalkannya kepada mereka.
And so the young lady was taken to the merchant's house.
Maka wanita muda itu dibawa ke rumah saudagar itu.
The merchant and his wife welcomed the stranger.
Pedagang dan isterinya menyambut orang asing itu.
And they were also struck by her unmatched beauty.
Dan mereka juga terpegun dengan kecantikannya yang tiada tandingan.
The girl was of perfect loveliness and grace.
Gadis itu mempunyai kecantikan dan keanggunan yang sempurna.
The parents made no questions to her birth.
Ibu bapa tidak bertanya tentang kelahirannya.
And the nuptials were celebrated there and then.
Dan perkahwinan itu diraikan di sana dan kemudian.

In the course of time the merchant's son had two sons.
Lama kelamaan anak saudagar itu mempunyai dua orang anak lelaki.
The elder of the sons he named Swet.

Sulung daripada anak lelaki itu dinamakannya Swet.

And the younger son he named Basanta.

Dan anak bungsunya diberi nama Basanta.

After the passing of more time the old merchant died.

Selepas masa berlalu, saudagar tua itu mati.

So the merchant's son now became the merchant.

Maka anak saudagar itu kini menjadi saudagar.

And after some time his mother died too.

Dan selepas beberapa lama ibunya meninggal juga.

Swet and Basanta grew up to be fine lads.

Swet dan Basanta membesar menjadi anak yang baik.

And the elder son was in due time married.

Dan anak sulung itu telah berkahwin pada masanya.

Sometime after Swet's marriage his mother also died.

Beberapa ketika selepas perkahwinan Swet ibunya juga meninggal dunia.

The girl from in the wall was no more.

Gadis dari dinding itu sudah tiada lagi.

The widower lost no time in marrying again.

Si duda tidak membuang masa untuk berkahwin lagi.

And he had a new young and beautiful wife.

Dan dia mempunyai isteri baru yang muda dan cantik.

Swet's wife was older than his stepmother.

Isteri Swet lebih tua daripada ibu tirinya.

So his wife became the mistress of the house.

Jadi isterinya menjadi nyonya rumah.

The stepmother was like all stepmothers are.

Ibu tiri adalah seperti semua ibu tiri.

She hated Swet and Basanta with a perfect hatred.

Dia membenci Swet dan Basanta dengan kebencian yang sempurna.

And the two ladies also couldn't stand each other.

Dan dua wanita itu juga tidak tahan antara satu sama lain.

It so happened one day that a fisherman came.

Kebetulan pada suatu hari seorang nelayan datang.

The fisherman brought to the merchant a fish.

Nelayan itu membawa seekor ikan kepada saudagar itu.

This fish was of singular and remarkable beauty.

Ikan ini mempunyai kecantikan yang unik dan luar biasa.

It was unlike any other fish that had been seen.

Ia tidak seperti ikan lain yang pernah dilihat.

And the fish had other qualities too.

Dan ikan itu mempunyai kualiti lain juga.

The fisherman explained the wonders of the fish.

Nelayan itu menerangkan keajaiban ikan itu.

"Two things will happen if you eat this fish".

"Dua perkara akan berlaku jika anda makan ikan ini".

"When you laugh maniks will drop from your mouth".

"Apabila anda ketawa manik akan keluar dari mulut anda".

"And when you weep pearls will drop from your eyes".

"Dan apabila kamu menangis, mutiara akan gugur dari matamu".

The merchant was astounded by what he had heard.

Peniaga itu terkejut dengan apa yang didengarinya.

And he wanted the wonderful properties of the fish.

Dan dia mahukan sifat-sifat indah ikan itu.

And so he bought the fish at one thousand rupees.

Maka dia membeli ikan itu dengan harga seribu rupee.

And he put the fish into the hands of Swet's wife.

Dan dia meletakkan ikan itu ke tangan isteri Swet.

Because Swet's wife was the mistress of the house.

Kerana isteri Swet adalah perempuan simpanan rumah itu.

He strictly instructed her to cook the fish well.

Dia dengan tegas mengarahkannya untuk memasak ikan dengan baik.

And he told her to give the fish to him alone to eat.

Dan dia menyuruh perempuan itu memberikan ikan itu kepadanya seorang diri untuk dimakan.

The house-mother however knew the fish's secret.

Ibu rumah itu bagaimanapun mengetahui rahsia ikan itu.

She had overheard what the fisherman had said.

Dia telah mendengar apa yang dikatakan oleh nelayan itu.

Secretly she made a different plan in her mind.

Diam-diam dia membuat rancangan berbeza dalam fikirannya.

She was going to cook the fish for her husband.

Dia akan memasak ikan untuk suaminya.

And she was going to share the fish with his brother.

Dan dia akan berkongsi ikan dengan abangnya.

For her father-in-law she was going to prepare a frog.

Untuk bapa mertuanya dia akan menyediakan seekor katak.

Soon she had finished cooking the marvelous fish.

Tidak lama kemudian dia telah selesai memasak ikan yang mengagumkan itu.

And she had finished cooking a frog too.

Dan dia telah selesai memasak katak juga.

But from the kitchen she could hear a squable.

Tetapi dari dapur dia dapat mendengar pertengkaran.

She could hear who it was that was arguing.

Dia dapat mendengar siapa yang bertengkar.

Her stepmother-in-law and her husband's brother.

Ibu mertua tirinya dan abang suaminya.

And she understood the cause of the argument.

Dan dia faham punca pertengkaran itu.

Basanta was still but a young lad.

Basanta masih muda.

But he was passionately fond of his pigeons.

Tetapi dia sangat menyukai burung merpatinya.

And he tamed his pigeons very well.

Dan dia menjinakkan burung merpatinya dengan sangat baik.

Nonetheless, one of his pigeons had escaped.

Namun begitu, seekor daripada burung merpatinya telah melarikan diri.

And the pigeon flew into his stepmother's room.

Dan burung merpati itu terbang ke bilik ibu tirinya.

His stepmother hid the pigeon in her clothes.

Ibu tirinya menyembunyikan burung merpati itu dalam pakaiannya.

Basanta rushed after the pigeon into the room.

Basanta meluru mengejar burung merpati itu masuk ke dalam bilik.

And he loudly demanded to have the pigeon back.

Dan dia dengan lantang menuntut agar burung merpati itu kembali.

His stepmother denied having the pigeon.

Ibu tirinya menafikan mempunyai burung merpati itu.

Swet, however, did know she had the pigeon.

Swet, bagaimanapun, tahu dia mempunyai burung merpati itu.

And the older brother forcibly took the bird.

Dan si abang mengambil burung itu secara paksa.

And he freed the pigeon from her clothes.

Dan dia membebaskan burung merpati itu dari pakaiannya.

And he gave the pigeon back to his brother.

Dan dia memberikan kembali burung merpati itu kepada saudaranya.

The stepmother cursed and swore, and added;

Ibu tiri mengutuk dan bersumpah, dan menambah;

"Wait until the head of the house comes home".

"Tunggu sehingga ketua rumah pulang".

"He will get no water till he sheds your blood".

"Dia tidak akan mendapat air sehingga dia menumpahkan darahmu".

Swet's wife called her husband and said to him;

Isteri Swet memanggil suaminya dan berkata kepadanya;

"My dearest lord, that woman is a most wicked woman".

"Tuanku, wanita itu adalah wanita yang paling jahat".

"And she has boundless influence over my father-in-law".

"Dan dia mempunyai pengaruh yang tidak terbatas terhadap bapa mertua saya".

"She will make him do what she has threatened".

"Dia akan membuat dia melakukan apa yang dia telah mengancam".

"All our lives are in imminent danger".

"Semua nyawa kita berada dalam bahaya".

"But let us first eat a little," she added.

"Tetapi biarlah kita makan sedikit dahulu," tambahnya.
"And then let us all three run away from this place".
"Dan kemudian marilah kita bertiga lari dari tempat ini".
Swet forthwith called Basanta to him.
Swet segera memanggil Basanta kepadanya.
And he told him what he had heard from his wife.
Dan dia memberitahunya apa yang dia dengar daripada
isterinya.
They resolved to run away before nightfall.
Mereka memutuskan untuk melarikan diri sebelum malam.
The woman placed before her husband the fish.
Wanita itu meletakkan ikan di hadapan suaminya.
And her brother-in-law ate of the fish too.
Dan abang iparnya juga makan ikan itu.
And they ate of the fish heartily.
Dan mereka memakan ikan itu dengan sepenuh hati.
The woman packed up all her jewels in a box.
Wanita itu mengemas semua permatanya di dalam kotak.
There was only one horse in the stables.
Hanya ada seekor kuda di kandang.
But the horse was of uncommon fleetness.
Tetapi kuda itu adalah armada yang tidak biasa.
They could all sit on the horse together.
Mereka semua boleh duduk di atas kuda bersama-sama.
Swet held the reins of the horse.
Swet memegang tampuk kuda itu.
The woman sat in the middle of the horse.
Wanita itu duduk di tengah-tengah kuda.
And she had the jewel-box in her lap.
Dan dia mempunyai kotak permata di pangkuannya.
And Basanta sat on the rear of the horse.
Dan Basanta duduk di bahagian belakang kuda.
The horse galloped with the utmost swiftness.
Kuda itu berlari dengan sangat pantas.
They passed through many a plain and noted town.
Mereka melalui banyak bandar yang rata dan terkenal.
After midnight they found themselves in a forest.

Selepas tengah malam mereka mendapati diri mereka berada di dalam hutan.

And they were not far from the banks of a river.

Dan mereka tidak jauh dari tebing sungai.

Here the most untoward event took place.

Di sini peristiwa yang paling tidak diingini berlaku.

Swet's wife began to feel the pains of child-birth.

Isteri Swet mula merasai kesakitan bersalin.

They dismounted from the horse without delay.

Mereka turun dari kuda itu tanpa berlengah-lengah.

And within an hour Swet's wife gave birth to a son.

Dan dalam masa sejam isteri Swet melahirkan seorang anak lelaki.

What were the two brothers to do in this forest?

Apakah yang dilakukan oleh dua beradik itu di hutan ini?

They knew that a fire had to be kindled.

Mereka tahu bahawa api perlu dinyalakan.

The mother and the new-born baby needed warmth.

Ibu dan bayi yang baru lahir memerlukan kehangatan.

But from where was there fire to be gotten?

Tetapi dari mana ada api untuk diperolehi?

There were no human habitations visible.

Tiada tempat tinggal manusia yang kelihatan.

Nonetheless, a fire had to be procured.

Namun begitu, kebakaran terpaksa dibuat.

And it was the winter month of December.

Dan ia adalah bulan musim sejuk bulan Disember.

The mother and the baby would certainly perish.

Ibu dan bayi itu pasti akan binasa.

Swet told Basanta to sit beside his wife.

Swet menyuruh Basanta duduk di sebelah isterinya.

And he set out in the darkness of the night.

Dan dia pergi dalam kegelapan malam.

And he went in search of wood to make a fire.

Dan dia pergi mencari kayu untuk membuat api.

Swet walked many a mile through the darkness.

Swet berjalan sejauh satu batu melalui kegelapan.

But despite the distance he saw no human habitations.
Tetapi walaupun jauh dia tidak nampak kediaman manusia.
But eventually his eyes were given some help.
Tetapi akhirnya matanya diberi sedikit bantuan.
The genial light of Sukra somewhat illumined his path.
Cahaya mesra Sukra sedikit sebanyak menerangi laluannya.
And he saw at a distance what seemed a large city.
Dan dia melihat dari jauh apa yang kelihatannya sebuah kota besar.
He was congratulating himself on his journey's end.
Dia mengucapkan tahniah kepada dirinya sendiri atas penghujung perjalanannya.
And he congratulated himself for finding fire.
Dan dia mengucapkan tahniah kepada dirinya sendiri kerana menemui api.
The fire that was going to benefit his poor wife.
Api yang akan memberi manfaat kepada isterinya yang miskin.
His wife that was lying cold in the forest.
Isterinya yang terbaring kesejukan di dalam hutan.
The fire that was going to save his new-born child.
Api yang akan menyelamatkan anaknya yang baru dilahirkan.
The new-born baby born into the coldness.
Bayi yang baru lahir dilahirkan dalam kesejukan.
Suddenly an elephant shot across his path.
Tiba-tiba seekor gajah menembak di laluannya.
The elephant was gorgeously caparisoned.
Gajah itu sangat cantik.
And the elephant gently picked him with his trunk.
Dan gajah itu dengan lembut memetiknya dengan belalainya.
He placed him on the rich howdah on its back.
Dia meletakkannya di atas howdah kaya di belakangnya.
The elephant then walked rapidly towards the city.
Gajah itu kemudiannya berjalan laju menuju ke bandar.
Swet was quite taken aback by the events.
Swet agak terkejut dengan kejadian itu.
He did not understand the elephant's actions.

Dia tidak faham dengan tindakan gajah itu.
And he wondered what was in store for him.
Dan dia tertanya-tanya apa yang ada untuknya.
A crown is that which was in store for him.
Mahkota adalah yang telah disediakan untuknya.
He was being taken to the chief city of a kingdom.
Dia dibawa ke kota utama sebuah kerajaan.
In this kingdom every morning a king was elected.
Di kerajaan ini setiap pagi seorang raja dipilih.
Because the kings of this city lasted but a day.
Kerana raja-raja kota ini hanya tinggal sehari.
Every night the new king joined the queen in her room.
Setiap malam raja baru menyertai permaisuri di biliknya.
And every morning the previous king was found dead.
Dan setiap pagi raja terdahulu ditemui mati.
No one knew what caused the deaths of the kings.
Tiada siapa yang tahu apa yang menyebabkan kematian raja-raja.
Not even the queen knew what caused their death.
Ratu pun tidak tahu apa yang menyebabkan kematian mereka.
So this kingdom had its own king-maker.
Jadi kerajaan ini mempunyai pembuat rajanya sendiri.
The elephant who suddenly took hold of Swet.
Gajah yang tiba-tiba memegang Swet.
Early in the morning the elephant roamed about.
Pagi-pagi lagi gajah itu berkeliaran.
Sometimes the elephant went to distant places.
Kadang-kadang gajah pergi ke tempat yang jauh.
And every evening the elephant returned with a man.
Dan setiap petang gajah itu pulang bersama seorang lelaki.
The man on the elephant's became their king.
Lelaki di atas gajah itu menjadi raja mereka.
The elephant majestically marched through the streets.
Gajah itu dengan megah berarak melalui jalan-jalan.
A crowd of people welcomed their new king.
Sekumpulan orang menyambut raja baru mereka.

But Swet did not yet understand their cheers.
Tetapi Swet masih belum memahami sorakan mereka.
The elephant entered the kingdom's palace.
Gajah itu memasuki istana kerajaan.
And the elephant placed Swet on the throne.
Dan gajah itu meletakkan Swet di atas takhta.
Amid much rejoicing he was proclaimed king.
Di tengah-tengah kegembiraan dia diisytiharkan sebagai raja.
But there were lamentations in the crowd too.
Tetapi ada juga ratapan di kalangan orang ramai.
In the course of the day he heard of the curse.
Dalam perjalanan hari dia mendengar sumpahan itu.
The nightly death of every newly elected king.
Kematian setiap malam setiap raja yang baru dilantik.
But Swet was possessed of great discretion.
Tetapi Swet mempunyai kebijaksanaan yang besar.
And he had the courage not to try an escape.
Dan dia mempunyai keberanian untuk tidak cuba melarikan diri.
He took every precaution that he could take.
Dia mengambil setiap langkah berjaga-jaga yang boleh dia ambil.
But he did not know how to avert the catastrophe.
Tetapi dia tidak tahu bagaimana untuk mengelakkan malapetaka itu.
And he knew not what expedients to adopt.
Dan dia tidak tahu apa yang patut diterima pakai.
Because he didn't know the nature of the danger.
Kerana dia tidak tahu sifat bahaya itu.
He resolved, however, upon two things;
Dia memutuskan, bagaimanapun, atas dua perkara;
He was going to go armed into the bedchamber.
Dia akan pergi bersenjata ke dalam bilik tidur.
And he was going to stay awake the whole night.
Dan dia akan berjaga sepanjang malam.
The queen was young and of exquisite beauty.
Ratu itu masih muda dan sangat cantik.

Guileless and benevolent was the expression of her face.
Tidak bersalah dan baik hati adalah ekspresi wajahnya.
It was impossible to attribute her any malice.
Adalah mustahil untuk mengaitkannya dengan niat jahat.
No one believed she caused all the kings' deaths.
Tiada siapa yang percaya dia menyebabkan kematian semua raja.
In the queen's chamber Swet spent an agreeable evening.
Di dalam bilik permaisuri Swet menghabiskan malam yang menyenangkan.
As the night advanced the queen fell asleep.
Semakin malam, ratu tertidur.
But Swet kept awake, and was on the alert.
Tetapi Swet terus terjaga, dan berjaga-jaga.
He looked at every creek and corner of the room.
Dia memandang setiap anak sungai dan sudut bilik itu.
And he expected every minute to be murdered.
Dan dia menjangka setiap minit akan dibunuh.
But the queen did not rise to murder him.
Tetapi ratu tidak bangkit untuk membunuhnya.
And no one entered the room to murder him either.
Dan tiada sesiapa pun masuk ke dalam bilik untuk membunuhnya.
Nor did he feel anything other than sleepiness.
Dia juga tidak merasakan apa-apa selain mengantuk.
But in the dead of night he perceived something.
Tetapi di tengah malam dia menyedari sesuatu.
A thread was coming out the queen's nostril.
Seutas benang keluar dari lubang hidung permaisuri.
The thread was so thin that it was almost invisible.
Benang itu sangat nipis sehingga hampir tidak kelihatan.
Slowly the thread reached several yards in length.
Perlahan-lahan benang itu mencapai beberapa ela panjangnya.
And eventually all the thread came out.
Dan akhirnya semua benang keluar.
Only then did the thread begin to grow thicker.
Barulah benang itu mula menebal.

Soon the thread took on its real shape.
Tidak lama kemudian benang itu mengambil bentuk sebenar.
The thread was in fact a huge serpent.
Benang itu sebenarnya adalah ular besar.
Immediately Swet cut off the head of the serpent.
Terus Swet memotong kepala ular itu.
The body of the serpent wriggled violently.
Badan ular itu menggeliat kuat.
He sat quiet in the room, expecting other adventures.
Dia duduk diam di dalam bilik, mengharapkan
pengembaraan lain.
But nothing else happened the rest of the night.
Tetapi tiada apa-apa lagi yang berlaku sepanjang malam itu.
The queen slept longer than usual.
Ratu tidur lebih lama daripada biasa.
Because she had been relieved of the huge snake.
Kerana dia telah dibebaskan daripada ular besar itu.
Early next morning the ministers came.
Pagi-pagi lagi menteri-menteri datang.
They were expecting to hear of the king's death.
Mereka mengharapkan untuk mendengar tentang kematian
raja.
The ladies of the bedchamber knocked at the door.
Wanita-wanita bilik tidur mengetuk pintu.
But to their astonishment Swet come out.
Tetapi terkejut mereka Swet keluar.
The folk learned the mystery of all the kings' deaths.
Rakyat mengetahui misteri kematian semua raja.
And now the country rejoiced their permanent king.
Dan kini negara itu bergembira dengan raja kekal mereka.
There is a strange thing you probably noticed.
Ada perkara pelik yang mungkin anda perasan.
Swet did not remember his wife he left behind.
Swet tidak ingat akan isterinya yang ditinggalkannya.
It is a strange thing, nevertheless it is true.
Ia adalah perkara yang pelik, namun ia adalah benar.
Nor did he remember the defenceless new-born babe.

Dia juga tidak ingat bayi yang baru lahir yang tidak berdaya itu.

And he did not remember his brother either.

Dan dia juga tidak mengingati abangnya.

He had no time to remember when the elephant came.

Dia tidak mempunyai masa untuk mengingati bila gajah itu datang.

On the first night he had to worry for his own life.

Pada malam pertama dia terpaksa risaukan nyawanya sendiri.

And now the crown brought on his forgetfulness.

Dan kini mahkota itu membawa kepada kealpaannya.

But he had entrusted his wife and child to Basanta.

Tetapi dia telah mempercayakan isteri dan anaknya kepada Basanta.

And his brother sat waiting for many weary hours.

Dan abangnya duduk menunggu berjam-jam penat.

Every moment he expected to see Swet return with fire.

Setiap saat dia mengharapkan untuk melihat Swet kembali dengan api.

But the whole night passed away without his return.

Tetapi sepanjang malam berlalu tanpa kepulangannya.

At sunrise he went to the bank of the river.

Ketika matahari terbit dia pergi ke tebing sungai.

There he anxiously looked about for his brother.

Di sana dia cemas mencari abangnya.

But his waiting and searching were all in vain.

Tetapi penantian dan pencariannya semuanya sia-sia.

Distressed beyond measure, he wept at the riverside.

Kerana tertekan yang tidak terkira, dia menangis di tepi sungai.

As he was weeping a boat was passing by.

Sedang dia menangis, sebuah perahu sedang melintas.

In the boat a merchant was returning from business.

Di dalam perahu itu seorang saudagar pulang dari perniagaan.

The boat was not far from the shore.

Bot itu tidak jauh dari pantai.

So the merchant could see Basanta weeping.
Jadi saudagar itu dapat melihat Basanta menangis.
Something struck the attention of the merchant.
Sesuatu menarik perhatian peniaga itu.
By the weeping man appeared to be a pile of pearls.
Oleh lelaki yang menangis itu kelihatan seperti timbunan
mutiara.
The merchant requested the boatman to halt.
Peniaga itu meminta tukang perahu itu berhenti.
And the merchant went to the weeping man.
Dan saudagar itu pergi kepada orang yang menangis itu.
By the weeping man was in fact a pile of pearls.
Oleh lelaki yang menangis itu sebenarnya adalah timbunan
mutiara.
And the pearls were of the highest quality.
Dan mutiara itu adalah berkualiti tinggi.
And another thing astonished the merchant.
Dan satu lagi yang mengejutkan pedagang itu.
The pile of pearls grew larger every second.
Timbunan mutiara semakin besar setiap saat.
Because the man was crying, but not tears.
Kerana lelaki itu menangis, tetapi bukan air mata.
Because his tears turned to pearls on the ground.
Kerana air matanya bertukar menjadi mutiara di bumi.
The merchant stowed away the pearls into his boat.
Pedagang itu menyimpan mutiara-mutiara itu ke dalam
perahunya.
Then the merchant got his servants to help him.
Kemudian saudagar itu meminta hamba-hambanya untuk
menolongnya.
And together they captured the crying man.
Dan bersama-sama mereka menangkap lelaki yang menangis
itu.
They put him on board of the vessel.
Mereka meletakkannya di atas kapal.
And he tied him to one of the ship's masts.
Dan dia mengikatnya pada salah satu tiang kapal.

Basanta, of course, tried his best to resist.

Basanta, tentu saja, cuba sedaya upaya untuk melawan.

But what could he do against so many sailors?

Tetapi apa yang boleh dia lakukan terhadap begitu ramai kelasi?

He thought of his brother who never returned.

Dia memikirkan abangnya yang tidak pernah pulang.

He thought of his sister-in-law in the forest.

Dia memikirkan kakak iparnya di dalam hutan.

And he thought of his newly born niece.

Dan dia memikirkan anak saudaranya yang baru dilahirkan.

And he cried even more bitterly than before.

Dan dia menangis lebih perit daripada sebelumnya.

His weeping mightily pleased the merchant.

Tangisannya sangat menggembirakan pedagang itu.

Because even more pearls were falling to the ground.

Kerana lebih banyak mutiara yang jatuh ke tanah.

And the merchant became richer and richer.

Dan saudagar itu semakin kaya dan kaya.

Eventually the merchant reached his native town.

Akhirnya saudagar itu sampai ke kota asalnya.

When they got there he confined Basanta in a room.

Apabila mereka sampai di sana dia mengurung Basanta di dalam sebuah bilik.

At stated hours every day he had him whipped.

Pada waktu yang dinyatakan setiap hari dia menyebatnya.

In order to make him shed yet more tears.

Untuk membuat dia menitiskan lagi air mata.

And every tear converted into a bright pearl.

Dan setiap air mata berubah menjadi mutiara yang terang.

The merchant one day said to his servants;

Pedagang itu pada suatu hari berkata kepada hamba-hambanya;

"The fellow is making me rich by his weeping".

"Orang itu membuat saya kaya dengan tangisannya".

"Let us see what he gives me by laughing".

"Mari kita lihat apa yang dia berikan kepada saya dengan
ketawa".
Accordingly, he began to tickle his captive.
Sehubungan itu, dia mula menggeletek tawanannya.
Upon being tickled Basanta began to laugh.
Apabila digelitik Basanta mula ketawa.
Of course he was not laughing out of happiness.
Sudah tentu dia tidak ketawa kerana gembira.
But none the less maniks dropped from his mouth.
Tetapi tidak kurang juga manik yang keluar dari mulutnya.
After this Basanta was not just whipped anymore.
Selepas ini Basanta bukan sahaja disebat lagi.
Now he was alternately whipped and tickled.
Kini dia disebat dan dicuit silih berganti.
All day and far into the night he was exploited.
Sepanjang hari dan jauh ke malam dia dieksploitasi.
The merchant's wealth increased day and night.
Harta saudagar itu bertambah siang dan malam.
Soon he became the wealthiest man in the land.
Tidak lama kemudian dia menjadi orang terkaya di negeri itu.
But let us return to Basanta's subjugation later.
Tetapi marilah kita kembali kepada penaklukan Basanta nanti.
Now let us turn our attention to Swet's wife.
Sekarang mari kita beralih perhatian kepada isteri Swet.

Swet's abandoned wife was still in the forest.
Isteri Swet yang ditinggalkan masih berada di dalam hutan.
She had just given birth to her child.
Dia baru sahaja melahirkan anaknya.
But now she was alone in the forest.
Tetapi kini dia bersendirian di dalam hutan.
First her husband had abandoned her.
Mula-mula suaminya telah meninggalkannya.
And now her brother-in-law abandoned her too.
Dan kini abang iparnya pula meninggalkannya.
Imagine how overwhelmed with grief she felt.
Bayangkan betapa terharunya kesedihan yang dia rasakan.

Alone, and in a forest, far from civilization.

Bersendirian, dan dalam hutan, jauh dari tamadun.

Her case was indeed deserving of sympathy.

Kesnya memang patut mendapat simpati.

She wept rivers of sad and lonely tears.

Dia menangis air mata sedih dan kesepian.

Excessive grief, however, brought her relief.

Kesedihan yang berlebihan, bagaimanapun, membawanya kelegaan.

She fell asleep with the new-born in her arms.

Dia tertidur dengan bayi yang baru lahir dalam pelukannya.

While she was deep in sleep another tragedy took place.

Ketika dia sedang tidur lena, satu lagi tragedi berlaku.

It so happened that the Kotwal was passing by.

Kebetulan Kotwal sedang melintas.

He had recently suffered his own misfortune.

Dia baru-baru ini mengalami nasib malang sendiri.

But his misfortune was of a different nature.

Tetapi nasib malangnya adalah sifat yang berbeza.

The children his wife bore died shortly after birth.

Anak-anak yang isterinya lahirkan meninggal dunia sejurus selepas dilahirkan.

And he was now going to bury the last infant.

Dan dia kini akan mengebumikan bayi terakhir.

He was heading to the banks of the river.

Dia menuju ke tebing sungai.

The place where the other infants were buried.

Tempat di mana bayi-bayi lain dikebumikan.

But then he saw the woman sleeping in the forest.

Tetapi kemudian dia melihat wanita itu tidur di dalam hutan.

And in her arms he saw her holding a baby.

Dan dalam pelukannya dia melihat dia memegang bayi.

The infant was a lively and beautiful boy.

Bayi itu adalah seorang budak lelaki yang lincah dan cantik.

His liveliness did not disturb his mother's sleep.

Keceriaannya tidak mengganggu tidur ibunya.

The Kotwal wanted the lovely infant very much.

Kotwal sangat menginginkan bayi yang cantik itu.

He quietly took the child from his mother.

Dia secara senyap-senyap mengambil kanak-kanak itu daripada ibunya.

And in her arms he placed his own dead child.

Dan dalam pelukannya dia meletakkan anaknya yang mati.

Of course this is not what he could tell his wife.

Sudah tentu bukan ini yang dia boleh beritahu isterinya.

"We both thought that our son had died".

"Kami berdua menyangka bahawa anak kami telah meninggal dunia".

"And I carried his body to the river bank".

"Dan saya membawa mayatnya ke tebing sungai".

"And that was when a miracle occurred".

"Dan ketika itulah keajaiban berlaku".

"Once more our son opened his young eyes".

"Sekali lagi anak kami membuka mata mudanya".

"And now we have a beautiful and lively boy".

"Dan kini kami mempunyai seorang budak lelaki yang cantik dan lincah".

But Swet's wife did not know the true events.

Tetapi isteri Swet tidak mengetahui kejadian sebenar.

When she woke she held the dead child in her arms.

Apabila dia tersedar dia memegang kanak-kanak yang mati itu dalam pelukannya.

And she thought it was her child that had died.

Dan dia menyangka bahawa anaknya yang telah meninggal dunia.

The distress of her mind may easily be imagined.

Kesusahan fikirannya mungkin mudah dibayangkan.

The whole world became dark to her.

Seluruh dunia menjadi gelap baginya.

She was distracted by the loss of her child.

Dia terganggu dengan kehilangan anaknya.

And in her distraction she formed a resolution.

Dan dalam gangguannya dia membentuk resolusi.

She had resolved to take her own life.

Dia telah memutuskan untuk mengambil nyawanya sendiri.

The river was not far from where she had slept.

Sungai itu tidak jauh dari tempat dia tidur.

And she determined to drown herself in the river.

Dan dia bertekad untuk menenggelamkan dirinya di dalam sungai.

She took in her hand the bundle of jewels.

Dia mengambil seikat permata di tangannya.

And then she proceeded to the river-side.

Dan kemudian dia terus ke tepi sungai.

An old Brahman was at no great distance.

Seorang Brahman tua berada pada jarak yang tidak jauh.

The Brahman was performing his morning ablutions.

Brahman itu sedang berwuduk pagi.

He noticed the woman going into the water.

Dia perasan perempuan itu masuk ke dalam air.

Naturally he thought that she was going to bathe.

Sememangnya dia menyangka bahawa dia akan mandi.

But then he saw her going into the deep waters.

Tetapi kemudian dia melihat dia pergi ke dalam air yang dalam.

Something akin to suspicion arose in his mind.

Sesuatu seperti syak wasangka timbul di fikirannya.

The Brahman discontinued his devotions.

Brahman itu menghentikan ibadahnya.

He too waded out towards the river's depth.

Dia juga mengharungi ke arah kedalaman sungai.

And he ordered the woman to come to him.

Dan dia menyuruh perempuan itu datang kepadanya.

Swet's wife heard the old man calling her.

Isteri Swet terdengar orang tua itu memanggilnya.

So she retraced her steps to the old man.

Jadi dia menjejaki semula langkahnya ke lelaki tua itu.

"What were your intentions?" asked the Braham.

"Apa niat awak?" tanya Braham.

And the woman confirmed his suspicions.

Dan wanita itu mengesahkan syak wasangkanya.

"I was going to put an end to my life".
"Saya akan menamatkan hidup saya".
And she thanked the Brahman for saving her.
Dan dia berterima kasih kepada Brahman kerana menyelamatkannya.
"Accept these jewels as a sign of appreciation".
"Terimalah permata ini sebagai tanda penghargaan".
The Brahman accepted the sign of appreciation.
Brahman menerima tanda penghargaan.
But he was more interested in her story.
Tetapi dia lebih berminat dengan ceritanya.
And at his request she related her story.
Dan atas permintaannya dia menceritakan kisahnya.
She had escaped from her stepmother in law.
Dia telah melarikan diri daripada ibu mertua tirinya.
In the forest she gave birth to a child.
Di dalam hutan dia melahirkan seorang anak.
First her husband went looking for fire.
Mula-mula suaminya pergi mencari api.
But her husband never came back to her.
Tetapi suaminya tidak pernah kembali kepadanya.
Then her brother-in-law looked for her husband.
Kemudian abang iparnya mencari suaminya.
But her brother-in-law did not return either.
Tetapi abang iparnya tidak pulang juga.
Eventually she fell asleep with her child.
Akhirnya dia tertidur bersama anaknya.
But when she woke her child was dead.
Tetapi apabila dia bangun, anaknya telah mati.
And that's when she decided to drown herself.
Dan ketika itulah dia memutuskan untuk menenggelamkan dirinya.
She felt the relieve of telling her fate.
Dia berasa lega apabila menceritakan nasibnya.
The Brahman invited the woman to his house.
Brahman menjemput wanita itu ke rumahnya.
And the woman was accepted into his family.

Dan wanita itu diterima masuk ke dalam keluarganya.

The Brahman's wife treated her like a daughter.

Isteri Brahman memperlakukannya seperti anak perempuan.

And she spent years with her new family.

Dan dia menghabiskan masa bertahun-tahun bersama keluarga barunya.

Swet spend those years in his kingdom.

Swet menghabiskan tahun-tahun itu di kerajaannya.

Basanta spent those years being tortured.

Basanta menghabiskan tahun-tahun itu dengan diseksa.

And the adopted son of the Kotwal grew up.

Dan anak angkat Kotwal membesar.

The Brahman's house was not far from the Kotwal's.

Rumah Brahman itu tidak jauh dari rumah Kotwal.

So the Kotwal's son met the Brahman's adopted daughter.

Maka anak lelaki Kotwal bertemu dengan anak angkat Brahman.

And the lad thought he fell in love with her.

Dan lelaki itu menyangka dia jatuh cinta padanya.

He spoke to his father about the woman.

Dia bercakap dengan bapanya tentang wanita itu.

And the father spoke to the Brahman about the woman.

Dan bapa bercakap kepada Brahman tentang wanita itu.

The Brahman's rage knew no bounds.

Kemarahan Brahman tidak mengenal batas.

"What is this insolence!" the Brahman protested.

"Apa kesombongan ini!" Brahman itu membantah.

"Your son is the son of an infidel".

"Anakmu adalah anak orang kafir".

"How can he aspire to the hand of a Brahman's daughter!?".

"Bagaimana dia boleh bercita-cita untuk mendapatkan tangan seorang anak perempuan Brahman!?".

"A dwarf may as well aspire to catch hold of the moon!".

"Seorang kerdil mungkin juga bercita-cita untuk menangkap bulan!".

But the Kotwal's son determined to have her by force.

Tetapi anak lelaki Kotwal bertekad untuk memilikinya secara paksa.

One day he scaled the wall of the Brahman's house.

Suatu hari dia memanjat dinding rumah Brahman.

He got upon the thatched roof of the cow-house.

Dia naik ke atas bumbung jerami rumah lembu.

And from that lofty position he reconnoitered.

Dan dari kedudukan yang tinggi itu dia meninjau semula.

And he saw two young calves below him.

Dan dia melihat dua anak lembu di bawahnya.

And he overheard the conversation of two young calves.

Dan dia terdengar perbualan dua anak lembu muda.

"Men accuse us of brutish ignorance and immorality".

"Lelaki menuduh kami melakukan kejahilan yang kejam dan tidak bermoral".

"But in my opinion men are fifty times worse".

"Tetapi pada pendapat saya lelaki adalah lima puluh kali lebih teruk".

"What makes you say so, brother?" the calf asked.

"Apa yang membuatkan abang berkata begitu?" anak lembu itu bertanya.

"Have you witnessed instances of human depravity?".

"Adakah anda menyaksikan kejadian kebejatan manusia?".

"Who is a greater monster than the Kotwal's son?".

"Siapakah raksasa yang lebih hebat daripada anak lelaki Kotwal?".

"The same lad standing on the thatched roof".

"Budak yang sama berdiri di atas bumbung jerami".

"The roof of this hut above our heads".

"Bumbung pondok ini di atas kepala kita".

"I thought he was just the son of our Kotwal".

"Saya fikir dia hanya anak kepada Kotwal kami".

"I never heard that he was exceptionally vicious".

"Saya tidak pernah mendengar bahawa dia sangat ganas".

"You may have never heard of his wickedness".

"Kamu mungkin tidak pernah mendengar tentang kejahatannya".

"But now you will hear of his wickedness from me".
"Tetapi sekarang kamu akan mendengar tentang kejahatannya daripadaku".
"This wicked lad is now making immoral plans".
"Pemuda jahat ini kini membuat rancangan yang tidak bermoral".
"He is trying get married to his own mother!".
"Dia cuba berkahwin dengan ibunya sendiri!".
The First Calf then related the whole story.
Anak Lembu Pertama kemudiannya menceritakan keseluruhan cerita.
And the inquisitive Second Calf listened.
Dan Anak Lembu Kedua yang ingin tahu itu mendengar.
And the calf told Swet's and Basanta's story.
Dan anak lembu itu menceritakan kisah Swet dan Basanta.
"A merchant built a house for his son"
"Seorang saudagar membina rumah untuk anaknya"
"In the garden of the house was a Toontooni bird"
"Di taman rumah terdapat seekor burung Toontooni"
"In the nest of the Toontooni bird was an egg"
"Di dalam sarang burung Toontooni terdapat sebutir telur"
"The merchant's son put the egg in a almirah"
"Anak saudagar memasukkan telur ke dalam almirah"
"Out of the egg came a beautiful girl"
"Dari telur itu keluar seorang gadis cantik"
"Eventually the merchant's son married this beautiful girl"
"Akhirnya anak saudagar itu berkahwin dengan gadis cantik ini"
"Together they had two children; Swet and Basanta"
"Bersama mereka mempunyai dua anak; Swet dan Basanta"
"Some time later the grandfather of the children died"
"Beberapa lama kemudian datuk kepada kanak-kanak itu meninggal dunia"
"Some time later again their grandmother died too"
"Beberapa masa kemudian, nenek mereka juga meninggal dunia"
"At the right time, the oldest son, Swet, got married"

"Pada masa yang tepat, anak lelaki sulung, Swet, berkahwin"
"His mother, the Toontooni woman, died sometime later"
"Ibunya, wanita Toontooni, meninggal dunia kemudian"
"Soon after their father married a younger woman"
"Tidak lama selepas bapa mereka berkahwin dengan wanita yang lebih muda"
"But their new stepmother hated her stepsons"
"Tetapi ibu tiri baru mereka membenci anak tirinya"
"And she also hated her new stepdaughter-in-law"
"Dan dia juga membenci menantu tirinya yang baru"
"One day a fisherman happened to visit the merchant"
"Suatu hari seorang nelayan kebetulan mengunjungi pedagang itu"
"The Fisherman had sold the merchant a magical fish"
"Nelayan itu telah menjual saudagar itu seekor ikan ajaib"
"Whoever ate the fish would laugh maniks"
"Sesiapa yang makan ikan akan ketawa manik"
"And whoever ate the fish would weep pearls"
"Dan sesiapa yang memakan ikan itu akan menangis mutiara"
"The same day there was an argument over some pigeons"
"Pada hari yang sama berlaku pertengkaran mengenai beberapa burung merpati"
"The stepmother was terribly vengeful to her stepsons"
"Ibu tiri sangat berdendam kepada anak tirinya"
"And she swore revenge on her stepsons"
"Dan dia bersumpah membalas dendam kepada anak tirinya "
"That day Swet, his wife, and Basanta escaped"
"Hari itu Swet, isterinya, dan Basanta melarikan diri"
"But before leaving they ate the magical fish"
"Tetapi sebelum pergi mereka makan ikan ajaib"
"On their journey Swet's wife gave birth to a baby boy"
"Dalam perjalanan mereka, isteri Swet melahirkan seorang bayi lelaki"
"Swet went to look for wood to make a fire"
"Swet pergi mencari kayu untuk membuat api"
"But he was carried away by an elephant"
"Tetapi dia telah dibawa pergi oleh seekor gajah"

"He was taken to a Queen haunted by a snake"
"Dia dibawa ke Ratu yang dihantui ular "
"But he succeeded in killing the serpent"
"Tetapi dia berjaya membunuh ular itu"
"And so he became king of the land""Basanta went looking for his brother"
"Jadi dia menjadi raja negeri itu" "Basanta pergi mencari saudaranya"
"But he was captured by a merchant"
"Tetapi dia ditangkap oleh seorang saudagar"
"And now he's flogged and tickled daily"
"Dan kini dia disebat dan digelitik setiap hari"
"And he cries pearls and laughs maniks"
"Dan dia menangis mutiara dan ketawa manik"
"The Kotwal's son had died that night"
"Anak lelaki Kotwal telah meninggal dunia malam itu"
"So the Kotwal exchanged the two babies"
"Jadi Kotwal menukar dua bayi itu"
"The mother couldn't bear the loss of her child"
"Ibu tidak dapat menanggung kehilangan anaknya"
"So she made the decision to drown herself"
"Jadi dia membuat keputusan untuk menenggelamkan dirinya"
"But there was a Brahman that saved her life"
"Tetapi ada seorang Brahman yang menyelamatkan nyawanya"
"And this Brahman took her into his home"
"Dan Brahman ini membawanya ke rumahnya"
"The Kotwal's son grew up a hardy boy"
"Anak lelaki Kotwal membesar sebagai seorang budak lelaki yang tabah"
"And he fell in love with the woman"
"Dan dia jatuh cinta dengan wanita itu"
"And now he stands on the roof"
"Dan kini dia berdiri di atas bumbung"
"And he's intent on having the woman"
"Dan dia berhasrat untuk memiliki wanita itu"

All this the Kotwal's son heard.
Semua ini didengari oleh anak lelaki Kotwal.
And he was struck with horror.
Dan dia dilanda seram.
He forthwith got down from the thatch.
Dia segera turun dari jerami.
And he went home to his father.
Dan dia pulang ke rumah ayahnya.
And he said he must speak with the king.
Dan dia berkata dia mesti bercakap dengan raja.
The father protested against the request.
Bapa memprotes permintaan itu.
But he got an interview with the king.
Tetapi dia mendapat temu bual dengan raja.
He told the king about the two calves.
Dia memberitahu raja tentang dua anak lembu itu.
And he repeated the whole story.
Dan dia mengulangi keseluruhan cerita.
The king now remembered his poor wife.
Raja kini mengingati isterinya yang malang.
So a servant was sent to the Brahman.
Maka dihantar seorang hamba kepada Brahman.
And the Brahman was richly rewarded.
Dan Brahman itu diberi ganjaran yang banyak.
And his wife was brought back to the palace.
Dan isterinya dibawa pulang ke istana.
His wife was put in her proper position.
Isterinya diletakkan dalam kedudukan yang sepatutnya.
And she became queen of the kingdom.
Dan dia menjadi ratu kerajaan.
The reputed son of the Kotwal was readopted.
Anak lelaki Kotwal yang terkenal itu telah dipilih semula.
And he was proclaimed heir to the throne.
Dan dia diisytiharkan sebagai pewaris takhta.
Basanta was brought out of the dungeon.
Basanta dibawa keluar dari penjara bawah tanah.
And the wicked merchant was buried alive.

Dan pedagang yang jahat itu dikubur hidup-hidup.

And thorns were put in his burying-place.

Dan duri ditaruh di kuburnya.

And all lived together happily for many years.

Dan semua hidup bersama dengan bahagia selama bertahun-tahun.

Swet, his wife and son, and Basantas.

Swet, isteri dan anaknya, dan Basantas.

The Evil Eye of Sani
Mata Jahat Sani

Once upon a time Sani and Lakshmi fell out with each other.
Suatu ketika dahulu Sani dan Lakshmi bertengkar antara satu
sama lain.
Sani, also known as Saturn, is the God of bad luck.
Sani, juga dikenali sebagai Zuhal, adalah Tuhan nasib malang.
And Lakshmi is the Goddess of good luck.
Dan Lakshmi adalah Dewi tuah.
And these two Gods fell out with each other in heaven.
Dan kedua Tuhan ini jatuh antara satu sama lain di syurga.
Sani said he was higher in rank than Lakshmi.
Sani berkata dia lebih tinggi pangkat daripada Lakshmi.
And Lakshmi said she was higher in rank than Sani.
Dan Lakshmi berkata dia lebih tinggi pangkatnya daripada
Sani.
But there were just as many Gods as there were Goddesses.
Tetapi terdapat sama banyak Tuhan dengan jumlah Dewi.
Therefore the dispute could not be settled in heaven.
Oleh itu perselisihan itu tidak dapat diselesaikan di syurga.
The contending deities agreed to refer the matter to humans.
Dewa-dewa yang bertelagah bersetuju untuk merujuk perkara
itu kepada manusia.
The humans had a name for wisdom and justice.
Manusia mempunyai nama untuk kebijaksanaan dan
keadilan.
There lived at that time upon earth a man named Sribatsa.
Pada masa itu hidup di bumi seorang lelaki bernama Sribatsa.
(Sri is another name of Lakshmi).
(Sri adalah nama lain Lakshmi).
(And"batsa" is another word for child).
(Dan "batsa" adalah perkataan lain untuk kanak-kanak).
(so Sribatsa literally means"the child of fortune").
(jadi Sribatsa secara literal bermaksud "anak keberuntungan").
Sribatsa had as much wisdom as he had wealth.

Sribatsa mempunyai kebijaksanaan sebanyak dia mempunyai kekayaan.

And he was as fair as he was rich, too.

Dan dia adil seperti dia juga kaya.

He was therefore a good judge for the dispute.

Oleh itu, dia adalah hakim yang baik untuk pertikaian itu.

And the God and Goddess agreed he could judge their case.

Dan Dewa dan Dewi bersetuju dia boleh mengadili kes mereka.

One day, accordingly, Sribatsa was contacted.

Pada suatu hari, sewajarnya, Sribatsa telah dihubungi.

He was told that Sani and Lakshmi would come to him.

Dia diberitahu bahawa Sani dan Lakshmi akan datang kepadanya.

And he was told they wished for him to settle their dispute.

Dan dia diberitahu mereka ingin dia menyelesaikan pertikaian mereka.

This put Sribatsa in a delicate situation.

Ini meletakkan Sribatsa dalam keadaan yang sukar.

He could say Sani was higher in rank than Lakshmi.

Dia boleh kata Sani lebih tinggi pangkatnya daripada Lakshmi.

But then she would be angry with him and forsake him.

Tetapi kemudian dia akan marah kepadanya dan meninggalkannya.

He could say Lakshmi was higher in rank than Sani.

Dia boleh kata Lakshmi lebih tinggi pangkatnya daripada Sani.

But then Sani would cast his evil eye upon him.

Tetapi kemudian Sani akan melemparkan mata jahatnya kepadanya.

He made up his mind not to say anything directly.

Dia membuat keputusan untuk tidak berkata apa-apa langsung.

The god and the goddess had to observe his actions.

Dewa dan dewi terpaksa memerhatikan perbuatannya.

And from his actions they could gather their opinions.

Dan dari tindakannya mereka dapat mengumpulkan pendapat mereka.

Sribatsa ordered two chairs to be made.

Sribatsa mengarahkan dua kerusi dibuat.

One of the chairs was made from gold.

Salah satu kerusi itu diperbuat daripada emas.

And the other chair was made from silver.

Dan kerusi yang lain diperbuat daripada perak.

And he placed the two chairs beside himself.

Dan dia meletakkan dua kerusi itu di sebelahnya.

The day came when Sani and Lakshmi visited Sribatsa.

Hari itu tiba apabila Sani dan Lakshmi melawat Sribatsa.

He told Sani to sit upon the silver chair.

Dia menyuruh Sani duduk di atas kerusi perak.

And he told Lakshmi to sit upon the gold chair.

Dan dia menyuruh Lakshmi duduk di atas kerusi emas.

Sani became mad with rage, and spoke angrily;

Sani menjadi marah kerana marah, dan bercakap dengan marah;

"You consider me lower in rank than Lakshmi"

"Anda menganggap saya lebih rendah daripada Lakshmi"

"I will cast my eye on you for three years"

"Saya akan memerhatikan awak selama tiga tahun"

"We shall see how you fare at the end of that period"

"Kami akan melihat bagaimana keadaan anda pada penghujung tempoh itu"

The god then went away in great anger.

Tuhan kemudian pergi dengan sangat marah.

Lakshmi, before she went away, said to Sribatsa;

Lakshmi, sebelum dia pergi, berkata kepada Sribatsa;

"My child, do not fear. I'll befriend you"

"Anak saya, jangan takut. Saya akan berkawan dengan awak"

The god and the goddess then went away.

Dewa dan dewi kemudian pergi.

Sribatsa spoke to his wife, Chantamani;

Sribatsa bercakap dengan isterinya, Chantamani;

"Dearest, the evil eye of Sani will be upon me"

"Sayang, mata jahat Sani akan tertuju kepada saya"

"I had better go away from the house"

"Lebih baik saya keluar dari rumah"

"If I stay evil will befall you and me"

"Jika saya kekal kejahatan akan menimpa anda dan saya"

"But if I go, evil will overtake me only"

"Tetapi jika saya pergi, kejahatan akan menimpa saya sahaja"

Chintamani said, "it cannot be that way"

Chintamani berkata, "tidak boleh begitu"

"Wherever you go, I will go with you"

"Ke mana sahaja kamu pergi, saya akan pergi bersama kamu"

"Your good luck shall be my good luck"

"Nasib baik anda akan menjadi tuah saya"

"And your bad luck shall be my bad luck"

"Dan nasib malang anda akan menjadi nasib malang saya"

The husband tried hard to persuade his wife to stay.

Suami berusaha keras untuk memujuk isterinya untuk tinggal.

But all his efforts were of no use.

Tetapi semua usahanya tidak berguna.

She refused to abandon her husband.

Dia enggan meninggalkan suaminya.

Sribatsa told his wife to make an opening in their mattress.

Sribatsa menyuruh isterinya membuat bukaan pada tilam mereka.

And he told her to stow away all their money and jewels.

Dan dia menyuruhnya menyimpan semua wang dan permata mereka.

On the eve of leaving their house, Sribatsa invoked Lakshmi.

Pada malam sebelum meninggalkan rumah mereka, Sribatsa memanggil Lakshmi.

Upon being invoked, Lakshmi forthwith appeared.

Setelah dipanggil, Lakshmi serta-merta muncul.

"Mother Lakshmi, the evil eye of Sani is upon us"

"Ibu Lakshmi, mata jahat Sani tertuju kepada kami"

"We are going away into exile"

"Kami akan pergi ke buangan"

"Please befriend us, and take care of our property"
"Tolong berkawan dengan kami, dan jaga harta kami"
The goddess of good luck answered.
Jawab dewi tuah itu.
"Do not fear; I'll befriend you"
"Jangan takut, saya akan berkawan dengan awak"
"In the end all will be right"
"Pada akhirnya semua akan menjadi betul"
They then set out on their journey.
Mereka kemudiannya meneruskan perjalanan.
Sribatsa rolled up the mattress and put it on his head.
Sribatsa menggulung tilam dan meletakkannya di atas kepalanya.
They had not gone many miles when they saw a river.
Mereka tidak pergi jauh apabila mereka melihat sungai.
There was a canoe with a man sitting in it.
Terdapat sebuah sampan dengan seorang lelaki duduk di dalamnya.
The travelers requested the ferryman to take them across.
Pengembara meminta feri untuk membawa mereka menyeberang.
The ferryman said he could only take one at a time.
Feri itu berkata dia hanya boleh mengambil satu persatu.
"Tere are three of you," he objected.
"Ada tiga daripada kamu," dia membantah.
"There is you, your wife, and your mattress"
"Ada awak, isteri awak, dan tilam awak"
Sribatsa proposed in what order they should ferry over the river.
Sribatsa mencadangkan dalam susunan apa mereka harus mengangkut sungai itu.
"First my wife should be taken across the river"
"Mula-mula isteri saya harus dibawa ke seberang sungai"
"After my wife, take the mattress across the river"
"Selepas isteri saya, bawa tilam ke seberang sungai"
"And then you can take me across the river"

"Dan kemudian anda boleh membawa saya ke seberang
sungai"
But the ferryman would not hear of it.
Tetapi penumpang feri itu tidak mendengarnya.
"Only one at a time," he repeated.
"Hanya satu demi satu," dia mengulangi.
"First let me take across the mattress"
"Mula-mula biar saya melintasi tilam"
Sribatsa saw no reason to object to the proposal.
Sribatsa tidak nampak sebab untuk membantah cadangan itu.
The ferryman started taking the mattress across the river.
Tukang feri mula membawa tilam ke seberang sungai.
He had reached halfway across the river.
Dia sudah sampai separuh jalan di seberang sungai.
But then, from nowhere, a fierce gale arose.
Tetapi kemudian, entah dari mana, angin kencang timbul.
The ferryman lost control of his canoe.
Kapal feri itu hilang kawalan ke atas sampannya.
The mattress was blown into the river.
Tilam dihembus ke dalam sungai.
The river carried everything away with it.
Sungai membawa segala-galanya bersamanya.
**And the ferrymen, canoe, and mattress were never seen
again.**
Dan feri, kanu, dan tilam tidak pernah dilihat lagi.
But that was not even the strangest events.
Tetapi itu bukanlah peristiwa yang paling pelik.
Because the river also disappeared into thin air.
Kerana sungai itu juga hilang ke udara tipis.
Where there was water there was now dry ground.
Di mana ada air sekarang ada tanah kering.
Sribatsa knew the evil eye of Sani had been watching.
Sribatsa tahu mata jahat Sani telah memerhati.

Sribatsa and his wife had not a pice in their pockets.
Sribatsa dan isterinya tidak mempunyai sekeping pun di
dalam poket mereka.

Together, impoverished, they went to a nearby village.
Bersama-sama, dalam keadaan miskin, mereka pergi ke kampung berhampiran.
The village was dwelt in mostly by wood-cutters.
Kampung itu didiami kebanyakannya oleh pemotong kayu.
At sunrise the woodcutters went to cut wood.
Pada waktu matahari terbit para penebang kayu pergi memotong kayu.
And the wood they cut they sold in a faraway town.
Dan kayu yang mereka potong dijual di sebuah bandar yang jauh.
Sribatsa asked to work with the wood-cutters.
Sribatsa meminta untuk bekerja dengan pemotong kayu.
And the wood-cutters agreed to let him cut wood.
Dan pemotong kayu bersetuju untuk membenarkan dia memotong kayu.
He could fell trees as well as the best of them.
Dia boleh menebang pokok serta yang terbaik daripada mereka.
But Sribatsa was different from the wood-cutters.
Tetapi Sribatsa berbeza dengan pemotong kayu.
The wood-cutters cut any and every sort of wood.
Pemotong kayu memotong mana-mana dan setiap jenis kayu.
But Sribatsa cut only the precious types of wood.
Tetapi Sribatsa hanya memotong jenis kayu yang berharga.
His efforts were focused on cutting down sandal-wood.
Usahanya tertumpu kepada menebang kayu cendana.
The wood-cutters brought to market large loads of common wood.
Pemotong kayu dibawa ke pasaran dengan muatan besar kayu biasa.
Sribatsa brought only a few pieces of sandal-wood to the market.
Sribatsa hanya membawa beberapa keping kayu cendana ke pasar.
He was paid a great deal more money than the others.
Dia dibayar lebih banyak wang daripada yang lain.

Things went on this way for some days.
Perkara ini berlaku selama beberapa hari.
And the wood-cutters became jealous of Sribatsa.
Dan para penebang kayu menjadi cemburu kepada Sribatsa.
In their jealousy they plotted against Sribatsa.
Dalam kecemburuan mereka mereka berkomplot terhadap Sribatsa.
And finally they drove Sribatsa and his wife from the village.
Dan akhirnya mereka menghalau Sribatsa dan isterinya dari kampung.

Sribatsa and his wife made their way to another village.
Sribatsa dan isterinya pergi ke kampung lain.
In this village there were many women that weaved.
Di kampung ini terdapat ramai wanita yang menganyam.
Here Chintamani made herself useful by spinning cotton.
Di sini Chintamani menjadikan dirinya berguna dengan memutar kapas.
Chintamani was an intelligent and skillful woman.
Chintamani adalah seorang wanita yang bijak dan berkemahiran.
So she spun finer thread than the other women.
Jadi dia memutar benang yang lebih halus daripada wanita lain.
And she got paid more money than the other women.
Dan dia mendapat bayaran lebih banyak daripada wanita lain.
This roused the envy of the native women of the village.
Ini menimbulkan rasa iri hati wanita asli kampung itu.
But the envy of the other women was not all.
Tetapi iri hati wanita lain bukanlah semuanya.
Sribatsa wanted to gain the good grace of the weavers.
Sribatsa ingin mendapatkan anugerah baik para penenun.
So he invited the women that spun cotton to a feast.
Jadi dia mengundang wanita yang memutar kapas ke pesta.
The dishes of the feat were all cooked by his wife.
Lauk masakan itu semuanya dimasak oleh isterinya.

Chintamani was a good weaver, and an excellent in cook.
Chintamani ialah seorang penenun yang baik dan mahir dalam masakan.
She placed the delicacies before the women.
Dia meletakkan makanan istimewa di hadapan wanita.
And the barbarous weavers were quite charmed.
Dan penenun biadab itu cukup terpesona.
The men went to their homes with their bellies full.
Lelaki itu pergi ke rumah mereka dengan perut kenyang.
But when they got home, they reproached their wives.
Tetapi apabila mereka pulang, mereka mencela isteri mereka.
"Why do you not cook like the wife of Sribatsa"
"Mengapa kamu tidak memasak seperti isteri Sribatsa"
And the men called their wives good-for-nothing women.
Dan lelaki-lelaki itu memanggil isteri-isteri mereka perempuan-perempuan yang tidak berguna.
This made the women hate Chintamani the more.
Ini membuatkan wanita itu semakin membenci Chintamani.

One day Chintamani went to the river-side.
Suatu hari Chintamani pergi ke tepi sungai.
She wanted to bathe along with the other women of the village.
Dia mahu mandi bersama-sama wanita kampung yang lain.
A boat had been lying on the bank, stranded on the sand.
Sebuah bot telah tergeletak di tebing, terdampar di atas pasir.
The boat had been stranded there for many days.
Bot itu telah terdampar di sana selama beberapa hari.
They had tried to move the boat, but in vain.
Mereka telah cuba mengalihkan bot, tetapi sia-sia.
It so happened that Chintamani touched the boat.
Kebetulan Chintamani tersentuh bot.
It was an accident, for she did not mean to touch the boat.
Ia adalah satu kemalangan, kerana dia tidak bermaksud untuk menyentuh bot itu.
But whether she meant to or not, the boat moved.
Tetapi sama ada dia sengaja atau tidak, bot itu bergerak.

And soon the boat was heading off to the river.
Dan tidak lama kemudian bot itu menuju ke sungai.
The boatmen were astonished by what they had seen.
Orang-orang bot itu terkejut dengan apa yang mereka lihat.
They thought that the woman had uncommon power.
Mereka menyangka bahawa wanita itu mempunyai kuasa
yang luar biasa.
And so they thought she might be useful in future.
Jadi mereka fikir dia mungkin berguna pada masa hadapan.
They therefore caught hold of her, against her will.
Oleh itu, mereka menangkapnya, bertentangan dengan
kehendaknya.
And they put her in the boat, and rowed off.
Dan mereka memasukkannya ke dalam perahu, lalu
mendayung.
The women of the village were present for this kidnapping.
Wanita kampung itu hadir untuk penculikan ini.
But they did not offer Chintamani any assistance.
Tetapi mereka tidak menawarkan sebarang bantuan kepada
Chintamani.
Because Chintamani had put them in a bad light.
Kerana Chintamani telah meletakkan mereka dalam cahaya
yang buruk.

**Sribatsa heard how his wife had been carried away by
boatmen.**
Sribatsa mendengar bagaimana isterinya telah dibawa pergi
oleh tukang perahu.
I will let you imagine how he became mad with grief.
Saya akan membiarkan anda membayangkan bagaimana dia
menjadi marah dengan kesedihan.
He left the village and went to the river-side.
Dia meninggalkan kampung dan pergi ke tepi sungai.
And he resolved to follow the course of the stream.
Dan dia memutuskan untuk mengikuti aliran sungai itu.
Along the stream he was sure to meet the kidnappers' boat.

Di sepanjang sungai dia pasti akan bertemu dengan bot penculik.

He travelled on and on, along the side of the river.

Dia terus mengembara, di sepanjang tepi sungai.

And he travelled till it eventually became dark.

Dan dia mengembara sehingga akhirnya menjadi gelap.

Where he was there were no huts to be seen.

Di mana dia berada tidak ada pondok untuk dilihat.

So he climbed into a tree to sleep for the night.

Jadi dia naik ke atas pokok untuk tidur semalaman.

In the next morning he got down from the tree.

Keesokan paginya dia turun dari pokok itu.

At the foot of the tree he saw a Kapila-cow.

Di kaki pokok itu dia melihat seekor lembu Kapila.

A Kapila-cow never has any calves of her own.

Seekor lembu Kapila tidak pernah mempunyai anak lembu sendiri.

But she can be milked at all hours of the day.

Tetapi dia boleh diperah sepanjang hari.

Sribatsa milked the cow without her objecting.

Sribatsa memerah susu lembu itu tanpa membantahnya.

And he drank the milk to his heart's content.

Dan dia minum susu itu sepuas-puasnya.

And then he noticed something else about the cow.

Dan kemudian dia melihat sesuatu yang lain tentang lembu itu.

The dung of the cow was of a bright yellow color.

Najis lembu itu berwarna kuning terang.

In fact, the dung of the cow was made of pure gold.

Sebenarnya, tahi lembu itu diperbuat daripada emas tulen.

The golden cow dung was still in a soft state.

Tahi lembu emas itu masih dalam keadaan lembut.

So he was able to write his name in the golden dung.

Jadi dia dapat menulis namanya dalam tahi emas.

During the course of the day the dung hardened.

Pada siang hari najis mengeras.

And finally the dung looked like a brick of gold.

Dan akhirnya tahi itu kelihatan seperti batu bata emas.
The tree he had slept in grew on the river-side.
Pokok yang ditidurinya tumbuh di tepi sungai.
And the Kapila-cow supplied him with milk all day.
Dan lembu Kapila membekalkannya dengan susu sepanjang hari.
So Sribatsa decided to wait there for the boat.
Jadi Sribatsa memutuskan untuk menunggu di sana untuk bot.
In the morning the cow deposited the precious article.
Pada waktu pagi lembu itu menyimpan barang berharga itu.
And at night the cow deposited the precious article.
Dan pada waktu malam lembu itu menyimpan barang berharga itu.
So the gold bricks increased every day.
Jadi bata emas bertambah setiap hari.
And on each golden brick he had engraved his name.
Dan pada setiap bata emas dia telah mengukir namanya.
He stacked the bricks on top of each other.
Dia menyusun batu bata di atas satu sama lain.
From a distance it looked like a hillock of gold.
Dari jauh ia kelihatan seperti bukit emas.

But now we must leave Sribatsa to stack his gold.
Tetapi sekarang kita mesti meninggalkan Sribatsa untuk menyusun emasnya.
And we must turn our attention to Chintamani.
Dan kita mesti mengalihkan perhatian kita kepada Chintamani.
Chintamani was a graceful woman of great beauty.
Chintamani adalah seorang wanita yang anggun dan sangat cantik.
She had worried her beauty might be her ruin.
Dia bimbang kecantikannya mungkin merosakkannya.
So she offered a prayer as she was being kidnapped.
Jadi dia berdoa ketika dia diculik.
"Lakshmi, O Mother Lakshmi! have pity upon me"

"Lakshmi, O Ibu Lakshmi! kasihanilah saya"

"Thou hast made me beautiful, you have"

"Engkau telah membuat saya cantik, anda telah"

"But now my beauty will undoubtedly be my ruin"

"Tetapi sekarang kecantikan saya sudah pasti akan menjadi kehancuran saya"

"I am bound to loss my honor and my chastity"

"Saya pasti kehilangan kehormatan dan kesucian saya"

"I therefore beseech thee, gracious Mother;"

"Oleh itu aku mohon kepadamu, Bunda yang murah hati;"

"Take my beauty from me, and make me ugly"

"Ambil kecantikanku dariku, dan jadikan aku jelek"

"Cover my body with some loathsome disease"

"Tutup badan saya dengan penyakit yang menjijikkan"

"That way the boatmen might not touch me"

"Dengan cara itu, tukang perahu mungkin tidak menyentuh saya"

Chintamani was in the arms of the boatmen.

Chintamani berada dalam pelukan ahli bot.

But the Goddess of good fortune heard her prayer.

Tetapi Dewi nasib baik mendengar doanya.

In the twinkling of an eye her form changed.

Sekelip mata rupanya berubah.

Her naturally beautiful form faded away.

Bentuknya yang cantik semula jadi semakin pudar.

And she was turned into a vile carcass.

Dan dia berubah menjadi bangkai yang keji.

The boatmen were putting her down in the boat.

Pengangkut perahu sedang meletakkannya di dalam bot.

They found her body was covered with loathsome sores.

Mereka mendapati mayatnya dipenuhi kudis yang menjijikkan.

And the sores were giving out a disgusting stench.

Dan kudis itu mengeluarkan bau busuk yang menjijikkan.

They therefore threw her into the hold of the boat.

Oleh itu mereka melemparkan dia ke dalam kapal.

And they left her amongst the cargo of the ship.

Dan mereka meninggalkannya di antara muatan kapal.
Morning and evening they sent her some food.
Pagi dan petang mereka menghantar makanan kepadanya.
A little boiled rice, and some water to drink.
Sedikit nasi masak, dan sedikit air untuk diminum.
Chintamani was miserable in the hull of the ship.
Chintamani sengsara di dalam badan kapal.
But she greatly preferred misery to the alternative.
Tetapi dia lebih suka kesengsaraan daripada alternatif.
She would rather be miserable than loss her chastity.
Dia lebih suka menderita daripada kehilangan kesuciannya.

The boatmen had gone to some port to sell cargo.
Pengangkut perahu telah pergi ke beberapa pelabuhan untuk menjual kargo.
While sailing back they caught sight something.
Semasa belayar ke belakang mereka ternampak sesuatu.
By the river-side there seemed to be a hillock of gold.
Di tepi sungai kelihatan ada bukit emas.
Sribatsa had been keeping watch by the river.
Sribatsa telah berjaga-jaga di tepi sungai.
So he was delighted to see a boat approach him.
Jadi dia berasa gembira melihat sebuah bot menghampirinya.
Because he fondly imagined his wife might be on board.
Kerana dia suka membayangkan isterinya mungkin berada di atas kapal.
The boatmen went greedily to the hillock of gold.
Tukang perahu pergi dengan rakus ke bukit emas.
Of course Sribatsa told them the gold was his.
Sudah tentu Sribatsa memberitahu mereka emas itu miliknya.
But that didn't help Sribatsa very much.
Tetapi itu tidak banyak membantu Sribatsa.
The sailors took him prisoner on the boat.
Para kelasi membawanya sebagai tawanan di atas bot.
And they loaded the gold onto their vessel.
Dan mereka memuatkan emas itu ke dalam bejana mereka.
They happened to imprison him close to the ugly woman.

Mereka kebetulan memenjarakannya dekat dengan wanita hodoh itu.

Of course the husband and wife recognized each other.

Sudah tentu suami isteri itu mengenali antara satu sama lain.

In spite of the change Chintamani had undergone.

Walaupun perubahan telah dilalui oleh Chintamani.

And despite their excitement they kept their composure.

Dan di sebalik kegembiraan mereka, mereka tetap tenang.

And they thought it prudent not to speak to each other.

Dan mereka fikir adalah bijak untuk tidak bercakap antara satu sama lain.

Instead they communicated their ideas through gestures.

Sebaliknya mereka menyampaikan idea mereka melalui gerak isyarat.

There is something you should know about the boatmen.

Ada sesuatu yang perlu anda ketahui tentang tukang perahu.

These boatmen were very fond of playing at dice.

Tukang perahu ini sangat gemar bermain dadu.

Sribatsa appeared to them to be a respectable man.

Sribatsa kelihatan kepada mereka sebagai seorang yang dihormati.

So they always asked him to join in the game.

Oleh itu, mereka sentiasa memintanya untuk menyertai permainan.

Sribatsa happened to be an expert dice player.

Kebetulan Sribatsa adalah seorang pemain dadu yang pakar.

Despite their efforts he won almost every game.

Walaupun usaha mereka dia memenangi hampir setiap perlawanan.

You can imagine how the sailors felt about losing.

Anda boleh bayangkan bagaimana perasaan pelaut apabila kalah.

And in jealousy the boatmen threw him overboard.

Dan dalam rasa cemburu para tukang perahu melemparkannya ke laut.

Chintamani saw the men throw her husband overboard.

Chintamani melihat lelaki itu membuang suaminya ke laut.

Fortunately for Sribatsa, his wife had great presence of mind.

Nasib baik bagi Sribatsa, isterinya mempunyai fikiran yang hebat.

The boatmen had allowed her a pillow to rest her head.

Tukang perahu telah membenarkan dia bantal untuk meletakkan kepalanya.

And she simultaneously threw this pillow into the water.

Dan dia serentak melemparkan bantal ini ke dalam air.

Sribatsa was able to grab hold of the pillow.

Sribatsa dapat pegang bantal.

And the pillow helped him float down the stream.

Dan bantal itu membantunya terapung di sungai.

Up until nightfall the river carried him downstream.

Sehingga malam, sungai membawanya ke hilir.

At nightfall he arrived at what seemed to be a garden.

Pada waktu malam dia tiba di kawasan yang kelihatan seperti sebuah taman.

Because it was dark there was nothing he could do.

Kerana hari gelap tiada apa yang boleh dia lakukan.

So all night he stayed in the garden, cold and wet.

Jadi sepanjang malam dia tinggal di taman, sejuk dan basah.

I should tell you who this garden belonged to.

Saya harus memberitahu anda milik siapa taman ini.

This was the garden of an old widowed woman.

Ini adalah taman seorang wanita janda tua.

This woman used to supply flowers for the king.

Wanita ini pernah membekalkan bunga untuk raja.

But one day some blight had come over her garden.

Tetapi suatu hari beberapa penyakit telah menimpa kebunnya.

Almost all the trees and plants ceased flowering.

Hampir semua pokok dan tumbuhan berhenti berbunga.

She had therefore given up the business she had.

Oleh itu, dia telah meninggalkan perniagaan yang dia ada.

And she was no longer the royal flower supplier.

Dan dia bukan lagi pembekal bunga diraja.

However, Sribatsa's arrival had rejuvenated her garden.
Bagaimanapun, kedatangan Sribatsa telah menyegarkan tamannya.
She could scarcely believe her eyes in the morning.
Dia hampir tidak percaya matanya pada waktu pagi.
The whole garden was ablaze with flowers again.
Seluruh taman itu kembali bermekaran dengan bunga.
There was no plant that was not in bloom.
Tidak ada tumbuhan yang tidak berbunga.
And every tree she had was begemmed with flowers.
Dan setiap pokok yang dia miliki dihiasi dengan bunga.
She had no way of knowing the cause of the miracle.
Dia tidak mempunyai cara untuk mengetahui punca keajaiban itu.
And so she took a walk through the garden.
Jadi dia berjalan-jalan di taman.
But she soon found the cause of all the flowers.
Tetapi dia segera menemui punca semua bunga itu.
At the edge of her garden was a cold, wet man.
Di tepi tamannya terdapat seorang lelaki yang dingin dan basah.
He was shivering and almost dead from hypothermia.
Dia menggigil dan hampir mati akibat hipotermia.
She immediately brought the man into to her cottage.
Dia segera membawa lelaki itu masuk ke pondoknya.
And she lighted a fire to give him some warmth.
Dan dia menyalakan api untuk memberinya kehangatan.
She nursed him and showed him every attention.
Dia merawatnya dan menunjukkan kepadanya setiap perhatian.
And she ascribed the miracle to his presence.
Dan dia menganggap keajaiban itu dengan kehadirannya.
She made him as comfortable as she could.
Dia membuatkan dia selesa seperti yang dia boleh.
And then she ran to the king's palace.
Dan kemudian dia berlari ke istana raja.
She asked to speak to the king's chief servant.

Dia meminta untuk bercakap dengan ketua hamba raja.
And she told him the good fortune she had had.
Dan dia memberitahu dia nasib baik yang dia ada.
"I can again supply the palace with flowers"
"Saya boleh membekalkan bunga lagi kepada istana"
Her flowers had been very much missed at the palace.
Bunganya sangat dirindui di istana.
So she was immediately restored to her former position.
Jadi dia segera dipulihkan kepada kedudukannya yang dahulu.
She was again the flower-woman of the royal household.
Dia sekali lagi menjadi wanita bunga dalam keluarga diraja.

Sribatsa spent a few more days recovering his health.
Sribatsa menghabiskan beberapa hari lagi untuk memulihkan kesihatannya.
And eventually he had all his vitality back.
Dan akhirnya dia kembali bertenaga.
He asked the woman if he could speak with a minister.
Dia bertanya kepada wanita itu sama ada dia boleh bercakap dengan seorang menteri.
So the woman took him to the palace with her.
Maka perempuan itu membawanya ke istana bersamanya.
One of the king's ministers gave him an appointment.
Salah seorang menteri raja memberinya temu janji.
And he was at once found to be a man of intelligence.
Dan dia sekaligus didapati sebagai seorang yang bijak.
So was offered a position in the king's service.
Maka ditawarkan jawatan dalam perkhidmatan raja.
In fact, he was allowed to choose what job he wanted.
Malah, dia dibenarkan memilih pekerjaan yang diingininya.
He asked to be collector of tolls on the river.
Dia meminta untuk menjadi pemungut tol di sungai.
The minister was happy to give Sribatsa the job.
Menteri berbesar hati untuk memberikan jawatan kepada Sribatsa.
The kingdom needed someone to collect river-tolls.

Kerajaan memerlukan seseorang untuk mengutip tol sungai.
And Sribatsa immediately started his new job.
Dan Sribatsa segera memulakan tugas barunya.
It wasn't long before his plan came to fruition.
Tidak lama kemudian rancangannya menjadi kenyataan.
The boat his wife was on was coming down the river.
Bot yang dinaiki isterinya sedang menyusuri sungai.
Under the king's authority he detained the boat.
Di bawah kuasa raja dia menahan perahu itu.
And he charged the boatmen with the theft of gold-bricks.
Dan dia mendakwa tukang perahu itu mencuri batu bata
emas.
The king liked the sound of a boat full of gold.
Raja menyukai bunyi perahu yang penuh dengan emas.
So the king himself came to the river-side.
Maka datanglah raja sendiri ke tepi sungai.
Even he was amazed by the quantity of gold they had.
Malah dia kagum dengan kuantiti emas yang mereka ada.
And every gold brick had Sribatsa's inscription.
Dan setiap bata emas mempunyai tulisan Sribatsa.
At the same time he rescued his wife from the boatmen.
Pada masa yang sama dia menyelamatkan isterinya daripada
pengawal bot.
Back on dry land she returned to her previous beauty.
Kembali ke tanah kering dia kembali kepada kecantikannya
yang terdahulu.
He told the king the story of their misfortune.
Dia memberitahu raja kisah malang mereka.
And the king had them as a guest in his palace.
Dan raja membawa mereka sebagai tetamu di istananya.
The king gave them presents of horses and elephants.
Raja memberi mereka hadiah kuda dan gajah.
And on the horses and elephants they rode to their country.
Dan pada kuda dan gajah mereka menunggang ke negara
mereka.
The evil eye of Sani was now turned away from Sribatsa.
Mata jahat Sani kini berpaling dari Sribatsa.

And he again became what he formerly was.
Dan dia kembali menjadi seperti dahulu.
He was again Sribatsa; the Child of Fortune.
Beliau sekali lagi Sribatsa; Anak Rezeki.

The Boy whom Seven Mothers Suckled
Anak lelaki yang disusukan oleh Tujuh Ibu

Once on a time there reigned a king who had seven queens.

Pada suatu ketika ada seorang raja yang mempunyai tujuh permaisuri.

He was very sad, for the seven queens were all barren.

Dia sangat sedih, kerana tujuh ratu itu semuanya mandul.

One day, however, he met a holy mendicant.

Namun pada suatu hari, dia bertemu dengan seorang pendeta suci.

The holy mendicant told the king about a certain forest.

Pendeta suci memberitahu raja tentang hutan tertentu.

In this forest there grew a special kind of tree.

Di dalam hutan ini tumbuh sejenis pokok yang istimewa.

On a branch of this tree hung seven mangoes.

Pada dahan pokok ini tergantung tujuh biji mangga.

These mangos could restore the fertilities of his queens.

Mangga ini dapat memulihkan kesuburan permaisurinya.

But the king had to pluck the mangoes himself.

Tetapi raja terpaksa memetik mangga itu sendiri.

The king followed the advice of the mendicant.

Raja mengikut nasihat pendeta itu.

And he set off to go to the forest with the mango tree.

Dan dia pergi ke hutan dengan pokok mangga.

Soon he had found the tree the mendicant spoke of.

Tidak lama kemudian dia telah menjumpai pokok yang diperkatakan oleh pendeta itu.

And he plucked the seven mangoes that grew upon one branch.

Dan dia memetik tujuh buah mangga yang tumbuh pada satu ranting.

He gave a mango to each of the queens to eat.

Dia memberikan sebiji mangga kepada setiap permaisuri untuk dimakan.

In a short time the king's heart was filled with joy.

Dalam masa yang singkat, hati raja dipenuhi dengan kegembiraan.

He was told that the seven queens were all with child.

Dia diberitahu bahawa tujuh ratu itu semuanya sedang mengandung.

One day the king was out hunting.

Pada suatu hari raja sedang berburu.

On his path he saw a young lady of peerless beauty.

Dalam perjalanannya dia ternampak seorang wanita muda dengan kecantikan yang tiada taranya.

He instantly fell in love with the beautiful woman.

Dia serta-merta jatuh cinta dengan wanita cantik itu.

And he brought her to his palace, and married her.

Dan dia membawanya ke istananya, dan mengahwininya.

This lady was, however, not a human being.

Wanita ini, bagaimanapun, bukan manusia.

But what this woman was was a Rakshasi.

Tetapi wanita ini adalah seorang Rakshasi.

But the king of course did not know this.

Tetapi raja sudah tentu tidak mengetahui perkara ini.

The king became dotingly fond of her.

Raja menjadi sangat menyayanginya.

And he did whatever she told him to do.

Dan dia melakukan apa sahaja yang dia suruh.

One day she made a very particular request of the king.

Suatu hari dia membuat permintaan yang sangat khusus daripada raja.

"You say that you love me more than anyone else"

"Awak cakap awak sayang saya lebih daripada orang lain"

"Let me see whether you really love me as much as you say"

"Biar saya lihat sama ada awak benar-benar mencintai saya seperti yang awak katakan"

"If you love me, make your seven other queens blind"

"Jika kamu mencintaiku, butakanlah tujuh ratu kamu yang lain"

"And once they are blind, let them be killed"

"Dan apabila mereka buta, biarkan mereka dibunuh"
The king became very sad at the terrible request.
Raja menjadi sangat sedih atas permintaan yang mengerikan itu.
He was especially sad because the queens were all pregnant.
Dia sangat sedih kerana permaisuri semuanya hamil.
But he had no choice but to comply with her request.
Tetapi dia tidak mempunyai pilihan selain memenuhi permintaannya.

The eyes of the queens were plucked out of their sockets.
Mata para permaisuri dicabut dari soket mereka.
And the queens were delivered up to the chief minister.
Dan permaisuri diserahkan kepada ketua menteri.
It was up to the chief minister to destroy the queens.
Terpulang kepada ketua menteri untuk memusnahkan permaisuri.
But the chief minister was a merciful man.
Tetapi ketua menteri adalah seorang yang penyayang.
In the side of the hill there was secret a cave.
Di tepi bukit itu terdapat sebuah gua rahsia.
Instead of killing the queens, the minister hid them.
Daripada membunuh permaisuri, menteri menyembunyikan mereka.
In course of time the eldest of the seven queens gave birth.
Lama kelamaan, anak sulung daripada tujuh ratu itu melahirkan anak.
"What shall I do with the child," said she.
"Apa yang perlu saya lakukan dengan kanak-kanak itu," katanya.
"we are blind and are dying for want of food?"
"Kami buta dan mati kerana kekurangan makanan?"
"Let me kill the child," she proposed.
"Biar saya bunuh kanak-kanak itu," dia mencadangkan.
"let us all eat of the child's flesh" she added.
"Mari kita semua makan daging kanak-kanak itu" tambahnya.
Just as she said she would, she killed the infant.

Seperti yang dia katakan, dia membunuh bayi itu.

She gave to each of her sister-queens a part of the child.

Dia memberikan kepada setiap permaisurinya sebahagian daripada kanak-kanak itu.

And the sister queens ate their part of the child.

Dan permaisuri beradik makan bahagian kanak-kanak itu.

But the youngest queen did not eat her share.

Tetapi ratu bongsu tidak makan bahagiannya.

Instead, she laid her part of the child beside her.

Sebaliknya, dia meletakkan bahagian kanak-kanak itu di sebelahnya.

In a few days the second queen also was delivered of a child.

Dalam beberapa hari ratu kedua juga telah melahirkan seorang anak.

She did with her child as her eldest sister had done with hers.

Dia melakukan dengan anaknya seperti yang dilakukan oleh kakak sulungnya terhadap anaknya.

So did the third, the fourth, the fifth, and the sixth queen.

Begitu juga dengan ratu ketiga, keempat, kelima, dan keenam.

Eventually the seventh queen gave birth to a son.

Akhirnya permaisuri ketujuh melahirkan seorang anak lelaki.

But she did not follow the example of her sister-queens.

Tetapi dia tidak mengikuti contoh permaisurinya.

Instead, she resolved to raise the child.

Sebaliknya, dia bertekad untuk membesarkan anak itu.

The other queens demanded their portions of the newly-born.

Permaisuri yang lain menuntut bahagian mereka dari bayi yang baru dilahirkan.

But she still had the portions she had not eaten.

Tetapi dia masih mempunyai bahagian yang dia tidak makan.

And she gave her sister-queens back their children's parts.

Dan dia memberikan kembali kepada adik-beradik perempuannya bahagian anak-anak mereka.

The other queens at once perceived that their portions were dry.

Permaisuri-permaisuri yang lain serta-merta menyedari bahawa bahagian mereka telah kering.

Therefore the parts could not be of the newly born child.

Oleh itu bahagian-bahagian itu tidak boleh menjadi anak yang baru dilahirkan.

"I have decided not to kill me child," she explained.

"Saya telah memutuskan untuk tidak membunuh saya anak," jelasnya.

"I will not eat him, but try to raise him instead"

"Saya tidak akan memakannya, tetapi cuba membesarkannya"

The others were glad to hear this news.

Yang lain gembira mendengar berita ini.

They all said that they would help her in nursing the child.

Mereka semua berkata bahawa mereka akan membantunya dalam menyusukan kanak-kanak itu.

And so the child was suckled by seven mothers.

Maka anak itu disusukan oleh tujuh orang ibu.

And the child became the hardiest and strongest boy that ever lived.

Dan kanak-kanak itu menjadi budak yang paling tabah dan kuat yang pernah hidup.

In the meantime the Rakshasi-queen was doing infinite mischief.

Sementara itu, ratu Rakshasi sedang melakukan kerosakan yang tidak terhingga.

And she got the royal household into all sorts of trouble.

Dan dia membawa keluarga diraja ke dalam pelbagai masalah.

What she ate at the royal table did not fill her capacious stomach.

Apa yang dia makan di meja diraja tidak mengisi perutnya yang lapang.

She therefore, in the darkness of night, went hunting.

Oleh itu, dia, dalam kegelapan malam, pergi memburu.

Gradually she ate up all the members of the royal family.

Secara beransur-ansur dia memakan semua ahli keluarga diraja.

She ate all the king's servants, and his attendants.

Dia makan semua hamba raja dan pelayannya.

She ate all his horses, elephants, and cattle.

Dia makan semua kuda, gajah, dan lembunya.

And eventually only her royal consort and the king were left.

Dan akhirnya hanya tinggal permaisurinya dan raja.

After that she used to go out in the evenings into the city.

Selepas itu dia selalu keluar pada waktu petang ke bandar.

And she ate up stray human beings wherever she found any.

Dan dia memakan manusia sesat di mana sahaja dia menemuinya.

The king was left without any servants.

Raja ditinggalkan tanpa sebarang hamba.

There was no person left to cook for him.

Tidak ada orang yang tinggal untuk memasak untuknya.

Because no one would accept this job.

Kerana tiada siapa yang akan menerima pekerjaan ini.

But at last someone volunteered their services.

Tetapi akhirnya seseorang menawarkan perkhidmatan mereka secara sukarela.

The boy who had been suckled by seven mothers.

Budak yang telah disusukan oleh tujuh orang ibu.

He had now grown up to be a stalwart youth.

Dia kini telah membesar menjadi seorang pemuda yang tabah.

He attended on the king and prepared his food.

Dia melayan raja dan menyediakan makanannya.

But he took every care while with the queen.

Tetapi dia mengambil semua penjagaan semasa bersama permaisuri.

And he made sure that she did not swallow him up.

Dan dia memastikan bahawa dia tidak menelannya.

The Rakshasi-queen seized her victims only at night.

Rakshasi-ratu merampas mangsanya hanya pada waktu malam.

So the boy he went home long before nightfall.
Jadi budak itu dia pulang ke rumah jauh sebelum malam.
So she had to find another way to get rid of the boy.
Jadi dia terpaksa mencari cara lain untuk menyingkirkan
budak lelaki itu.

The boy always boasted that he could do any work.
Budak itu sentiasa bermegah bahawa dia boleh melakukan
apa-apa kerja.
So the queen invented a disease for herself.
Jadi ratu mencipta penyakit untuk dirinya sendiri.
She said that there was a cure for her disease.
Dia berkata bahawa ada ubat untuk penyakitnya.
But she said the cure was not easy to get.
Tetapi dia berkata penawar itu tidak mudah diperolehi.
This made the boy even more interested in the task.
Ini membuatkan budak lelaki itu lebih berminat dengan
tugasan itu.
She said there was a melon which cured her disease.
Dia berkata ada tembikai yang menyembuhkan penyakitnya.
The melon was twelve cubits in length.
Tembikai itu adalah dua belas hasta panjangnya.
But the stone of the lemon was thirteen cubits long.
Tetapi batu limau itu panjangnya tiga belas hasta.
The fruit could only be gotten from her mother.
Buah itu hanya boleh diperolehi daripada ibunya.
And her mother lived on the other side of the ocean.
Dan ibunya tinggal di seberang lautan.
She gave him a letter of introduction to her mother.
Dia memberikan surat perkenalan kepada ibunya.
But actually the note told her to eat the boy.
Tapi sebenarnya nota tu suruh dia makan budak tu.
The boy had suspected there was some foul play.
Budak lelaki itu telah mengesyaki terdapat beberapa
perbuatan keji.
So he tore up the letter and proceeded on his journey.

Maka dia mengoyakkan surat itu dan meneruskan perjalanannya.

The dauntless youth passed through many lands.

Pemuda yang tidak gentar melalui banyak negeri.

After much travel he stood on the shore of the ocean.

Selepas banyak perjalanan dia berdiri di pantai lautan.

On the other side of the ocean was the country of the Rakshasis.

Di seberang lautan terdapat negara Rakshasis.

He then bawled as loud as he could, and said;

Dia kemudian meraung sekuat-kuatnya, dan berkata;

"Granny! granny! come and save your daughter"

"Nenek! nenek! datang dan selamatkan anak perempuan kamu"

"Your daughter, my mother, is dangerously ill"

"Anak perempuan awak, ibu saya, sakit berbahaya"

On the other side of the ocean an old Rakshasi heard him.

Di seberang lautan seorang Rakshasi tua mendengarnya.

The old Rakshasi crossed the ocean to the boy.

Rakshasi tua itu menyeberangi lautan kepada budak itu.

The boy told her the message of the queen.

Budak itu memberitahunya pesanan permaisuri.

And the Rakshasi took the boy on her back.

Dan Rakshasi membawa budak lelaki itu di belakangnya.

She re-crossed the ocean to the land of the Rakshasi.

Dia kembali menyeberangi lautan ke tanah Rakshasi.

And the boy was at once given the medicinal melon.

Dan budak lelaki itu segera diberikan tembikai ubat.

The Rakshasi told him to hurry back to her daughter.

Rakshasi menyuruhnya bergegas kembali kepada anak perempuannya.

But the boy said he was too tired to keep travelling.

Tetapi budak itu berkata dia terlalu letih untuk meneruskan perjalanan.

And he begged to be allowed to rest one day.

Dan dia memohon untuk dibenarkan berehat satu hari nanti.

The old Rakshasi consented to her grandson's wishes.

Rakshasi tua itu bersetuju dengan kehendak cucunya.

The boy noticed interesting things in the Rakshasi's room.
Budak lelaki itu melihat perkara menarik di dalam bilik
Rakshasi.
There was a stout club and a rope hanging in the room.
Terdapat sebatang kelab yang tegap dan seutas tali tergantung
di dalam bilik itu.
The boy inquired what the stout club and rope were for.
Budak lelaki itu bertanya untuk apa kayu dan tali yang
gempal itu.
"Child, with that club and rope I cross the ocean"
"Anak, dengan kayu dan tali itu saya menyeberangi lautan"
"One just has to take the club and the rope in his hands"
"Seseorang hanya perlu mengambil kayu dan tali di
tangannya"
"And then you have to say the following magical words:"
"Dan kemudian anda perlu mengucapkan kata-kata ajaib
berikut:"
"O stout club! O strong rope!"
"Wahai kelab yang tegap! Wahai tali yang kuat!"
"Take me at once to the other side"
"Bawa saya segera ke seberang"
"Then they will take him to the other side of the ocean"
"Kemudian mereka akan membawanya ke seberang lautan"
The boy noticed another interesting thing in the room.
Budak itu perasan satu lagi perkara menarik di dalam bilik
itu.
There was a bird in a cage in the corner of the room.
Terdapat seekor burung di dalam sangkar di sudut bilik.
The boy also wanted to know what this bird was for.
Budak itu juga ingin tahu untuk apa burung ini.
"The bird contains a secret, my child"
"Burung itu mengandungi rahsia, anakku"
"But that secret must not be disclosed to mortals"
"Tetapi rahsia itu tidak boleh didedahkan kepada manusia"
"But how can I hide this secret from my own grandchild?"

"Tetapi bagaimana saya boleh menyembunyikan rahsia ini daripada cucu saya sendiri?"

"That bird, child, contains the life of your mother.

"Burung itu, anak, mengandungi nyawa ibumu.

"If the bird is killed, your mother will at once die"

"Jika burung itu dibunuh, ibumu akan mati seketika"

Armed with these secrets, the boy went to bed that night.

Berbekalkan rahsia ini, budak itu tidur malam itu.

Next morning the old Rakshasi went to distant countries.

Keesokan pagi Rakshasi tua pergi ke negara yang jauh.

Together with all the other Rakshasis, she went to forage.

Bersama-sama dengan semua Rakshasis yang lain, dia pergi mencari makanan.

The boy took down the bird-cage from the ceiling.

Budak itu menurunkan sangkar burung dari siling.

And the boy took the club and the rope.

Dan budak itu mengambil kayu dan tali.

And then he spoke the magic words to the club and rope.

Dan kemudian dia mengucapkan kata-kata ajaib kepada kayu dan tali.

"O stout club! O strong rope!"

"Wahai kelab yang tegap! Wahai tali yang kuat!"

"Take me at once to the other side"

"Bawa saya segera ke seberang"

In the twinkling of an eye the boy was put on this side of the ocean.

Dalam sekelip mata budak itu diletakkan di sebelah lautan ini.

He then retraced his steps, back to the queen.

Dia kemudian menjejaki semula langkahnya, kembali kepada permaisuri.

To her astonishment he really had the medicinal lemon.

Terkejutnya dia benar-benar mempunyai lemon ubat.

But the bird in the cage he kept carefully concealed.

Tetapi burung di dalam sangkar dia sembunyikan dengan berhati-hati.

In the course of time the people of the city came to the king.

Lama kelamaan penduduk kota itu datang menghadap raja.

And they told the king of their troubles.

Dan mereka memberitahu raja tentang kesusahan mereka.

"A monstrous bird comes from the palace every evening"

"Seekor burung besar datang dari istana setiap petang"

"The bird seizes the people in the streets"

"Burung itu menangkap orang di jalanan"

"And the bird swallows the people up whole"

"Dan burung itu menelan manusia hingga seluruhnya"

"This has been going on for a long time"

"Ini telah berlaku untuk masa yang lama"

"And now the city has become almost desolate"

"Dan kini kota itu hampir menjadi sepi"

The king did not know what this monstrous bird was.

Raja tidak tahu apakah burung raksasa ini.

But the king's servant, the boy, said he knew.

Tetapi hamba raja, budak itu, berkata dia tahu.

"I will kill the monstrous bird," he offered.

"Saya akan membunuh burung yang dahsyat itu," dia menawarkan.

"But the queen has to stand beside us," he added.

"Tetapi permaisuri perlu berdiri di sebelah kami," tambahnya.

The king saw no reason to object to the proposal.

Raja tidak melihat alasan untuk membantah cadangan itu.

And so the queen was made to stand beside the king.

Maka permaisuri disuruh berdiri di samping raja.

The boy then took the bird out from its cage.

Budak itu kemudian mengeluarkan burung itu dari sangkarnya.

On seeing the bird she fell into a fainting fit.

Apabila melihat burung itu dia jatuh pengsan.

Then the boy turned to the king, and spoke.

Kemudian budak itu berpaling kepada raja, dan bercakap.

"King, you will soon perceive who the monstrous bird is"

"Raja, anda akan segera melihat siapa burung yang mengerikan itu"

"You will see what devours your people every evening"
"Kamu akan melihat apa yang memakan umatmu setiap petang"
"I tear off each limb of this bird"
"Saya merobek setiap anggota badan burung ini"
"The corresponding limb of the man-eater will fall off"
"Tubuh pemakan manusia yang sepadan akan jatuh"
The boy then tore off one leg of the bird in his hand.
Budak itu kemudian mengoyakkan sebelah kaki burung di tangannya.
All assembled were astonished at what happened next.
Semua yang berkumpul terkejut dengan apa yang berlaku seterusnya.
One of the legs of the queen fell off.
Salah satu kaki permaisuri jatuh.
Then the boy squeezed the throat of the bird.
Kemudian budak itu memicit kerongkong burung itu.
And as he squeezed the bird, the queen gave up the ghost.
Dan semasa dia memerah burung itu, ratu menyerahkan hantu itu.
The boy then retold his history to the king.
Budak itu kemudian menceritakan semula sejarahnya kepada raja.
"You used to have seven barren wives"
"Dulu kamu mempunyai tujuh isteri yang mandul"
"To treat their barrenness, you gave them each a mango"
"Untuk merawat kemandulan mereka, anda memberi mereka setiap buah mangga"
"And each of your wives fell pregnant with a child"
"Dan masing-masing isteri kamu mengandung anak"
"However, you then married an eighth wife"
"Bagaimanapun, anda kemudian berkahwin dengan isteri kelapan"
"This wife ordered you to blind your other wives"
"Isteri ini menyuruh kamu membutakan isteri kamu yang lain"
"And she ordered you to have your other wives killed"

"Dan dia memerintahkan kamu untuk membunuh isteri-isteri kamu yang lain"

"Your minister blinded your seven wives"

"Menteri kamu telah membutakan tujuh isteri kamu"

"But he was too good hearted to kill your wives"

"Tetapi dia terlalu baik hati untuk membunuh isteri kamu"

"Your seven wives were taken to a hiding place"

"Tujuh isteri kamu dibawa ke tempat persembunyian"

"And in this hiding place they each gave birth"

"Dan di tempat persembunyian ini mereka masing-masing melahirkan"

"But they were forced to eat their newly born children"

"Tetapi mereka terpaksa memakan anak-anak mereka yang baru dilahirkan"

"Only my mother did not let me be eaten"

"Hanya ibu saya yang tidak membenarkan saya dimakan"

"Instead, I was suckled by seven mothers"

"Sebaliknya, saya disusukan oleh tujuh ibu"

"And I grew up strong and capable"

"Dan saya membesar dengan kuat dan berkebolehan"

"Eventually I came to work in your palace"

"Akhirnya saya datang bekerja di istana awak"

"Your wife, my stepmother, sent me on a mission"

"Isteri awak, ibu tiri saya, menghantar saya dalam misi"

"She sent me to her mother for a medicine"

"Dia menghantar saya kepada ibunya untuk mendapatkan ubat"

"However, her mother was a Rakshasi"

"Bagaimanapun, ibunya adalah seorang Rakshasi"

"From her I found the secret of your wife's life"

"Daripadanya saya dapati rahsia hidup isteri awak"

"And so I brought the bird that held your wife's life"

"Jadi saya membawa burung yang menahan nyawa isteri awak"

The king had listened to the story his son told him.

Raja telah mendengar cerita yang anaknya ceritakan kepadanya.

The seven queens were brought back to the palace.

Tujuh permaisuri itu dibawa pulang ke istana.

And their eyes were miraculously restored.

Dan mata mereka dipulihkan secara ajaib.

The boy that was suckled by seven mothers was crowned.

Anak lelaki yang disusukan oleh tujuh ibu itu dinobatkan.

And he was recognized by the king as his rightful heir.

Dan dia diakui oleh raja sebagai pewarisnya yang sah.

And they lived together happily.

Dan mereka hidup bersama dengan bahagia.

The Story of Prince Sobur
Kisah Putera Sobur

Once upon a time there lived a merchant.

Pada suatu masa dahulu hidup seorang saudagar.

This merchant had seven daughters.

Pedagang ini mempunyai tujuh anak perempuan.

One day the merchant asked them a question.

Suatu hari saudagar itu bertanya kepada mereka.

"From whose fortune do you live?"

"Dari harta siapa kamu hidup?"

The eldest daughter answered first.

Puteri sulung menjawab dahulu.

"Papa, I live from your fortune"

"Papa, saya hidup dari rezeki awak"

The second daughter gave the same answer.

Anak perempuan kedua memberikan jawapan yang sama.

The same answer was given by the third daughter.

Jawapan yang sama diberikan oleh anak perempuan ketiga.

His fourth daughter also lived from his fortune.

Anak perempuan keempatnya juga hidup dari kekayaannya.

His fifth daughter was no different.

Anak perempuannya yang kelima tidak berbeza.

And his sixth daughter was like the rest.

Dan anak perempuannya yang keenam adalah seperti yang lain.

But his youngest daughter surprised him.

Tetapi anak bongsunya mengejutkannya.

She had a very different answer.

Dia mempunyai jawapan yang sangat berbeza.

"I live from my own fortune"

"Saya hidup dari kekayaan saya sendiri"

He did not like this answer.

Dia tidak suka jawapan ini.

Her answer made the merchant very angry.

Jawapannya membuatkan peniaga itu sangat marah.

"You are very ungrateful," he told her.

"Anda sangat tidak berterima kasih," katanya kepadanya.
"See how well you do on your own"
"Lihat sejauh mana anda melakukannya sendiri"
"I am kicking you out of my house"
"Saya halau awak dari rumah saya"
"You will not have a rupee in your pocket"
"Anda tidak akan mempunyai rupee di dalam poket anda"
He called his palanquins to come.
Dia memanggil tandunya untuk datang.
And he ordered them to take the girl away.
Dan dia memerintahkan mereka untuk membawa gadis itu pergi.
"Leave her in the midst of a forest"
"Tinggalkan dia di tengah-tengah hutan"
The girl begged to be allowed one thing.
Gadis itu memohon untuk dibenarkan satu perkara.
"Please let me take my work-box"
"Tolong izinkan saya mengambil kotak kerja saya"
"In the box are my needles and threads"
"Di dalam kotak terdapat jarum dan benang saya"
Her father allowed her to take her box.
Ayahnya membenarkan dia mengambil kotaknya.
She got into the seat of the palanquins.
Dia masuk ke tempat duduk tandu.
And the bearers lifted her up.
Dan para pembawa mengangkatnya.
And they put her onto their shoulders.
Dan mereka meletakkannya di bahu mereka.
As the bearers ran they chanted.
Semasa pembawa berlari mereka melaungkan.
"hoon! hoon! hoon! hoon! hoon!"
"hoon! hoon! hoon! hoon! hoon!"
But they didn't get very far.
Tetapi mereka tidak pergi jauh.
An old woman stood in their way.
Seorang wanita tua berdiri menghalang mereka.
She came up to the carriage.

Dia datang ke gerabak.

"Where are you taking my daughter?"

"Kau nak bawa anak perempuan aku ke mana?"

She was the maid of the child.

Dia adalah pembantu rumah kanak-kanak itu.

"We have been given orders by the merchant"

"Kami telah diberi pesanan oleh peniaga"

"He told us to take her away"

"Dia menyuruh kami membawanya pergi"

"We will leave her in a forest"

"Kami akan meninggalkannya di dalam hutan"

"We are going to do his bidding"

"Kami akan melakukan permintaannya"

"I must go with her," said the old woman.

"Saya mesti pergi bersamanya," kata wanita tua itu.

But the bearers were not sure.

Tetapi pembawa tidak pasti.

Bearers run when they carry a sedan chair.

Pembawa berlari apabila mereka membawa kerusi sedan.

"How will you be able to keep pace with us?"

"Bagaimanakah anda dapat bersaing dengan kami?"

The old woman was not deterred.

Wanita tua itu tidak berputus asa.

"It does not matter how I do it"

"Tidak kira bagaimana saya melakukannya"

"I must go where my daughter goes"

"Saya mesti pergi ke mana anak perempuan saya pergi "

The youngest daughter begged the bearers.

Anak perempuan bongsu memohon kepada pembawa.

"Please carry my mother with me"

"Tolong bawa ibu saya bersama saya"

And the bearers gracefully agreed.

Dan pembawa dengan anggun bersetuju.

They carried mother and child to the forest.

Mereka membawa ibu dan anak ke hutan.

"hoon! hoon! hoon! hoon! hoon!"

"hoon! hoon! hoon! hoon! hoon!"

In the afternoon they reached a dense forest.
Pada sebelah petang mereka sampai ke hutan yang tebal.
They went deeper and deeper into the forest.
Mereka pergi lebih dalam dan lebih dalam ke dalam hutan.
Towards sunset they reached their goal.
Menjelang matahari terbenam mereka mencapai matlamat
mereka.
They stopped at the foot of an old tree.
Mereka berhenti di kaki sebatang pokok tua.
They lowered the girl and the old woman.
Mereka menurunkan gadis itu dan wanita tua itu.
And they left them in the forest.
Dan mereka meninggalkan mereka di dalam hutan.
Then they retraced their steps home.
Kemudian mereka menjejaki semula langkah pulang.

The merchant's youngest daughter looked around.
Anak bongsu saudagar itu memandang sekeliling.
You would not have wanted to be in her shoes.
Anda tidak akan mahu berada dalam kasutnya.
Her situation was truly pitiable.
Keadaannya benar-benar menyedihkan.
She was hardly fourteen years old.
Dia hampir berumur empat belas tahun.
She had grown up in luxury.
Dia telah dibesarkan dalam kemewahan.
But now there was no luxury for her.
Tetapi sekarang tidak ada kemewahan untuknya.
She was in the heart of a dark forest.
Dia berada di tengah-tengah hutan yang gelap.
She had not a rupee in her pocket.
Dia tidak mempunyai satu rupee di dalam poketnya.
And she had nothing for protection.
Dan dia tidak mempunyai apa-apa untuk perlindungan.
Nothing except an old, decrepit, woman.
Tiada apa-apa kecuali seorang wanita tua yang uzur.
Even the trees of the forest pitied her.

Malah pokok-pokok di hutan kasihan kepadanya.

The young girl and old woman sat together.

Gadis muda dan wanita tua itu duduk bersama.

They were at the foot of an old tree.

Mereka berada di kaki pokok tua.

And together they cried over their situation.

Dan bersama-sama mereka menangisi keadaan mereka.

I should say this all happened long ago.

Saya harus mengatakan ini semua berlaku lama dahulu.

In these times the trees could talk.

Pada masa ini pokok-pokok boleh bercakap.

And the old tree spoke to the girl.

Dan pokok tua itu bercakap dengan gadis itu.

"Unhappy women, I much pity you"

"Wanita yang tidak bahagia, saya sangat kasihan kepada kamu"

"There are wild beasts in this forest"

"Terdapat binatang buas di hutan ini"

"Soon they will come out of their lairs"

"Tidak lama lagi mereka akan keluar dari sarang mereka"

"They will roam about for prey"

"Mereka akan berkeliaran mencari mangsa"

"And they are sure to devour you two"

"Dan mereka pasti akan memakan kamu berdua"

"But I can help you, if you want"

"Tetapi saya boleh membantu anda, jika anda mahu"

"I will make an opening for you"

"Saya akan buat pembukaan untuk awak"

"When you see the opening, go into it"

"Apabila anda melihat pembukaan, masuk ke dalamnya"

"And then I will close the opening up"

"Dan kemudian saya akan menutup pembukaan"

"As long as you are in me you'll be safe"

"Selagi awak ada dalam saya awak akan selamat"

"This way the wild beasts can't touch you"

"Dengan cara ini binatang buas tidak boleh menyentuh anda"

And then the tree split itself in two.

Dan kemudian pokok itu membelah dirinya kepada dua.
The two women went inside the tree.
Dua wanita itu masuk ke dalam pokok.
And the old tree resumed its natural shape.
Dan pokok tua itu meneruskan bentuk semula jadinya.

The shade of night darkened the forest.
Teduh malam menggelapkan hutan.
Everything the tree had said was true.
Semua yang dikatakan pokok itu adalah benar.
The wild beasts came out of their lairs.
Binatang buas keluar dari sarang mereka.
The fierce tiger came out at night.
Harimau garang itu keluar pada waktu malam.
The wild bear left his lair.
Beruang liar itu meninggalkan sarangnya.
The rhinoceros roamed the forest.
Badak sumbu meredah hutan.
The bushy bear was there that night.
Beruang semak ada di sana malam itu.
The great elephant could be heard.
Gajah besar itu dapat didengari.
And there was the horned buffalo.
Dan ada kerbau bertanduk.
They all growled as they circled the tree.
Mereka semua geram sambil mengelilingi pokok itu.
They had gotten the scent of human blood.
Mereka telah mendapat bau darah manusia.
They could hear the growls of the beasts.
Mereka dapat mendengar geraman binatang itu.
The beasts came dashing against the tree.
Binatang-binatang itu datang menyerang pokok itu.
They broke the old tree's branches.
Mereka mematahkan dahan pokok tua itu.
Their horns pierced the tree's trunk.
Tanduk mereka menusuk batang pokok itu.
They scratched its bark with their claws.

Mereka menggaru kulitnya dengan cakar mereka.
But all their efforts were in vain.
Tetapi semua usaha mereka sia-sia.
The girl and woman were safe in the tree.
Gadis dan wanita itu selamat di dalam pokok itu.
Towards dawn the wild beasts went away.
Menjelang subuh, binatang buas itu pergi.
After sunrise the good tree spoke again.
Selepas matahari terbit, pokok yang baik itu bercakap lagi.
"The wild beasts have gone back"
"Binatang buas telah kembali"
"They are in their lairs again"
"Mereka berada di sarang mereka lagi"
"But they did their best to torment me"
"Tetapi mereka melakukan yang terbaik untuk menyeksa saya"
"The sun has risen up again"
"Matahari telah terbit semula"
"So you can come out now"
"Jadi awak boleh keluar sekarang"
The tree split itself into two again.
Pokok itu membelah dirinya menjadi dua lagi.
The girl and the old woman came out.
Gadis itu dan wanita tua itu keluar.
They saw the extent of the damage.
Mereka melihat tahap kerosakan.
The tree's branches had been broken off.
Dahan pokok itu telah patah.
The tree's trunk had been pierced.
Batang pokok itu telah ditebuk.
The bark had been stripped off.
Kulit kayunya telah dilucutkan.
"Good mother, we thank you"
"Ibu yang baik, kami berterima kasih"
"You have been very kind to us"
"Anda telah sangat baik kepada kami"
"You gave us shelter from the beasts"

"Engkau memberi kami perlindungan daripada binatang buas"
"But it was at a great cost to yourself"
"Tetapi ia memerlukan kos yang besar untuk diri sendiri"
"You have many wounds from the wilds beasts"
"Anda mempunyai banyak luka dari binatang liar"
"You must be in great pain?"
"Awak mesti sangat kesakitan?"
Close by there was a flowing river.
Di dekatnya terdapat sungai yang mengalir.
The young girl went to the river bank.
Gadis muda itu pergi ke tebing sungai.
At the bank of the river she found mud.
Di tebing sungai dia menemui lumpur.
She covered the tree with the mud.
Dia menutup pokok itu dengan lumpur.
She especially covered the damaged parts.
Dia terutama menutup bahagian yang rosak.
The tree thanked her for the treatment.
Pokok itu mengucapkan terima kasih atas rawatannya.
"My good girl, I thank you"
"Gadis baik saya, saya terima kasih"
"I am greatly relieved of my pain"
"Saya sangat lega daripada kesakitan saya"
"I am, however, more concerned for you"
"Walau bagaimanapun, saya lebih mengambil berat tentang awak"
"You must be hungry"
"Anda pasti lapar"
"You have not eaten since yesterday"
"Awak belum makan sejak semalam"
"But what can I give you?"
"Tetapi apa yang boleh saya berikan kepada anda?"
"I have no fruit of my own"
"Saya tidak mempunyai buah sendiri"
"But I do have some advice"
"Tetapi saya ada nasihat"

"Give the old woman whatever money you have"
"Beri wanita tua itu apa sahaja wang yang anda ada"
"Let her go into the city"
"Biarkan dia pergi ke bandar"
"In the city she can buy some food"
"Di bandar dia boleh membeli makanan"
They explained their situation to the tree.
Mereka menerangkan keadaan mereka kepada pokok itu.
"We have been sent out with no money"
"Kami telah dihantar keluar tanpa wang"
But she searched through her work-box anyway.
Tetapi dia mencari melalui kotak kerjanya.
And in the box she found five cowries.
Dan di dalam kotak itu dia menjumpai lima ekor lembu.
The tree continued to give its advice.
Pokok itu terus memberi nasihat.
"Go with your cowries to the city"
"Pergi bersama lembu-lembumu ke bandar"
"Use the cowries to buy some fried rice"
"Gunakan cowries untuk membeli nasi goreng"
So the old woman went to the city.
Jadi wanita tua itu pergi ke bandar.
Fortunately the city was not far away.
Nasib baik bandar itu tidak jauh.
She went to the first shopkeeper she found.
Dia pergi ke kedai pertama yang ditemuinya.
"Please give me five cowries worth of rice"
"Tolong beri saya beras lima ekor lembu"
The shopkeeper laughed at her.
Penjaga kedai itu mentertawakannya.
"Where can rice be had for five cowries?"
"Di manakah beras boleh didapati untuk lima ekor lembu?"
"Be off, you old hag," he told her.
"Pergilah, perempuan tua," katanya kepadanya.
So she tried to barter at another shop.
Jadi dia cuba tukar barang di kedai lain.
This shopkeeper could see her distress.

Pekedai ini dapat melihat kesusahannya.
And the shopkeeper took pity on her.
Dan pekedai itu kasihan kepadanya.
She gave her a large quantity of rice.
Dia memberinya sejumlah besar nasi.
The old woman returned with the rice.
Wanita tua itu kembali dengan membawa nasi.
And the tree gave further instructions.
Dan pokok itu memberi arahan selanjutnya.
"Eat less than half of the rice"
"Makan kurang daripada separuh nasi"
"Go to the embankments of the river bank"
"Pergi ke tambak tebing sungai"
"Cast the remaining rice on the river bank"
"Lemparkan baki beras di tebing sungai"
They did not understand the sense of it.
Mereka tidak memahami maksudnya.
"Why sow the riverbank with rice?"
"Mengapa menabur padi di tebing sungai?"
But they did as they were advised.
Tetapi mereka melakukan seperti yang dinasihatkan.
And they threw their rice onto the ground.
Dan mereka melemparkan beras mereka ke tanah.

They spent the day lamenting their fate.
Mereka menghabiskan hari itu meratapi nasib mereka.
Just as before the beasts came out at night.
Sama seperti sebelum binatang itu keluar pada waktu malam.
The tree housed them inside of its trunk again.
Pokok itu menempatkan mereka di dalam batangnya semula.
Again they mutilated and tortured the tree.
Sekali lagi mereka mencacatkan dan menyeksa pokok itu.
But that night something else happened.
Tetapi malam itu sesuatu yang lain berlaku.
The women only saw it the next day.
Wanita itu hanya melihatnya pada keesokan harinya.
The rice had attracted hundreds of peacocks.

Beras itu telah menarik ratusan burung merak.

The peacocks competed for the rice.

Burung merak berebut padi.

And their feathers fell on the floor.

Dan bulu mereka jatuh di atas lantai.

The tree had known what would happen.

Pokok itu sudah tahu apa yang akan berlaku.

And the tree advised them what to do next.

Dan pokok itu menasihati mereka apa yang perlu dilakukan seterusnya.

"Go back to the bank of the river"

"Kembali ke tebing sungai"

"Go to where you cast the rice"

"Pergi ke tempat kamu membuang nasi"

"There you will see many feathers"

"Di sana anda akan melihat banyak bulu"

"Collect all the feathers you can find"

"Kumpulkan semua bulu yang boleh anda temui"

"Use the feathers to make a beautiful fan"

"Gunakan bulu untuk membuat kipas yang cantik"

"And take the feather-fan to the city"

"Dan bawa kipas bulu ke bandar"

The two women did as they were advised.

Kedua-dua wanita itu melakukan seperti yang dinasihatkan.

It was good the girl had taken her work-box.

Adalah baik gadis itu telah mengambil kotak kerjanya.

In her work-box was some string.

Dalam kotak kerjanya terdapat beberapa tali.

The tied the feathers together.

The mengikat bulu bersama-sama.

And she had made a fan from the feathers.

Dan dia telah membuat kipas dari bulu.

She took the feather fan to the city.

Dia membawa kipas bulu ke bandar.

The son of the king happened to be there.

Kebetulan anak raja ada di situ.

He admired the feathers greatly.

Dia sangat mengagumi bulu itu.
He paid a large sum of money for the feathers.
Dia membayar sejumlah besar wang untuk bulu itu.
Each morning a quantity of feathers was collected.
Setiap pagi kuantiti bulu dikumpulkan.
And each day a feather fan was made and sold.
Dan setiap hari kipas bulu dibuat dan dijual.
Within a short time the two women got rich.
Dalam masa yang singkat dua wanita itu menjadi kaya.
The tree then advised them to build a house.
Pokok itu kemudian menasihati mereka untuk membina rumah.
"Employ men to burn bricks for you"
"Pekerjakan lelaki untuk membakar batu bata untuk anda"
"Get them to cut beams and rafters"
"Suruh mereka memotong rasuk dan kasau"
"Make them plaster the walls with lime"
"Buat mereka tampal dinding dengan kapur"
In a few months a stately house was built.
Dalam beberapa bulan rumah tersergam indah telah dibina.
The tree was pleased for the women.
Pokok itu gembira untuk wanita.
"You should add a garden to your house"
"Anda harus menambah taman di rumah anda"
"And you want to be able to store water"
"Dan anda mahu dapat menyimpan air"
"Dig a water tank in your garden"
"Gali tangki air di taman anda"

The girl had not had much time.
Gadis itu tidak mempunyai banyak masa.
So she didn't think of her family.
Jadi dia tidak memikirkan keluarganya.
The merchant's luck had taken a turn.
Nasib saudagar itu telah bertukar.
The goddess of wealth frowned upon him.
Dewi kekayaan mengerutkan dahinya.

He was struck by a sudden misfortune.
Dia ditimpa musibah secara tiba-tiba.
All at once he lost all of his money.
Sekali gus dia kehilangan semua wangnya.
He was forced to sell his house.
Dia terpaksa menjual rumahnya.
But he made a great loss on the property.
Tetapi dia membuat kerugian besar pada harta itu.
He and his family were left penniless.
Dia dan keluarganya ditinggalkan tanpa wang.
So they were forced to live elsewhere.
Jadi mereka terpaksa tinggal di tempat lain.
They happened to move to a nearby village.
Mereka kebetulan berpindah ke kampung berhampiran.
The palace was not far from their new house.
Istana itu tidak jauh dari rumah baru mereka.
But the merchant was not rich anymore.
Tetapi peniaga itu tidak kaya lagi.
And he still had to support his family.
Dan dia masih perlu menyara keluarganya.
He had been reduced to doing manual labour.
Dia telah dikurangkan untuk melakukan kerja manual.
He applied for the job at the palace.
Dia memohon kerja di istana.
He was going to dig the hole for the water.
Dia akan menggali lubang untuk air.
His wife also offered to work with him.
Isterinya juga menawarkan diri untuk bekerja dengannya.
But they got there too late to work.
Tetapi mereka tiba di sana terlalu lewat untuk bekerja.
The water tank had already been finished.
Tangki air telah pun siap.
And they did not know whose house it was.
Dan mereka tidak tahu rumah siapa itu.
The merchant's daughter was looking out the window.
Anak perempuan saudagar itu sedang melihat ke luar
tingkap.

She happened to see her parents in the garden.
Dia kebetulan melihat ibu bapanya di taman.
She could see the rags they were wearing.
Dia dapat melihat kain buruk yang mereka pakai.
Her eyes filled with tears at the sight.
Matanya bergenang air mata melihat pemandangan itu.
She could not believe what she saw.
Dia tidak percaya dengan apa yang dilihatnya.
Her parents had come to her for work.
Ibu bapanya telah datang kepadanya untuk bekerja.
She immediately called her servants.
Dia segera memanggil pelayannya.
"Outside in the garden are my parents"
"Di luar taman adalah ibu bapa saya"
"Please offer them these fine clothes"
"Tolong tawarkan mereka pakaian yang bagus ini"
"And ask them to come into the palace"
"Dan minta mereka masuk ke dalam istana"
Her servants did as they were told.
Hamba-hambanya melakukan seperti yang diperintahkan.
But her parents were frightened beyond measure.
Tetapi ibu bapanya ketakutan yang tidak terkira.
They had seen that the tank was finished.
Mereka telah melihat bahawa tangki itu telah siap.
There used to be a strange tradition.
Dulu ada satu tradisi yang pelik.
In those days human sacrifices were offered.
Pada zaman itu korban manusia dipersembahkan.
One of those occasions was after digging a pool.
Salah satu peristiwa itu ialah selepas menggali kolam.
You can imagine her parents' fear.
Anda boleh bayangkan ketakutan ibu bapanya.
They had come to dig the water tank.
Mereka datang untuk menggali tangki air.
But now servants were calling them.
Tetapi sekarang pelayan memanggil mereka.
They thought they going to be sacrificed.

Mereka fikir mereka akan dikorbankan.
"Throw away your rags" they said.
"Buang kain buruk kamu" kata mereka.
"Here, wear these fine clothes"
"Sini, pakai pakaian bagus ini"
And their fears increased even more.
Dan ketakutan mereka semakin bertambah.
But they did not have to fear for long.
Tetapi mereka tidak perlu takut lama.
Their rich daughter came out to meet them.
Anak perempuan mereka yang kaya keluar menemui mereka.
She hugged and kissed her parents.
Dia memeluk dan mencium ibu bapanya.
And she told them everything that had happened.
Dan dia memberitahu mereka semua yang telah berlaku.
The father felt that she had been right.
Bapa merasakan bahawa dia betul.
"You do live from your own fortune"
"Anda hidup dari kekayaan anda sendiri"
The daughter did not blame her father.
Anak perempuan itu tidak menyalahkan bapanya.
And she gave him a large fortune.
Dan dia memberinya kekayaan yang besar.
With the money he moved back to the city.
Dengan wang itu dia kembali ke bandar.
Soon he became a merchant again.
Tidak lama kemudian dia menjadi saudagar semula.
And he went to distant countries for trade.
Dan dia pergi ke negara yang jauh untuk berdagang.

One day he got ready for another business venture.
Pada suatu hari dia bersiap untuk usaha perniagaan yang lain.
But that day something strange happened.
Tetapi hari itu sesuatu yang aneh berlaku.
The ship was ready to leave the port.
Kapal itu bersedia untuk meninggalkan pelabuhan.
But for some reason the ship did not move.

Tetapi atas sebab tertentu kapal itu tidak bergerak.
No one could explain what was happening.
Tiada siapa yang dapat menjelaskan apa yang berlaku.
But the merchant had an idea.
Tetapi peniaga itu mempunyai idea.
"Perhaps my daughters would like presents"
"Mungkin anak perempuan saya mahukan hadiah"
"I need to ask them what they would like"
"Saya perlu bertanya kepada mereka apa yang mereka mahu"
He went to see his daughters.
Dia pergi menemui anak-anak perempuannya.
He asked them what they would like.
Dia bertanya kepada mereka apa yang mereka mahu.
And he promised to bring them presents.
Dan dia berjanji untuk membawa mereka hadiah.
But the ship would still not move.
Tetapi kapal itu masih tidak bergerak.
He had not asked all his daughters.
Dia tidak bertanya kepada semua anak perempuannya.
His youngest daughter was not there.
Anak bongsunya tiada di situ.
She was living in a different city.
Dia tinggal di bandar yang berbeza.
So he ordered his servants go to her palace.
Maka dia menyuruh hamba-hambanya pergi ke istananya.
The messenger came at the wrong time.
Utusan itu datang pada masa yang salah.
The young girl was engaged in devotions.
Gadis muda itu terlibat dalam ibadah.
But the messenger asked her anyway.
Tetapi utusan itu bertanya kepadanya.
She just told him "sobur"
Dia hanya memberitahunya "sobur"
The meaning of this was "wait"
Maksudnya ialah "tunggu"
But the messenger didn't know this.
Tetapi utusan itu tidak mengetahui perkara ini.

He thought she wanted something called"sobur"
Dia fikir dia mahukan sesuatu yang dipanggil "sobur"
So he went back to the city of the merchant.
Maka pulanglah ia ke kota saudagar itu.
And he delivered the message he received.
Dan dia menyampaikan mesej yang diterimanya.
"Your daughter wants something called 'sobur'"
"Anak perempuan awak mahukan sesuatu yang dipanggil
'sobur'"
This time the ship could move again.
Kali ini kapal boleh bergerak semula.
So the merchant started on his travels.
Maka saudagar itu pun memulakan perjalanannya.
He visited many ports on his journey.
Dia melawat banyak pelabuhan dalam perjalanannya.
And he made good profits from his trades.
Dan dia mendapat keuntungan yang baik dari
perdagangannya.
Finding the presents was not difficult.
Mencari hadiah tidaklah sukar.
He found everything his oldest daughters wanted.
Dia mendapati semua yang anak perempuan sulungnya
mahukan.
But his youngest daughter's wish was difficult.
Tetapi hajat puteri bongsunya itu sukar.
He could not find the thing called"sobur"
Dia tidak dapat mencari benda yang dipanggil "sobur"
He asked at every port he came to.
Dia bertanya di setiap pelabuhan yang dia datangi.
"Do you have something called 'sobur'?"
"Adakah anda mempunyai sesuatu yang dipanggil 'sobur'?"
But the merchants all shook their heads.
Tetapi semua peniaga itu menggelengkan kepala.
"We've never heard of 'sobur'"
"Kami tidak pernah mendengar tentang 'sobur'"
His voyage had almost come to its end.
Pelayarannya hampir sampai ke penghujungnya.

He was soon going to head back home.
Dia tidak lama lagi akan pulang ke rumah.
But he wanted"sobur" for his daughter.
Tetapi dia mahu "sobur" untuk anak perempuannya.
So he went calling through the streets.
Jadi dia pergi menelefon melalui jalan-jalan.
"Sobur, does anyone have sobur?!"
"Sobur, ada sesiapa ada sobur?!"
The son of the King was in his castle.
Anak Raja berada di istananya.
He happened to be looking out the window.
Kebetulan dia melihat ke luar tingkap.
And the calls attracted his attention.
Dan panggilan itu menarik perhatiannya.
Because his name happened to be Sobur.
Sebab kebetulan namanya Sobur.
He came to the merchant to speak with him.
Dia datang kepada saudagar itu untuk bercakap dengannya.
"I have the Sobur that you want"
"Saya ada Sobur yang awak mahukan"
"Take this box, but be careful with it"
"Ambil kotak ini, tetapi berhati-hati dengannya"
"In the box is a magical feather fan and mirror"
"Dalam kotak itu terdapat kipas bulu ajaib dan cermin"
"This is the Sobur your daughter wishes for"
"Inilah Sobur yang diidamkan oleh anak perempuanmu"
The merchant thanked the prince for the box.
Pedagang itu mengucapkan terima kasih kepada putera raja
untuk kotak itu.
And he returned back to his country.
Dan dia kembali ke negaranya.

He gave the box to his daughter.
Dia memberikan kotak itu kepada anak perempuannya.
But the daughter didn't think about it.
Tetapi anak perempuan itu tidak memikirkannya.
She thought it was just a common box.

Dia fikir ia hanya kotak biasa.
She had forgotten about the messenger.
Dia sudah lupa tentang utusan itu.
But one day she decided to open the box.
Tetapi suatu hari dia memutuskan untuk membuka kotak itu.
Inside the box she found a beautiful fan.
Di dalam kotak itu dia menjumpai kipas yang cantik.
In the feather fan there was a beautiful mirror.
Dalam kipas bulu itu terdapat cermin yang cantik.
She waved the feather fan to cool herself.
Dia mengibaskan kipas bulu untuk menyejukkan dirinya.
And Prince Sobur appeared before her.
Dan Putera Sobur muncul di hadapannya.
"You called me, so here I am," he said.
"Anda memanggil saya, jadi di sini saya," katanya.
"What is it you wish for?" he asked.
"Apa yang kamu inginkan?" dia bertanya.
She was astonished at what she saw.
Dia terkejut dengan apa yang dilihatnya.
A handsome prince had suddenly appeared!
Seorang putera kacak tiba-tiba muncul!
"Who are you?" she asked the prince.
"Siapa awak?" dia bertanya kepada putera raja.
"And how did you suddenly appear?"
"Dan bagaimana anda tiba-tiba muncul?"
The Prince explained what had happened.
Putera menjelaskan apa yang berlaku.
"Your father was looking for 'sobur'"
"Ayah kamu sedang mencari 'sobur'"
"I am prince Sobur," he explained.
"Saya putera Sobur," jelasnya.
"I gave your father a box"
"Saya berikan ayah awak sekotak"
"In this box there is a feather fan and mirror"
"Dalam kotak ini ada kipas bulu dan cermin"
"When you shake the feather fan I will appear"
"Apabila anda menggoncang kipas bulu saya akan muncul"

She asked the prince to stay as a guest.
Dia meminta putera raja untuk tinggal sebagai tetamu.
And for two days the prince stayed with her.
Dan selama dua hari putera itu tinggal bersamanya.
And she entertained him in her palace.
Dan dia melayan dia di istananya.
During that time the two fell in love.
Pada masa itu mereka berdua jatuh cinta.
They made their vows to each.
Mereka berikrar kepada masing-masing.
And they became husband and wife.
Dan mereka menjadi suami isteri.
After this the prince returned to his father.
Selepas ini putera raja kembali kepada bapanya.
He told him that he had selected a wife.
Dia memberitahu bahawa dia telah memilih seorang isteri.
The day for the wedding was decided.
Hari perkahwinan telah ditentukan.
All the family was invited.
Semua keluarga dijemput.
And they had a beautiful wedding.
Dan mereka mempunyai perkahwinan yang indah.

But there was a death in the marriage bed.
Tetapi ada kematian di katil perkahwinan.
The six daughters of the merchant were envious.
Enam anak perempuan saudagar itu iri hati.
They were jealous of their sister's success.
Mereka cemburu dengan kejayaan adik mereka.
So they decided to destroy her happiness.
Jadi mereka memutuskan untuk menghancurkan
kebahagiaannya.
They broke several glass bottles.
Mereka memecahkan beberapa botol kaca.
And they ground the glass into fine powder.
Dan mereka mengisar kaca menjadi serbuk halus.
Then they scattered the powder on the bed.

Kemudian mereka menabur bedak di atas katil.
The prince suspected no danger.
Putera raja tidak mengesyaki bahaya.
He laid himself down in the bed.
Dia membaringkan dirinya di atas katil.
Soon he felt an acute pain.
Tidak lama kemudian dia merasakan kesakitan yang teruk.
All of his whole body ached.
Seluruh badannya sakit.
The powder had gone through his skin.
Serbuk itu telah menembusi kulitnya.
The prince became restless through pain.
Putera raja menjadi resah kerana kesakitan.
And he started to kick and scream.
Dan dia mula menendang dan menjerit.
He was taken away to his own country.
Dia dibawa pergi ke negaranya sendiri.
The king and queen were very worried.
Raja dan permaisuri sangat risau.
They consulted all the kingdom's physicians.
Mereka berunding dengan semua doktor kerajaan.
But their efforts were in vain.
Tetapi usaha mereka sia-sia.
Day and night the young prince was screaming.
Siang malam putera muda itu menjerit.
No one could ascertain the disease.
Tiada siapa yang dapat memastikan penyakit itu.
So they had no way of knowing the remedy.
Jadi mereka tidak mempunyai cara untuk mengetahui ubat itu.
You can imagine the grief of his wife.
Anda boleh bayangkan kesedihan isterinya.
The marriage knot had only just been tied.
Ikatan perkahwinan baru sahaja diikat.
She thought a terrible disease had attacked him.
Dia fikir penyakit yang dahsyat telah menyerangnya.
Then he was carried hundreds of miles away.

Kemudian dia dibawa beratus batu jauhnya.
She had never been to his country.
Dia tidak pernah ke negaranya.
But she was determined to go there.
Tetapi dia bertekad untuk pergi ke sana.
And she was determined to nurse him better.
Dan dia bertekad untuk menyusukannya dengan lebih baik.
She put on the garb of a Sannyasi.
Dia memakai pakaian Sannyasi.
And she carried a dagger in her hand.
Dan dia membawa belati di tangannya.
And then she set out on her journey.
Dan kemudian dia memulakan perjalanannya.

The princess was still relatively young.
Puteri itu masih agak muda.
She was unaccustomed to long journeys.
Dia tidak biasa dengan perjalanan jauh.
And she wasn't used to walking so far.
Dan dia tidak biasa berjalan jauh.
She soon got weary of walking.
Tidak lama kemudian dia letih berjalan.
So she sat under a tree to rest.
Jadi dia duduk di bawah pokok untuk berehat.
On the top of the tree there was a nest.
Di atas pokok itu terdapat sarang.
It was the nest of two divine birds.
Ia adalah sarang dua burung ilahi.
Bihangami and Bihangama lived here.
Bihangami dan Bihangama tinggal di sini.
They were not in their nest at the time.
Mereka tidak berada dalam sarang mereka pada masa itu.
But two of their chicks were in the nest.
Tetapi dua anak ayam mereka berada di dalam sarang.
Suddenly the chicks gave a scream.
Tiba-tiba anak ayam itu menjerit.
This roused the half-drowsy princess.

Ini membangkitkan puteri yang separuh mengantuk itu.
The little birds had seen huge serpent.
Burung-burung kecil itu telah melihat ular besar.
The snake was about to climb the tree.
Ular itu hendak memanjat pokok itu.
This would have been the end of the birds.
Ini akan menjadi penghujung burung.
But the Sannyasi took out her dagger.
Tetapi Sannyasi mengeluarkan belatinya.
And she cut the serpent in two.
Dan dia membelah ular itu menjadi dua.
Of course even this frightened the young birds.
Sudah tentu ini menakutkan burung muda.
And they flew from the nest screaming.
Dan mereka terbang dari sarang sambil menjerit.
Bihangama and Bihangami were on their way back.
Bihangama dan Bihangami sedang dalam perjalanan pulang.
They came sailing through the air.
Mereka datang belayar melalui udara.
They thought they already knew what had happened.
Mereka fikir mereka sudah tahu apa yang telah berlaku.
"I don't expect to see our children"
"Saya tidak mengharapkan untuk melihat anak-anak kita"
"The nest will be empty again"
"Sarang akan kosong lagi"
"All our previous children were eaten"
"Semua anak kami yang terdahulu telah dimakan"
"They were eaten by our great enemy the serpent"
"Mereka telah dimakan oleh musuh besar kita iaitu ular"
"They will have met the same fate"
"Mereka akan menghadapi nasib yang sama"
"I do not hear the cries of my young ones"
"Aku tidak mendengar tangisan anak-anakku"
The two birds got to their nest.
Kedua burung itu sampai ke sarangnya.
And as predicted, the nest was empty.
Dan seperti yang diramalkan, sarang itu kosong.

This seemed to confirm their suspicions.

Ini seolah-olah mengesahkan syak wasangka mereka.

But soon the young birds returned.

Tetapi tidak lama kemudian burung muda kembali.

The divine birds were pleasantly surprised.

Burung-burung ilahi terkejut.

The young birds told them what had happened.

Burung-burung muda memberitahu mereka apa yang telah berlaku.

"There was a young Sannyasi under the tree"

"Terdapat Sannyasi muda di bawah pokok itu"

"He destroyed the serpent"

"Dia membinasakan ular itu"

"He cut the snake in two with his dagger"

"Dia membelah ular itu dengan kerisnya"

The parents went to foot of the tree.

Ibu bapa pergi ke kaki pokok itu.

Two halves of the snake were still there.

Dua bahagian ular itu masih ada.

"The young Sannyasi has saved our offspring"

"Sannyasi muda telah menyelamatkan keturunan kita"

"I wish we could do him some service in return"

"Saya harap kita boleh memberikan perkhidmatan kepadanya sebagai balasan"

The divine bird Bihangama replied.

Burung dewa Bihangama menjawab.

"We shall do our service to HER"

"Kami akan melakukan perkhidmatan kami kepada DIA"

"The Sannyasi under the tree is not a man"

"Sannyasi di bawah pokok itu bukan lelaki"

"The Sannyasi under the tree is a woman"

"Sannyasi di bawah pokok itu adalah seorang wanita"

"Last night she got married to Prince Sobur"

"Malam tadi dia berkahwin dengan Putera Sobur"

"Shortly after their marriage he was poisoned"

"Tidak lama selepas perkahwinan mereka dia diracun"

"His skin was pierced with small shards of glass"

"Kulitnya tertusuk serpihan kaca kecil"
"His sisters-in-law envied his wife"
"Kakak-kakak iparnya iri kepada isterinya"
"Her sisters spread the powder over the bed"
"Adik-adiknya menaburkan bedak di atas katil"
"He is still suffering from his pain"
"Dia masih mengalami kesakitannya"
"But he is in his native land"
"Tetapi dia berada di tanah asalnya"
"And now he is at the point of death"
"Dan sekarang dia berada di titik kematian"
"Beneath the tree is his heroic bride"
"Di bawah pokok itu adalah pengantin perempuannya yang heroik"
"She is wearing the garb of a Sannyasi"
"Dia memakai pakaian Sannyasi"
"And she is going to nurse him"
"Dan dia akan menyusukan dia"
The Bihangami asked the Bihangama.
Bihangami bertanya kepada Bihangama.
"Is there no cure for the prince?"
"Adakah tiada ubat untuk putera raja?"
"Yes, there is a cure" replied the Bihangama.
"Ya, ada ubatnya" jawab Bihangama.
"There is hardened dung lying on the ground"
"Ada tahi yang mengeras tergeletak di atas tanah"
"She must take this hardened dung"
"Dia mesti mengambil tahi yang mengeras ini"
"Then she must reduce the dung to powder"
"Kemudian dia mesti mengurangkan najis menjadi serbuk"
"And then she must bathe the prince"
"Dan kemudian dia mesti memandikan putera raja"
"She must bathe him in seven jars of water"
"Dia mesti memandikan dia dalam tujuh tempayan air"
"Then she must bathe him in seven jars of milk"
"Kemudian dia mesti memandikan dia dengan tujuh tempayan susu"

"Then she must apply the powder to his body"
"Kemudian dia mesti menyapu bedak itu ke badannya "
"After this Prince Sobur will get well"
"Selepas ini Putera Sobur akan sembuh"
"I have no doubts about this remedy"
"Saya tidak ragu-ragu tentang ubat ini"
The Bihangami saw a problem though.
Bihangami nampak masalah.
"The princess is but a young girl"
"Puteri itu hanyalah seorang gadis muda"
"She cannot walk such a distance"
"Dia tidak boleh berjalan sejauh itu"
"The journey would take her many days"
"Perjalanannya akan mengambil masa berhari-hari"
"By that time the poor prince will have died"
"Pada masa itu putera yang malang itu akan mati"
"I can," replied the Bihangama.
"Saya boleh," jawab Bihangama.
"I will take the young lady on my back"
"Saya akan membawa wanita muda itu di belakang saya"
"I will fly her to Prince Sobur's city"
"Saya akan menerbangkannya ke bandar Putera Sobur"
"If she takes no presents, I will fly her back"
"Jika dia tidak mengambil hadiah, saya akan
menerbangkannya kembali"
The merchant's daughter heard this conversation.
Anak perempuan saudagar itu mendengar perbualan ini.
She begged the Bihangama to take her on his back.
Dia memohon kepada Bihangama untuk membawanya ke
belakang.
And of course the bird willingly consented.
Dan sudah tentu burung itu dengan rela hati.
First she gathered some of the birds dung.
Mula-mula dia mengumpul beberapa najis burung.
And then she reduced the dung to fine powder.
Dan kemudian dia mengurangkan najis menjadi serbuk halus.
She was armed with this potent drug.

Dia dipersenjatai dengan ubat kuat ini.
And she got on the back of the kind bird.
Dan dia menaiki belakang burung yang baik hati itu.

The Bihangama flew as fast as lightning.
Bihangama itu terbang sepantas kilat.
They soon reached Prince Sobur's city.
Mereka segera sampai ke bandar Putera Sobur.
The young Sannyasi went up to the palace.
Sannyasi muda naik ke istana.
And she spoke to the guards at the gate.
Dan dia bercakap dengan pengawal di pintu pagar.
"Send word to the king that I have a drug"
"Hantarkan kepada raja bahawa saya mempunyai dadah"
"This drug will save the prince's life"
"Dadah ini akan menyelamatkan nyawa putera raja"
"Within hours I will have cured the prince"
"Dalam beberapa jam saya akan menyembuhkan putera raja"
The king had tried all the best doctors.
Raja telah mencuba semua doktor yang terbaik.
But no doctor had been able to cure his son.
Tetapi tiada doktor yang dapat menyembuhkan anaknya.
So he didn't believe the Sannyasi's words.
Jadi dia tidak percaya kata-kata Sannyasi.
But his councilors advised him otherwise.
Tetapi ahli majlisnya menasihatinya sebaliknya.
The Sannyasi ordered for seven jars of water.
Sannyasi memesan tujuh balang air.
And seven jars of milk were ordered.
Dan tujuh balang susu telah dipesan.
He poured a jar of water on the prince.
Dia menuangkan sebotol air ke atas putera raja.
And he poured a jar of milk on the prince.
Dan dia menuangkan sebotol susu ke atas putera raja.
He had a feather from the divine bird.
Dia mempunyai bulu dari burung ilahi.
And he used the feather to apply the powder.

Dan dia menggunakan bulu itu untuk menyapu serbuk.
All of the prince's body was covered.
Seluruh tubuh putera raja ditutup.
This was repeated another six times.
Ini diulang enam kali lagi.
The last treatment did the magic.
Rawatan terakhir melakukan sihir.
The prince started to feel well again.
Putera raja mula berasa sihat semula.
The king was happier than words can describe.
Raja lebih gembira daripada kata-kata yang dapat
digambarkan.
"Give the Sannyasi the finest treasures"
"Berikan Sannyasi khazanah terbaik"
But the Sannyasi refused to take presents.
Tetapi Sannyasi enggan mengambil hadiah.
"Let me have the ring on the prince's finger"
"Izinkan saya pegang cincin di jari putera raja"
The king and the prince were happy.
Raja dan putera raja gembira.
And they gave him what he wanted.
Dan mereka memberinya apa yang dia mahu.
The merchant's daughter hastened back.
Anak perempuan saudagar itu bergegas pulang.
The Bihangama was waiting at the sea-shore.
Bihangama sedang menunggu di tepi laut.
They reached the tree of the divine birds.
Mereka sampai ke pokok burung ilahi.
The young bride walked back to her palace.
Pengantin muda itu berjalan pulang ke istananya.

The following day she shook the magical feather fan.
Keesokan harinya dia menggoncang kipas bulu ajaib itu.
Just as before, her husband appeared.
Sama seperti tadi, suaminya muncul.
Of course he was happy to see his wife.
Sudah tentu dia gembira melihat isterinya.

But he was infinitely surprised.
Tetapi dia terkejut tidak terhingga.
She had his ring on her finger.
Dia memakai cincin di jarinya.
His own wife was his doctor.
Isterinya sendiri adalah doktornya.
It was his wife that had cured him!
Isterinyalah yang telah menyembuhkannya!
The prince took his bride to his palace.
Putera raja membawa pengantin perempuannya ke istananya.
He forgave his sisters-in-law.
Dia memaafkan adik iparnya.
They lived happily for many years.
Mereka hidup bahagia selama bertahun-tahun.
And they were blessed with children.
Dan mereka dikurniakan anak.

The Origins of Opium
Asal-usul Candu

Once upon on a time there lived a Rishi.

Pada suatu masa dahulu hiduplah seorang Rishi.

He lived on the banks of the holy Ganges.

Dia tinggal di tebing Gangga yang suci.

This Rishi was a very religious man.

Rishi ini seorang yang sangat religius.

He spent his days performing religious rites.

Dia menghabiskan hari-harinya melakukan upacara keagamaan.

From sunrise to sunset he sat on the river bank.

Dari matahari terbit hingga terbenam dia duduk di tebing sungai.

For the whole time he sat engaged in devotion.

Untuk sepanjang masa dia duduk terlibat dalam pengabdian.

At night he took shelter in his hut.

Pada waktu malam dia berteduh di pondoknya.

His hut was made from palm-leaves.

Pondoknya diperbuat daripada daun kurma.

The palms he had grown from saplings.

Telapak tangan yang ditanamnya daripada anak pokok.

There was no one around for miles.

Tiada sesiapa di sekeliling berkilo-kilometer.

However, in the hut there was a mouse.

Namun, di pondok itu terdapat seekor tikus.

She lived from what the Rishi left for her.

Dia hidup dari apa yang Rishi tinggalkan untuknya.

The Rishi was a kind-hearted man.

Rishi adalah seorang yang baik hati.

He would not hurt any living thing.

Dia tidak akan menyakiti mana-mana makhluk hidup.

So our mouse never ran away from him.

Jadi tikus kita tidak pernah lari daripadanya.

In fact, our mouse went to him.

Malah, tetikus kami pergi kepadanya.

She touched his feet when he was sitting.
Dia menyentuh kakinya ketika dia sedang duduk.
And she enjoyed playing with him.
Dan dia seronok bermain dengannya.
The Rishi also liked the little mouse.
Si Rishi juga menyukai tikus kecil itu.
So he wanted to be kind to her.
Jadi dia mahu berbuat baik kepadanya.
And he wanted someone to talk to.
Dan dia mahu seseorang untuk bercakap dengannya.
So he gave her the power of speech.
Jadi dia memberinya kuasa bercakap.

One night the mouse stood up.
Pada suatu malam tikus itu berdiri.
She got onto her hind legs.
Dia naik ke kaki belakangnya.
And she stood in front of the Rishi.
Dan dia berdiri di hadapan Rishi.
And she put her front paws together.
Dan dia meletakkan kaki hadapannya bersama-sama.
"Holy Sage, you have been kind to me"
"Sage Suci, anda telah berbuat baik kepada saya"
"And you have given me human language"
"Dan kamu telah memberikan saya bahasa manusia"
"I hope it doesn't displease your reverence"
"Saya harap ia tidak menyinggung perasaan hormat anda"
"But I have one more boon to ask"
"Tetapi saya ada satu lagi kelebihan untuk bertanya"
The Rishi listened to his mouse.
Rishi mendengar tetikusnya.
"What is it?" asked the Rishi.
"Apa itu?" tanya Rishi.
"Say what you want, little mouse"
"Katakan apa yang kamu mahu, tikus kecil"
The mouse answered the Rishi.
Tikus menjawab Rishi.

"By day your reverence goes to the river"
"Pada siang hari penghormatanmu pergi ke sungai"
"And there you practice your devotions"
"Dan di sana kamu mengamalkan ibadahmu "
"During this time a cat comes to the hut"
"Pada masa ini seekor kucing datang ke pondok"
"This cat has been trying to catch me"
"Kucing ini cuba menangkap saya"
"She still has some fear of your reverence"
"Dia masih takut akan penghormatan kamu"
"Otherwise she would have eaten me long ago"
"Kalau tidak dia sudah lama memakan saya"
"But I fear the cat will eat me someday"
"Tetapi saya takut kucing itu akan memakan saya suatu hari nanti"
"So I have one prayer to ask of you"
"Jadi saya mempunyai satu doa untuk meminta daripada anda"
"Please may I be changed into a cat!"
"Tolong saya ditukar menjadi kucing!"
"Then I would be a match for my foe"
"Maka saya akan menjadi tandingan untuk musuh saya"
The Rishi understood the mouse's plight.
Rishi memahami keadaan tikus itu.
He threw some holy water on the mouse.
Dia membaling air suci ke atas tetikus.
And the mouse instantly turned into a cat.
Dan tetikus itu serta-merta bertukar menjadi kucing.

She had lived as a cat for some days.
Dia telah hidup sebagai kucing selama beberapa hari.
One night she went to the Rishi again.
Suatu malam dia pergi ke Rishi lagi.
And the Rishi spoke to his pet.
Dan Rishi bercakap dengan haiwan peliharaannya.
"Well, little kitty, how are you!"
"Nah, kucing kecil, apa khabar!"

"How do you like your present life!"
"Bagaimana anda menyukai kehidupan anda sekarang!"
The cat thought about what to say.
Kucing itu berfikir untuk berkata apa.
But she didn't have to say anything.
Tetapi dia tidak perlu berkata apa-apa.
The Rishi could tell by her expression.
Rishi boleh tahu dengan ekspresinya.
"Why don't you like it?" asked the sage.
"Kenapa awak tidak menyukainya?" tanya orang bijak
pandai.
"Are you not as strong as the other cats!"
"Adakah kamu tidak sekuat kucing-kucing lain!"
"Yes, I am strong enough," answered the cat.
"Ya, saya cukup kuat," jawab kucing itu.
"Your reverence has made me a strong cat"
"Penghormatan anda telah menjadikan saya kucing yang
kuat"
"As strong as any cat in the world"
"Sekuat mana-mana kucing di dunia"
"Now I do not fear cats anymore"
"Sekarang saya tidak takut kucing lagi"
"But now I have got a new foe"
"Tetapi sekarang saya telah mendapat musuh baru"
"By day your reverence goes to the river"
"Pada siang hari penghormatanmu pergi ke sungai"
"During this time dogs come to the hut"
"Pada masa ini anjing datang ke pondok"
"These dogs have been barking at me"
"Anjing-anjing ini telah menyalak saya"
"And I have been frightened for my life"
"Dan saya telah ketakutan untuk hidup saya"
"So I have one more prayer to ask of you"
"Jadi saya ada satu lagi doa yang ingin saya minta daripada
awak"
"Please may I be changed into a dog!"
"Tolong saya ditukar menjadi anjing!"

The Rishi understood the cat's plight.
Rishi memahami nasib kucing itu.
He threw some holy water on the cat.
Dia membaling air suci ke atas kucing itu.
And the cat instantly became a dog.
Dan kucing itu serta-merta menjadi anjing.

She lived as a dog for some days.
Dia hidup sebagai anjing selama beberapa hari.
But one night she spoke to the Rishi.
Tetapi pada suatu malam dia bercakap dengan Rishi.
"I cannot thank your reverence enough"
"Saya tidak dapat berterima kasih kepada penghormatan anda"
"You have been most kind to me"
"Awak sangat baik kepada saya"
"I was but a poor mouse"
"Saya hanyalah seekor tikus yang malang"
"You not only gave me speech"
"Anda bukan sahaja memberi saya ucapan"
"But you also turned me into a cat"
"Tetapi awak juga mengubah saya menjadi kucing"
"And your kindness didn't end there"
"Dan kebaikanmu tidak berakhir di situ"
"Then you changed me into a dog"
"Kemudian awak mengubah saya menjadi anjing"
"As a dog, however, I suffer greatly"
"Sebagai anjing, bagaimanapun, saya sangat menderita"
"I do not get enough to eat"
"Saya tidak cukup makan"
"My only food is what you leave me"
"Satu-satunya makanan saya ialah apa yang awak tinggalkan saya"
"That was fine when I was a mouse"
"Itu bagus semasa saya menjadi tikus"
"But you have made me much larger"
"Tetapi awak telah menjadikan saya lebih besar "

"And it is not enough to fill my mouth"
"Dan ia tidak cukup untuk mengisi mulut saya"
"OH your reverence, how I envy those monkeys"
"Oh yang dihormati, betapa saya iri dengan monyet-monyet itu"
"They jump about from tree to tree"
"Mereka melompat dari pokok ke pokok"
"They eat all sorts of delicious fruits!"
"Mereka makan pelbagai jenis buah-buahan yang lazat!"
"Please may reverence not get angry"
"Mohon penghormatan tidak menjadi marah"
"I pray to be changed into an monkey"
"Saya berdoa untuk berubah menjadi monyet"
The sage was a very understanding man.
Orang bijak itu seorang yang sangat memahami.
His heart was filled with patience.
Hatinya dipenuhi dengan kesabaran.
He was happy to grant his pet's wish.
Dia gembira untuk mengabulkan hajat haiwan kesayangannya itu.
He threw some holy water on the dog.
Dia melemparkan air suci ke atas anjing itu.
And the dog instantly became an monkey.
Dan anjing itu serta-merta menjadi monyet.

Our monkey was at first wild with joy.
Monyet kami pada mulanya liar dengan kegembiraan.
She leaped from one tree to another.
Dia melompat dari satu pokok ke pokok yang lain.
She sucked every luscious fruit.
Dia menghisap setiap buah yang lazat.
But her joy was short-lived again.
Tetapi kegembiraannya tidak lama lagi.
Summer had brought with it its drought.
Musim panas telah membawa bersamanya kemaraunya.
Monkeys find it hard to climb down.
Monyet sukar untuk turun.

So she couldn't drink from the river.
Jadi dia tidak boleh minum dari sungai.
She saw how the wild boars lived.
Dia melihat bagaimana babi hutan itu hidup.
All day they splashed in the water.
Sepanjang hari mereka terpercik di dalam air.
She envied their life now.
Dia iri hati dengan kehidupan mereka sekarang.
"Oh how happy those wild boars are!"
"Oh, betapa gembiranya babi hutan itu!"
"All day their bodies are cooled"
"Sepanjang hari badan mereka disejukkan"
"All day they are refreshed by water"
"Sepanjang hari mereka disegarkan dengan air"
"How I wish I were a wild boar"
"Saya harap saya menjadi babi hutan"
That night she went to the Rishi.
Malam itu dia pergi ke Rishi.
She recounted her troubles to him.
Dia menceritakan masalahnya kepadanya.
She told him all about the wild boars.
Dia memberitahunya semua tentang babi hutan.
"Oh how pleasant their lives must be"
"Oh betapa menyenangkannya kehidupan mereka"
And she begged to be changed again.
Dan dia memohon untuk diubah lagi.
"I pray to be changed into a wild boar"
"Saya berdoa untuk ditukar menjadi babi hutan"
The sage's kindness knew no bounds.
Kebaikan orang bijak tidak mengenal batas.
and he complied with his pet's request.
dan dia akur dengan permintaan haiwan peliharaannya.
He threw some holy water on the monkey.
Dia membaling air suci ke atas monyet itu.
And the monkey instantly became a wild boar.
Dan monyet itu serta-merta menjadi babi hutan.

Our boar was now very content.
Babi babi kami kini sangat berpuas hati.
She kept her body soaking wet.
Dia terus membasahi badannya.
Every day she went to the river.
Setiap hari dia pergi ke sungai.
She splashed about in her favorite element.
Dia memercikkan unsur kegemarannya.
But life is not safe for wild boars.
Tetapi kehidupan tidak selamat untuk babi hutan.
One day the king was out hunting.
Pada suatu hari raja sedang berburu.
He was riding on an adorned elephant.
Dia menunggang gajah berhias.
Only by luck did our wild boar escape.
Hanya dengan nasib baik babi hutan kami melarikan diri.
She thought a lot about her experience.
Dia banyak berfikir tentang pengalamannya.
She dwelt on the dangers of her life.
Dia memikirkan tentang bahaya hidupnya.
And she envied the stately elephant.
Dan dia iri pada gajah yang megah itu.
The elephant was more fortunate than her.
Gajah itu lebih bernasib baik daripadanya.
He got to carry the king on his back.
Dia perlu membawa raja di belakangnya.
Now she longed to be an elephant.
Sekarang dia ingin menjadi gajah.
And at night she besought the Rishi.
Dan pada waktu malam dia memohon kepada Rishi.

Our elephant was roaming the wilderness.
Gajah kami berkeliaran di hutan belantara.
On her adventures she saw the king.
Dalam pengembaraannya dia melihat raja.
Our elephant went towards the king's suite.
Gajah kami pergi ke arah suite raja.

She had every intention of being caught.
Dia mempunyai setiap niat untuk ditangkap.
The king saw the elephant from a distance.
Raja melihat gajah itu dari jauh.
He couldn't help but admire her beauty.
Dia tidak dapat membantu tetapi mengagumi kecantikannya.
He gave his orders to his servants.
Dia memberikan perintahnya kepada hamba-hambanya.
"Catch and tame this elephant"
"Tangkap dan jinakkan gajah ini"
Our elephant was easily caught.
Gajah kami mudah ditangkap.
She was taken into the royal stables.
Dia dibawa ke kandang raja.
And she was tamed without any trouble.
Dan dia dijinakkan tanpa sebarang masalah.

One day the queen had a wish.
Pada suatu hari ratu mempunyai hajat.
She wished to go to the holy Ganges.
Dia ingin pergi ke Gangga yang suci.
She wished to bathe in the holy waters.
Dia ingin mandi di air suci.
The king wanted to accompany his wife.
Raja ingin menemani isterinya.
So he made his orders to his servants.
Maka baginda memberi perintah kepada hamba-hambanya.
"Bring us the newly caught elephant"
"Bawa kami gajah yang baru ditangkap"
The king and queen mounted on her back.
Raja dan permaisuri menumpang di belakangnya.
Our elephant had gotten her wish.
Gajah kami telah mendapat hajatnya.
Well... she seemed to have gotten her wish.
Nah... dia nampaknya telah mendapat hajatnya.
The king had mounted on her back.
Raja telah menaiki punggungnya.

But no, the elephant didn't get her wish.
Tetapi tidak, gajah itu tidak mendapat hajatnya.
She looked upon herself as a lordly beast.
Dia memandang dirinya sebagai binatang yang mulia.
She could not a woman riding on her back.
Dia tidak boleh seorang wanita menunggang di belakangnya.
It wasn't enough that she was a queen.
Ia tidak mencukupi bahawa dia adalah seorang permaisuri.
She could not bear the idea of it.
Dia tidak dapat menahan idea itu.
She felt she had been degraded.
Dia merasakan dirinya telah direndahkan.
She jumped up as violently as elephants can.
Dia melompat sekuat gajah.
Both the king and queen fell to the ground.
Kedua-dua raja dan permaisuri jatuh ke tanah.
The king carefully picked up the queen.
Raja dengan berhati-hati mengangkat permaisuri.
He took the queen in his arms.
Dia membawa permaisuri dalam pelukannya.
He asked her whether she had been hurt.
Dia bertanya sama ada dia telah terluka.
He wiped off the dust from her clothes.
Dia mengesat habuk dari pakaiannya.
And he tenderly kissed her a hundred times.
Dan dia dengan lembut menciumnya seratus kali.
Our elephant witnessed the king's caresses.
Gajah kita menyaksikan belaian raja.
And she scampered off to the woods.
Dan dia bergegas pergi ke hutan.
She ran as fast as her legs could carry her.
Dia berlari sepantas mungkin kakinya membawanya.
As she ran, she thought within herself;
Semasa dia berlari, dia berfikir dalam dirinya;
"I have experienced many different lives"
"Saya telah mengalami banyak kehidupan yang berbeza"
"And I have experienced different happiness"

"Dan saya telah mengalami kebahagiaan yang berbeza"
"But those lives cannot be compared"
"Tetapi kehidupan itu tidak boleh dibandingkan"
"A queen is the happiest creature of all"
"Seorang ratu adalah makhluk yang paling bahagia"
"Of what infinite regard is she the object of!"
"Apa yang tidak terhingga yang menjadi objek dia!"
"The king lifted her off the ground"
"Raja mengangkatnya dari tanah"
"And he carefully took her in his arms"
"Dan dia dengan berhati-hati membawanya ke dalam
pelukannya"
"He made many tender inquiries to her"
"Dia membuat banyak pertanyaan lembut kepadanya"
"And he wiped off the dust from her clothes"
"Dan dia menyapu debu dari pakaiannya"
"And he kissed her a hundred times!"
" Dan dia menciumnya seratus kali!"
"Oh, the happiness of being a queen!"
"Oh, kebahagiaan menjadi seorang ratu!"
"I must ask the Rishi to make me a queen!"
"Saya mesti meminta Rishi untuk menjadikan saya seorang
ratu!"

The sun was just about to set.
Matahari baru nak terbenam.
Our elephant made it back to the hut.
Gajah kami berjaya kembali ke pondok.
The Rishi had just finished his devotions.
Rishi baru sahaja menamatkan ibadahnya.
She fell on the ground at his feet.
Dia jatuh ke tanah di kakinya.
She was still the little mouse.
Dia masih tikus kecil.
And he was still the holy sage.
Dan dia masih orang bijak yang suci.
"What's the news?" inquired the Rishi.

"Apakah beritanya?" tanya Rishi.

"Why have you left the king's palace!"

"Mengapa kamu meninggalkan istana raja!"

Our elephant thought about her words.

Gajah kami memikirkan kata-katanya.

"What shall I say to your reverence!"

"Apa yang akan saya katakan kepada penghormatan anda!"

"You have been very kind to me"

"Awak telah sangat baik kepada saya"

"You have granted every wish of mine"

"Kamu telah mengabulkan setiap keinginan saya"

"I was a mouse and you gave me speech"

"Saya adalah seekor tikus dan anda memberi saya ucapan"

"But as a mouse my life was in danger"

"Tetapi sebagai tikus hidup saya dalam bahaya"

"You saved me by turning me into a cat"

"Anda menyelamatkan saya dengan mengubah saya menjadi kucing"

"But as a cat my life was no safer"

"Tetapi sebagai kucing hidup saya tidak lebih selamat"

"And you helped me become a dog"

"Dan awak menolong saya menjadi anjing"

"But as a dog I had not enough to eat"

"Tetapi sebagai anjing saya tidak cukup makan"

"You provided for me again"

"Awak sediakan saya lagi"

"And you turned my into a monkey"

"Dan awak mengubah saya menjadi monyet"

"I had all I could wish to eat"

"Saya mempunyai semua yang saya ingin makan"

"But I had no way of cooling my body"

"Tetapi saya tidak mempunyai cara untuk menyejukkan badan saya"

"You helped me with this too"

"Anda juga membantu saya dengan ini"

"And you turned me into a wild boar"

"Dan awak mengubah saya menjadi babi hutan"

"Wild boars have a comfortable life"
"Babi hutan mempunyai kehidupan yang selesa"
"But they don't live without danger"
"Tetapi mereka tidak hidup tanpa bahaya"
"And again you protected me"
"Dan sekali lagi awak melindungi saya"
"And you turned me into an elephant"
"Dan awak mengubah saya menjadi gajah"
"Being an elephant has increased my bulk"
"Menjadi gajah telah meningkatkan pukal saya"
"But being an elephant has not increased my happiness"
"Tetapi menjadi gajah tidak meningkatkan kebahagiaan saya"
"I have one more boon to ask of you"
"Saya ada satu lagi nikmat yang ingin saya minta daripada awak"
"It will be the last boon I ask for"
"Ia akan menjadi anugerah terakhir yang saya minta"
"I see now who the happiest creature is"
"Saya lihat sekarang siapa makhluk yang paling gembira"
"A queen is the happiest in the world"
"Seorang ratu adalah yang paling bahagia di dunia"
"Holy father, please make me a queen"
"Bapa yang suci, tolong jadikan saya seorang ratu"
"Silly child," answered the Rishi.
"Anak bodoh," jawab Rishi.
"How can I make you a queen!"
"Bagaimana saya boleh menjadikan awak seorang ratu!"
"Where can I get a kingdom for you!"
"Di mana saya boleh mendapatkan kerajaan untuk anda!"
"Where would I find a royal husband!"
"Di mana saya akan mencari suami diraja!"
But the Rishi was still patient.
Tetapi Rishi masih bersabar.
"There is one thing I can do for you"
"Ada satu perkara yang boleh saya lakukan untuk anda"
"I can change you into a beautiful girl"

"Saya boleh mengubah awak menjadi seorang gadis yang
cantik"
"You will be as beautiful as a queen"
"Anda akan menjadi secantik seorang ratu"
"You will possess all the charms you need"
"Anda akan memiliki semua daya tarikan yang anda
perlukan"
"Your charms can captivate a prince's heart"
"Azimat anda boleh memikat hati seorang putera raja"
"But you must wait for what the gods decide"
"Tetapi anda mesti menunggu apa yang diputuskan oleh
tuhan"
"They will grant you an interview"
"Mereka akan memberikan anda temu duga"
"Tou will have your chance with a prince!"
"Tou akan mempunyai peluang anda dengan seorang putera
raja!"
Our elephant agreed to the change.
Gajah kami bersetuju dengan perubahan itu.
The beast was transformed by the Rishi.
Binatang itu diubah oleh Rishi.
And now she was a beautiful young lady.
Dan kini dia adalah seorang wanita muda yang cantik.
The holy sage named her Postomani.
Orang bijak suci menamakan dia Postomani.
Her name meant 'the poppy-seed lady'.
Namanya bermaksud 'wanita biji popi'.

Postomani lived in the Rishi's hut.
Postomani tinggal di pondok Rishi.
She spent her time tending the flowers.
Dia menghabiskan masanya menjaga bunga.
And she watered the plants in the garden.
Dan dia menyiram tanaman di taman.
One day she was sitting at the hut.
Suatu hari dia sedang duduk di pondok.
The Rishi was at the holy Ganges.

Orang Rishi berada di Gangga yang suci.

A richly dressed man came towards the cottage.

Seorang lelaki berpakaian mewah datang ke arah pondok.

She stood up to welcome the man.

Dia berdiri untuk menyambut lelaki itu.

And she asked the stranger who he was.

Dan dia bertanya kepada orang yang tidak dikenali itu siapa dia.

"What have you come for?" she asked.

"Untuk apa kamu datang?" dia bertanya.

"I have been on a hunt"

"Saya telah memburu"

"But we chased the deer in vain"

"Tetapi kami mengejar rusa dengan sia-sia"

"Now I am thirsty from the heat"

"Sekarang saya dahaga kerana panas"

"I thought that a Rishi lives here"

"Saya fikir seorang Rishi tinggal di sini"

"I had come to ask him for water"

"Saya datang untuk meminta air kepadanya"

"But now I see you live here"

"Tetapi sekarang saya nampak awak tinggal di sini"

Postomani answered the stranger.

Postomani menjawab orang asing itu.

"Look upon this hut as your own"

"Anggaplah pondok ini sebagai milik anda"

"I am sorry, but we are poor"

"Saya minta maaf, tetapi kami miskin"

"We cannot offer you any entertainment"

"Kami tidak boleh menawarkan sebarang hiburan kepada anda"

"But let me make your visit comfortable"

"Tetapi izinkan saya membuat lawatan anda selesa"

"Because, I believe you are a king"

"Kerana, saya percaya awak adalah seorang raja"

"If I am not mistaken," she added.

"Kalau tak silap," tambahnya.

The stranger smiled in recognition.
Orang yang tidak dikenali itu tersenyum sebagai
pengiktirafan.

Postomani then brought a pot of water.
Postomani kemudiannya membawa seperiuk air.
She went to wash her royal guest's feet.
Dia pergi membasuh kaki tetamu dirajanya.
But the visitor did not let her do this.
Tetapi pelawat itu tidak membenarkannya melakukan ini.
"Holy maid, do not touch my feet"
"Hamba suci, jangan sentuh kakiku"
"I am only a Kshatriya," he confessed.
"Saya hanya seorang Kshatriya," dia mengaku.
"And you are the daughter of a holy sage"
"Dan anda adalah anak perempuan seorang bijak suci"
"Noble sir;" Postomani begun to confess.
"Tuan yang mulia;" Postomani mula mengaku.
"I am not the daughter of the Rishi"
"Saya bukan anak perempuan Rishi"
"And am I not a Brahmani girl either"
"Dan adakah saya juga bukan gadis Brahmani"
"There is no harm in me touching your feet"
"Tidak ada salahnya saya menyentuh kaki anda"
"Besides, you are my guest"
"Lagipun, awak tetamu saya"
"And I am bound to wash your feet"
"Dan saya wajib membasuh kaki kamu"
"Forgive my impertinence," the king wished.
"Maafkan ketidaksopanan saya," raja memohon.
"What caste do you belong to?" he asked.
"Kata mana kamu tergolong?" dia bertanya.
"I only know what the sage told me"
"Saya hanya tahu apa yang orang bijak katakan kepada saya"
"I heard my parents were Kshatriyas"
"Saya dengar ibu bapa saya adalah Kshatriya"
The stranger wanted to know more.

Orang asing itu ingin mengetahui lebih lanjut.

"May I ask whether your father was a king!"

"Bolehkah saya bertanya sama ada bapa anda seorang raja!"

"You have an uncommon beauty," he said.

"Anda mempunyai kecantikan yang luar biasa," katanya.

"And you possess a stately demeanor"

"Dan kamu mempunyai sikap yang megah"

"These qualities cannot be worked for"

"Kualiti ini tidak boleh diusahakan "

"It shows that you were born a princess"

"Ia menunjukkan bahawa anda dilahirkan sebagai seorang puteri"

Postomani avoided answering the question.

Postomani mengelak menjawab soalan itu.

Instead she went inside the hut.

Sebaliknya dia masuk ke dalam pondok.

She brought out a tray of delicious fruits.

Dia membawa keluar dulang buah-buahan yang lazat.

And she set the fruits before the king.

Dan dia memberikan buah-buahan kepada raja.

The king, however, did not touch the fruits.

Raja, bagaimanapun, tidak menyentuh buah-buahan.

He waited until his question was answered.

Dia menunggu sehingga soalannya dijawab.

"I only know what the holy sage says"

"Saya hanya tahu apa yang dikatakan oleh orang suci"

"He says that my father was a king"

"Dia mengatakan bahawa ayah saya adalah seorang raja"

"But he was overcome in a battle"

"Tetapi dia telah dikalahkan dalam pertempuran"

"So he, with my mother, fled into the woods"

"Jadi dia, bersama ibu saya, melarikan diri ke dalam hutan"

"My poor father was eaten by a tiger"

"Ayah saya yang malang dimakan harimau"

"My mother closed her eyes as I opened mine"

"Ibu saya menutup matanya semasa saya membuka mata saya"

"There was a bee-hive on the tree"
"Terdapat sarang lebah di atas pokok itu"
"I lay at the foot of that tree"
"Saya berbaring di kaki pokok itu"
"Drops of honey fell into my mouth"
"Titisan madu jatuh ke dalam mulut saya"
"The honey maintained the spark inside me"
"Madu mengekalkan percikan dalam diri saya"
"And then the kind Rishi found me"
"Dan kemudian Rishi yang baik hati menemui saya"
"The holy sage brought me into his hut"
"Orang bijak suci membawa saya ke pondoknya"
"This is the simple story of this wretched girl"
"Ini adalah kisah mudah gadis celaka ini"
"The girl who now stands before the king"
"Gadis yang kini berdiri di hadapan raja"
"Call not yourself wretched," replied the king.
"Jangan panggil dirimu celaka," jawab raja.
"You are the most beautiful of women"
"Anda adalah wanita yang paling cantik"
"And you are the loveliest of women"
"Dan kamu adalah wanita yang paling cantik"
"You would adorn the grandest palaces"
"Anda akan menghiasi istana yang paling agung"

Postomani had gotten her interview.
Postomani telah mendapat temu bualnya.
She fell in love with the king.
Dia jatuh cinta kepada raja.
And the king fell in love with her.
Dan raja jatuh cinta kepadanya.
The Rishi joined them in marriage.
Orang Rishi menyertai mereka dalam perkahwinan.
Postomani became the king's favourite queen.
Postomani menjadi permaisuri kesayangan raja.
And the former queen was in disgrace.
Dan bekas ratu itu berada dalam kehinaan.

But Postomani's happiness was short-lived.

Tetapi kebahagiaan Postomani tidak lama.

One day as she was standing by a well.

Suatu hari ketika dia sedang berdiri di tepi sebuah perigi.

She was overcome by a moment of giddiness.

Dia diliputi rasa pening seketika.

Fortune had her fall into the water.

Nasib dia jatuh ke dalam air.

And she died in the water of the well.

Dan dia mati di dalam air telaga.

The Rishi then came to the king.

Resi kemudian datang kepada raja.

"O king, grieve not over the past"

"Wahai raja, janganlah bersedih atas masa lalu"

"What is fixed by fate must come to pass"

"Apa yang ditentukan oleh takdir mesti terjadi"

"The queen drowned in your well"

"Permaisuri tenggelam dalam perigi awak"

"But she was not of royal blood"

"Tetapi dia bukan berdarah raja"

"She was born to a family of mice"

"Dia dilahirkan dalam keluarga tikus"

"Each evening she came to my hut"

"Setiap petang dia datang ke pondok saya"

"And I gave her the power of speech"

"Dan saya memberinya kuasa bercakap"

"With speech she could express her wishes"

"Dengan ucapan dia boleh menyatakan hasratnya"

"I changed her according to her wishes"

"Saya mengubahnya mengikut kehendaknya"

"As a mouse she feared the cat"

"Sebagai tikus dia takut kucing"

"And so I changed her into a cat"

"Jadi saya menukarnya menjadi kucing"

"As a cat she feared the dogs"

"Sebagai kucing dia takut anjing"

"And so I changed her into a dog"

"Jadi saya menukarnya menjadi anjing "
"As a dog she had not enough to eat"
"Sebagai anjing dia tidak cukup makan"
"And so I changed her into a monkey"
"Jadi saya menukarnya menjadi monyet"
"As a monkey she couldn't bear the heat"
"Sebagai monyet dia tidak tahan panas"
"And so I changed her into a wild boar"
"Jadi saya menukarnya menjadi babi hutan"
"As a boar her life was not safe"
"Sebagai babi hutan hidupnya tidak selamat"
"And so I changed her into an elephant"
"Jadi saya menukarnya menjadi gajah"
"That was the elephant you caught"
"Itulah gajah yang kamu tangkap"
"But as an elephant she was not loved"
"Tetapi sebagai gajah dia tidak disayangi"
"And so I changed her one last time"
"Jadi saya menukarnya buat kali terakhir"
"I changed her into a beautiful girl"
"Saya mengubahnya menjadi seorang gadis yang cantik"
"That is the girl that you married"
"Itu perempuan yang awak kahwini"
"And that is the girl that drowned"
"Dan itulah gadis yang lemas"
"Take into favor your former queen"
"Ambillah bekas permaisuri kamu"
"And don't worry for my daughter"
"Dan jangan risau untuk anak perempuan saya"
"I will make her name immortal"
"Saya akan menjadikan namanya abadi"
"Let her body remain in the well"
"Biarkan mayatnya kekal di dalam perigi"
"Fill the well up with earth"
"Isi sumur dengan tanah"
"In her flesh there is a seed"
"Dalam dagingnya ada benih"

"From her bones a tree will grow"
"Dari tulangnya akan tumbuh sebatang pokok"
"We will name this tree after her"
"Kami akan menamakan pokok ini dengan nama dia"
"The tree shall be called 'Posto'"
"Pokok itu akan dipanggil 'Posto'"
"This means 'the Poppy tree'"
"Ini bermaksud 'pokok Poppy'"
"From this tree there will come a drug"
"Dari pokok ini akan datang dadah"
"This drug will be called opium"
"Ubat ini akan dipanggil candu"
"Opium will be a powerful medicine"
"Candu akan menjadi ubat yang kuat"
"People will consume opium in every epoch"
"Orang ramai akan memakan candu pada setiap zaman"
"Opium will either be swallowed or smoked"
"Candu sama ada akan ditelan atau dihisap"
"And opium will be a wonderful narcotic"
"Dan candu akan menjadi narkotik yang hebat"
"Opium will be used till the end of time"
"Candu akan digunakan hingga akhir zaman"
"You will recognize the opium smoker"
"Anda akan mengenali perokok candu"
"He will have many different qualities"
"Dia akan mempunyai banyak kualiti yang berbeza"
"One quality for each of the animals"
"Satu kualiti untuk setiap haiwan"
"The animals which Postomani had lived as"
"Haiwan yang pernah hidup sebagai Postomani"
"He will be mischievous, like a mouse"
"Dia akan nakal, seperti tikus"
"He will be fond of milk, like a cat"
"Dia akan suka susu, seperti kucing"
"He will be quarrelsome, like a dog"
"Dia akan suka bergaduh, seperti anjing"
"He will be filthy, like a monkey"

"Dia akan menjadi najis, seperti monyet"
"He will be savage, like a boar"
"Dia akan menjadi buas, seperti babi hutan"
"He will be confident, like an elephant"
"Dia akan yakin, seperti gajah"
"And he will be high-tempered, like a queen"
"Dan dia akan menjadi pemarah, seperti seorang ratu"

Strike, but Listen First
Serang, tetapi Dengar Dahulu

There was once a king who had three sons.
Pernah ada seorang raja yang mempunyai tiga orang putera.
His royal subjects came to him one day and said;
Rakyat dirajanya datang kepadanya pada suatu hari dan berkata;
"Oh incarnation of justice! hear our plea"
"Wahai penjelmaan keadilan! dengarlah permohonan kami"
"The kingdom is infested with thieves and robbers"
"Kerajaan itu dipenuhi pencuri dan perompak"
"Our property is not safe from their thievery"
"Harta kami tidak selamat dari pencurian mereka"
"We pray your majesty to catch hold of these thieves"
"Kami berdoa agar Tuanku dapat menangkap pencuri ini"
"We beg you punish them to the full extent of the law"
"Kami mohon agar anda menghukum mereka sepenuhnya mengikut undang-undang"
The king said to his sons, "Oh, my sons, I am old"
Raja berkata kepada anak-anaknya, "Wahai anak-anakku, aku sudah tua"
"But you are all in the prime of manhood"
"Tetapi kamu semua berada di puncak kedewasaan"
"How is it that my kingdom is full of thieves?"
"Bagaimana mungkin kerajaanku penuh dengan pencuri?"
"I look to you to catch hold of these thieves"
"Saya mengharapkan anda untuk menangkap pencuri ini"
The three princes then made up their minds.
Ketiga-tiga putera itu kemudian membuat keputusan.
They were going to patrol the city every night.
Mereka akan membuat rondaan di bandar setiap malam.
They set up a watch out in the outskirts of the city.
Mereka memasang pengawal di pinggir bandar.
The early part of the night had arrived.
Bahagian awal malam telah tiba.
So the eldest prince took on his duties.

Maka putera sulung pun menjalankan tugasnya.

He rode upon his horse through the whole city.

Dia menunggang kudanya melalui seluruh bandar.

But did not see a single thief anywhere he looked.

Tetapi tidak melihat seorang pun pencuri di mana-mana dia melihat.

He came back to the policing station.

Dia kembali ke balai polis.

The middle part of the night had arrived.

Bahagian tengah malam telah tiba.

So the second prince took on his duties.

Maka putera kedua pun menjalankan tugasnya.

And he too rode through every part of the city.

Dan dia juga menunggang melalui setiap bahagian bandar.

But he did not see or hear of a single thief.

Tetapi dia tidak melihat atau mendengar seorang pun pencuri.

He came also back to the policing station.

Dia juga kembali ke balai polis.

The latter part of the night had arrived.

Bahagian akhir malam telah tiba.

So the youngest prince took on his duties.

Maka putera bongsu itu menjalankan tugasnya.

He went near the gate of his father's palace.

Dia pergi dekat pintu pagar istana ayahnya.

There he saw a beautiful woman leaving the palace.

Di sana dia melihat seorang wanita cantik meninggalkan istana.

The prince asked the woman, "who are you?"

Putera raja bertanya kepada wanita itu, "siapa kamu?"

"Where are you going at this hour of the night?"

"Ke mana kamu hendak pergi pada waktu malam ini?"

The woman answered the young prince.

Wanita itu menjawab putera muda.

"I am Rajlakshmi, the guardian deity of this palace"

"Saya Rajlakshmi, dewa penjaga istana ini"

"The king will be killed this night"

"Raja akan dibunuh malam ini"

"I am therefore not needed here"
"Oleh itu saya tidak diperlukan di sini"
"And that is why I am going away"
"Dan itulah sebabnya saya akan pergi"
The prince did not know what to make of this message.
Putera raja tidak tahu apa yang perlu dibuat dengan mesej ini.
After a moment's reflection he said to the goddess;
Selepas renungan seketika dia berkata kepada dewi;
"But, suppose the king is not killed tonight"
"Tetapi, anggaplah raja tidak dibunuh malam ini"
"Have you any objection to return to the palace?"
"Adakah anda mempunyai sebarang bantahan untuk kembali ke istana?"
"I have no objection," replied the goddess.
"Saya tidak ada bantahan," jawab dewi.
The prince then begged the goddess to go back.
Putera raja kemudian merayu kepada dewi untuk pulang.
And he promised to do his best to protect the king.
Dan dia berjanji akan melakukan yang terbaik untuk melindungi raja.
Then the goddess entered the palace again.
Kemudian dewi masuk ke dalam istana semula.
Within a moment she disappeared into the palace.
Seketika dia menghilang ke dalam istana.

The prince went straight into the palace too.
Putera raja terus masuk ke dalam istana juga.
And he went into the bedroom of his royal father.
Dan dia pergi ke bilik tidur ayahanda dirajanya.
There his father lay immersed in deep sleep.
Di sana ayahnya berbaring tenggelam dalam tidur lena.
The king had a second, younger wife.
Raja mempunyai isteri kedua yang lebih muda.
This woman was the stepmother of our prince.
Wanita ini adalah ibu tiri kepada putera raja kita.
She was sleeping in another bed in the room.
Dia sedang tidur di katil lain di dalam bilik itu.

There was a light that was burning dimly.
Ada cahaya yang malap menyala.
But then the prince saw something that surprised him!
Tetapi kemudian putera raja melihat sesuatu yang
mengejutkannya!
A huge cobra going round and round the golden bedstead.
Seekor ular tedung yang besar berpusing-pusing di atas katil
emas.
The bedstead on which his father was sleeping.
Alas katil di mana ayahnya sedang tidur.
The prince with his sword cut the serpent in two.
Putera raja dengan pedangnya membelah ular itu menjadi
dua.
But he was not satisfied with killing the cobra.
Tetapi dia tidak berpuas hati dengan membunuh ular tedung
itu.
So he cut the cobra up into a hundred pieces.
Jadi dia memotong ular tedung itu menjadi seratus ketul.
And he put the pieces of the cobra inside a pan.
Dan dia meletakkan kepingan ular tedung itu di dalam kuali.
But while cutting the cobra a misfortune happened.
Tetapi semasa memotong ular tedung satu malang berlaku.
A drop of blood fell on the breast of his stepmother.
Setitis darah jatuh pada payudara ibu tirinya.
The prince was in great distress by what had happened.
Putera raja sangat tertekan dengan apa yang berlaku.
"I have saved my father, but killed my stepmother"
"Saya telah menyelamatkan ayah saya, tetapi membunuh ibu
tiri saya"
How could he remove the drop of blood from her breast?
Bagaimana dia boleh mengeluarkan titisan darah dari
payudaranya?
He wrapped round his tongue a piece of cloth sevenfold.
Dia membungkus lidahnya dengan sehelai kain tujuh kali
ganda.
And with the cloth he licked up the drop of blood.
Dan dengan kain itu dia menjilat titisan darah.

But his stepmother's sleep was not so deep.
Tetapi tidur ibu tirinya tidaklah begitu nyenyak.
And in his attempt to save her he awoke her.
Dan dalam percubaannya untuk menyelamatkannya, dia
membangunkannya.
When opening her eyes she saw it was her stepson.
Apabila membuka matanya, dia melihat itu adalah anak
tirinya.
The young prince rushed out of the room.
Putera muda bergegas keluar dari bilik itu.
The queen, hated her stepson, the youngest prince.
Permaisuri, membenci anak tirinya, putera bongsu.
And she had every intention to ruin his reputation.
Dan dia mempunyai niat untuk merosakkan reputasinya.
She called out to her husband, "My lord, my lord"
Dia berseru kepada suaminya, "Tuanku, tuanku"
"Are you awake? are you awake? Rouse yourself up"
"Adakah anda sudah bangun? adakah anda terjaga?
Bangunkan diri anda"
"Here is a nice piece of news for you"
"Ini adalah berita baik untuk anda"
The king on awaking inquired what the matter was.
Raja pada bangun bertanya apakah perkara itu.
"What the matter is, my lord, let me tell you"
"Apa masalahnya, tuanku, izinkan saya memberitahu tuan"
"Your worthy son was just here in this room"
"Anak lelaki awak yang layak berada di sini di dalam bilik
ini"
"The youngest prince, of whom you speak so highly"
"Putera bongsu, yang kamu ucapkan begitu tinggi"
"I caught him in the act of touching my breast"
"Saya menangkapnya dalam tindakan menyentuh payudara
saya"
"I don't doubt he came with wicked intents"
"Saya tidak syak dia datang dengan niat jahat"
The king was horror-struck by what he heard.
Raja terkejut dengan apa yang didengarinya.

The prince went back to where his brothers kept watch.
Putera raja kembali ke tempat saudara-saudaranya berjaga-jaga.
But he told them nothing of what had happened.
Tetapi dia tidak memberitahu mereka apa-apa tentang apa yang telah berlaku.

Early in the morning the king called his eldest son.
Pagi-pagi lagi raja memanggil putera sulungnya.
"I entrust my life and my honor to men"
"Saya mempercayakan hidup dan kehormatan saya kepada lelaki"
"But what if one of these men prove faithless?
"Tetapi bagaimana jika salah seorang daripada lelaki ini terbukti tidak beriman?
"How should such a man be punished?"
"Bagaimanakah lelaki seperti itu harus dihukum?"
The eldest prince replied to his father, the king.
Putera sulung menjawab kepada bapanya, raja.
"Doubtless such a man's head should be cut off"
"Tidak syak lagi kepala lelaki seperti itu harus dipenggal"
"But first you should establish the facts"
"Tetapi pertama-tama anda harus menetapkan fakta"
"You must see whether the man is really faithless"
"Anda mesti melihat sama ada lelaki itu benar-benar tidak beriman"
"What do you mean?" inquired the king.
"Apa maksud awak?" tanya raja.
"Let your majesty be pleased to listen"
"Biarlah Tuanku berkenan mendengar"
Once upon on a time there lived a goldsmith.
Pada suatu masa dahulu hidup seorang tukang emas.
This goldsmith had a son who had a wife.
Tukang emas ini mempunyai seorang anak lelaki yang mempunyai seorang isteri.
His wife had the rare faculty of understanding beasts.
Isterinya mempunyai fakulti yang jarang memahami binatang.

But she never told anyone about her uncommon gift.

Tetapi dia tidak pernah memberitahu sesiapa tentang pemberiannya yang tidak biasa itu.

Not even her husband knew she could understand animals.

Suaminya pun tidak tahu dia boleh memahami haiwan.

One night she was lying in bed beside her husband.

Pada suatu malam dia berbaring di atas katil di sebelah suaminya.

From the river by their house she heard a jackal howl.

Dari sungai di tepi rumah mereka dia mendengar lolongan serigala.

"There goes a carcass floating on the river"

"Ada bangkai terapung di sungai"

"There's a diamond ring on the dead man's finger"

"Terdapat cincin berlian di jari si mati"

"Will anyone take the ring and give me the corpse?"

"Adakah sesiapa akan mengambil cincin itu dan memberikan mayat itu kepada saya?"

The woman understood the jackal's language.

Wanita itu memahami bahasa serigala itu.

She got up from bed and went to the river-side.

Dia bangun dari katil dan pergi ke tepi sungai.

The husband had not been in deep sleep.

Suami belum tidur lena.

So with his wife's movements he woke up too.

Maka dengan gerak geri isterinya dia pun bangun.

And he followed his wife to see where she went.

Dan dia mengikut isterinya untuk melihat ke mana dia pergi.

But he kept his distance, so that he could observe her.

Tetapi dia menjaga jarak, supaya dia dapat memerhatikannya.

The woman went into the water next to their house.

Wanita itu masuk ke dalam air di sebelah rumah mereka.

She tugged the floating corpse towards the shore.

Dia menarik mayat terapung itu ke arah pantai.

And she saw the diamond ring on the finger.

Dan dia melihat cincin berlian di jari.

She was unable to loosen the ring with her hand.

Dia tidak dapat melonggarkan cincin itu dengan tangannya.

Because the fingers of the dead body had swelled.

Kerana jari jenazah telah membengkak.

So she bit off the finger with her teeth.

Jadi dia menggigit jari dengan giginya.

And she put the dead body upon land, for the jackal.

Dan dia meletakkan mayat itu di atas tanah, untuk serigala.

Then she returned to bed, where her husband already was.

Kemudian dia kembali ke katil, di mana suaminya sudah berada.

The young goldsmith lay almost petrified with fear.

Tukang emas muda itu terbaring hampir membatu dengan ketakutan.

He was convinced he was lying next to a Rakshasi.

Dia yakin dia berbaring di sebelah Rakshasi.

He spent the rest of the night tossing in his bed.

Dia menghabiskan sepanjang malam itu dengan melambung di atas katilnya.

And early in the morning spoke to his father.

Dan pada awal pagi bercakap dengan ayahnya.

"The woman thou hast given me is not a real woman"

"Wanita yang Engkau berikan kepadaku bukanlah wanita sejati"

"The woman thou hast given me to wife is a Rakshasi"

"Wanita yang engkau berikan kepadaku untuk menjadi isteri adalah seorang Rakshasi"

"Last night I was lying in bed with her"

"Malam tadi saya berbaring di katil dengannya"

"By the river I heard the howl of a jackal"

"Di tepi sungai saya mendengar lolongan serigala"

"My wife too, heard the howl of the jackal"

"Isteri saya juga, mendengar lolongan serigala"

"Thinking I was asleep; she went towards the howl"

"Menganggap saya sedang tidur; dia pergi ke arah melolong"

"I was surprised to see her go out of bed alone"

"Saya terkejut melihat dia keluar dari katil seorang diri"

"Suspecting some sort of evil, I followed her outside"

"Saya mengesyaki sesuatu yang jahat, saya mengikutinya ke luar"

"But she could not see that I had followed her"
"Tetapi dia tidak dapat melihat bahawa saya telah mengikutinya"

"What did she do, do you think? O horror of horrors!"
"Apa yang dia lakukan, adakah anda fikir? Wahai seram ngeri!"

"From the stream she dragged a dead body out"
"Dari sungai dia mengheret mayat keluar"

"And what do you think she did with the dead body?"
"Dan apa yang anda fikir dia lakukan dengan mayat itu?"

"She wasted no time devouring the dead man!"
"Dia tidak membuang masa memakan orang mati itu!"

"All this I had the misfortune to see with my own eyes"
"Semua ini saya mengalami nasib malang untuk melihat dengan mata kepala saya sendiri"

"While she feasted on the carcass I went back to bed"
"Semasa dia menjamu bangkai itu, saya kembali tidur"

"In a few minutes she also returned to bed"
"Dalam beberapa minit dia juga kembali ke katil"

"She bolted the door shut, and lay beside me"
"Dia menutup pintu, dan berbaring di sebelah saya"

"Oh my father, how can I live with a Rakshasi?"
"Wahai ayahku, bagaimana aku boleh hidup dengan seorang Rakshasi?"

"She will certainly kill me and eat me up one night"
"Dia pasti akan membunuh saya dan memakan saya satu malam"

You can imagine the shock of the old goldsmith.
Anda boleh bayangkan betapa terkejutnya tukang emas tua itu.

Both father and son agreed about what should be done.
Kedua-dua bapa dan anak bersetuju tentang apa yang perlu dilakukan.

The woman should be taken deep into the forest.
Wanita itu harus dibawa jauh ke dalam hutan.

And she should be left for wild beasts to devoured.
Dan dia harus dibiarkan untuk dimakan binatang buas.
Accordingly, the young goldsmith spoke to his wife.
Sehubungan itu, tukang emas muda itu bercakap dengan isterinya.
"My dear love," he said to his wife.
"Sayang sayang," katanya kepada isterinya.
"You had better not cook much this morning"
"Lebih baik kamu tidak memasak banyak pagi ini"
"Boil a little rice and burn a brinjal"
"Rebus sedikit beras dan bakar terung"
"Because today we are going to see your parents"
"Kerana hari ini kami akan berjumpa ibu bapa kamu"
"Your mother and father are dying to see you"
"Ibu dan ayah kamu sangat ingin melihat kamu"
The woman was full of joy at the unexpected news.
Wanita itu gembira dengan berita yang tidak dijangka itu.
She loved returning to her father's house.
Dia suka pulang ke rumah ayahnya.
And she finished the cooking in no time.
Dan dia selesai memasak dalam masa yang singkat.
The husband and wife snatched a hasty breakfast.
Suami isteri menyambar sarapan tergesa-gesa.
And soon after breakfast they started their journey.
Dan tidak lama selepas sarapan mereka memulakan perjalanan mereka.
The way to her father's house was through dense jungle.
Jalan ke rumah ayahnya melalui hutan lebat.
It was the perfect place to abandon his wife.
Ia adalah tempat yang sesuai untuk meninggalkan isterinya.
She was bound to be eaten up by wild beasts there.
Dia pasti akan dimakan oleh binatang buas di sana.
But while they were walking the woman heard a snake.
Tetapi semasa mereka berjalan wanita itu mendengar seekor ular.
"Oh passer-by, in yonder hole there is a frog"

"Wahai orang yang lalu lalang, di dalam lubang sana ada
seekor katak"
"How thankful I would be if you caught the frog"
"Alangkah bersyukurnya saya jika anda menangkap katak itu"
"And the hole is full of gold and precious stones"
"Dan lubang itu penuh dengan emas dan batu permata"
"Give me the frog, and take the treasure for yourself"
"Beri saya katak, dan ambil harta itu untuk diri sendiri"
The woman forthwith went to the frog's hole.
Wanita itu segera pergi ke lubang katak.
And she began digging the hole with a stick.
Dan dia mula menggali lubang itu dengan kayu.
The young goldsmith was now quaking with fear.
Tukang emas muda itu kini gemetar ketakutan.
He thought his Rakshasi-wife was about to kill him.
Dia menyangka isteri Rakshasinya akan membunuhnya.
And then his wife called for him to help her.
Dan kemudian isterinya memanggilnya untuk membantunya.
"Take all this gold and these precious stones"
"Ambillah semua emas ini dan batu permata ini"
The goldsmith did not understand her request.
Tukang emas itu tidak memahami permintaannya.
Timidly he went to where she had dug the hole.
Dengan malu-malu dia pergi ke tempat dia telah menggali
lubang itu.
But he was infinitely surprised by what he saw.
Tetapi dia sangat terkejut dengan apa yang dilihatnya.
The hole was full of gold and precious stones.
Lubang itu penuh dengan emas dan batu permata.
"How did you know there was a treasure here?"
"Bagaimana awak tahu ada harta karun di sini?"
And finally his wife told him of her gift.
Dan akhirnya isterinya memberitahu dia tentang
pemberiannya.
"I can understand all the beasts in the forest"
"Saya boleh memahami semua binatang di dalam hutan"
"Just over there, there is a snake coiled up"

"Di sebelah sana, ada seekor ular bergelung"
She had told me there was a treasure here
"Dia telah memberitahu saya ada harta karun di sini"
The husband now felt very blessed with his wife.
Si suami kini berasa sangat dirahmati bersama isterinya.
"My love, it has gotten very late today"
"Sayang saya, hari ini sudah sangat lewat"
"I don't think we will reach your father's house"
"Saya tidak fikir kita akan sampai ke rumah ayah awak"
"Nightfall will catch us before we get there"
"Malam akan menangkap kita sebelum kita sampai ke sana"
"If we stay we might be devoured by wild beasts"
"Jika kita tinggal, kita mungkin dibaham oleh binatang buas"
"I propose therefore that we both return home"
"Oleh itu saya cadangkan kita berdua pulang ke rumah"
You can imagine the wife's disappointment.
Anda boleh bayangkan kekecewaan isteri.
But she agreed with her husband's assessment.
Tetapi dia bersetuju dengan penilaian suaminya.
It took them a long time to reach home.
Mereka mengambil masa yang lama untuk sampai ke rumah.
They were laden with a large quantity of gold.
Mereka sarat dengan sejumlah besar emas.
And they were carrying many precious stones.
Dan mereka membawa banyak batu permata.
But eventually the got close to their home.
Tetapi akhirnya mereka hampir dengan rumah mereka.
"My dear, go by the back door," said the goldsmith.
"Sayang, pergi ke pintu belakang," kata tukang emas itu.
"I will go by the front door and see my father"
"Saya akan pergi ke pintu depan dan berjumpa ayah saya"
"And I will show him all this treasure"
"Dan saya akan menunjukkan kepadanya semua harta ini"
So she entered the house by the back door.
Jadi dia masuk ke dalam rumah melalui pintu belakang.
But the old goldsmith had reason to be there too.

Tetapi tukang emas tua itu mempunyai sebab untuk berada di sana juga.

He had gone there to collect a hammer.

Dia pergi ke sana untuk mengambil tukul.

The old goldsmith saw his Rakshasi daughter-in-law.

Tukang emas tua itu melihat menantu Rakshasinya.

He concluded she had swallowed up his son.

Dia membuat kesimpulan bahawa dia telah menelan anaknya.

And he therefore struck her with the hammer.

Dan oleh itu dia memukulnya dengan tukul.

The blow immediately killed his daughter-in-law.

Pukulan itu serta-merta membunuh menantunya.

At that moment the son came into the house.

Pada ketika itu anak lelaki itu masuk ke dalam rumah.

But it was too late for him to explain.

Tetapi sudah terlambat untuk dia menjelaskan.

And so the eldest prince's story concluded.

Maka tamatlah cerita putera sulung itu.

"You might have to cut a man's head off"

"Anda mungkin perlu memenggal kepala seorang lelaki"

"But first you should establish the facts"

"Tetapi pertama-tama anda harus menetapkan fakta"

"You must see whether the man is really faithless"

"Anda mesti melihat sama ada lelaki itu benar-benar tidak beriman"

The king then called his second son to him.

Raja kemudian memanggil putera kedua baginda.

"I entrust my life and my honor to men"

"Saya mempercayakan hidup dan kehormatan saya kepada lelaki"

"But what if one of these men prove faithless?

"Tetapi bagaimana jika salah seorang daripada lelaki ini terbukti tidak beriman?

"How should such a man be punished?"

"Bagaimanakah lelaki seperti itu harus dihukum?"

The second prince replied to his father, the king.

Putera kedua menjawab kepada bapanya, raja.

"Doubtless such a man's head should be cut off"

"Tidak syak lagi kepala lelaki seperti itu harus dipenggal"

"But first you should establish the facts"

"Tetapi pertama-tama anda harus menetapkan fakta"

"What do you mean?" inquired the king.

"Apa maksud awak?" tanya raja.

"Let your majesty be pleased to listen"

"Biarlah Tuanku berkenan mendengar"

Once upon a time there reigned a king.

Pada suatu masa dahulu ada seorang raja yang memerintah.

This king was very fond of going out hunting.

Raja ini sangat gemar keluar berburu.

One day his horse took him into a dense forest.

Suatu hari kudanya membawanya ke dalam hutan yang tebal.

He went far from his followers, deep into the woods.

Dia pergi jauh dari pengikutnya, jauh ke dalam hutan.

He rode on and on through the endless, quiet forest.

Dia menunggang dan terus melalui hutan yang tidak
berkesudahan dan sunyi.

He saw neither villages nor towns, only trees.

Dia tidak melihat kampung mahupun pekan, hanya pokok.

On the long, lonely journey he became very thirsty.

Dalam perjalanan yang panjang dan sunyi itu, dia menjadi
sangat dahaga.

He could see no pond, nor lake, nor stream.

Dia tidak dapat melihat kolam, tasik, atau sungai.

But then he saw something dripping from a tree.

Tetapi kemudian dia melihat sesuatu menitis dari pokok.

He concluded it was rainwater resting in a cavity.

Dia membuat kesimpulan bahawa ia adalah air hujan yang
berada di dalam rongga.

He stood on horseback beneath the tree, cup in hand.

Dia berdiri di atas kuda di bawah pokok itu, cawan di tangan.

He caught the drops slowly dripping into the small cup.

Dia menangkap titisan perlahan-lahan menitis ke dalam
cawan kecil.

The water, however, was not rain from the sky.

Air itu, bagaimanapun, bukanlah hujan dari langit.

A huge cobra sat on top of the tall tree.

Seekor ular tedung besar duduk di atas pokok yang tinggi itu.

The snake had struck the tree in rage with its sharp fangs.

Ular itu telah memukul pokok itu kerana marah dengan taringnya yang tajam.

The snake's poison came out and fell downward in heavy drops.

Racun ular itu keluar dan jatuh ke bawah dalam titisan berat.

The king thought the falling liquid was simple rainwater.

Raja menyangka cecair yang jatuh itu adalah air hujan yang ringkas.

The horse sensed the danger and tried to warn him.

Kuda itu merasakan bahaya dan cuba memberi amaran kepadanya.

The cup was nearly filled with the deadly snake-poison.

Cawan itu hampir dipenuhi dengan racun ular yang boleh membawa maut.

The king raised the cup and prepared to drink.

Raja mengangkat cawan dan bersiap untuk minum.

But the horse moved wildly, with the king on its back.

Tetapi kuda itu bergerak liar, dengan raja di belakangnya.

The cup fell from his hand, and the poison spilled.

Cawan itu jatuh dari tangannya, dan racun itu tumpah.

The king became angry and struck the horse's neck.

Raja menjadi marah dan memukul leher kuda itu.

The blow from the sword immediately killed his horse.

Pukulan pedang itu segera membunuh kudanya.

And so the second prince's story concluded.

Maka tamatlah cerita putera kedua itu.

"You might have to cut a man's head off"

"Anda mungkin perlu memenggal kepala seorang lelaki"

"But first you should establish the facts"

"Tetapi pertama-tama anda harus menetapkan fakta"

"You must see whether the man is really faithless"

"Anda mesti melihat sama ada lelaki itu benar-benar tidak beriman"

The king then called to him his third youngest son.
Raja kemudian memanggil anak bongsunya yang ketiga.
"I entrust my life and my honor to men"
"Saya mempercayakan hidup dan kehormatan saya kepada lelaki"
"But what if one of these men prove faithless?
"Tetapi bagaimana jika salah seorang daripada lelaki ini terbukti tidak beriman?
"How should such a man be punished?"
"Bagaimanakah lelaki seperti itu harus dihukum?"
"Doubtless such a man's head should be cut off"
"Tidak syak lagi kepala lelaki seperti itu harus dipenggal"
"But first you should establish the facts"
"Tetapi pertama-tama anda harus menetapkan fakta"
"What do you mean?" inquired the king.
"Apa maksud awak?" tanya raja.
"Let your majesty be pleased to listen"
"Biarlah Tuanku berkenan mendengar"
Once long ago there reigned a wise and noble king.
Dahulu kala, ada seorang raja yang bijaksana dan mulia.
In his palace he kept a bird of Suka species.
Di istananya dia memelihara seekor burung spesies Suka.
One day the bird went out flying into the fields.
Suatu hari burung itu keluar terbang ke padang.
There he saw his father and mother calling from above.
Di sana dia melihat ayah dan ibunya memanggil dari atas.
They asked him to come visit them in their nest.
Mereka memintanya untuk datang melawat mereka di sarang mereka.
The nest was far away in a distant hidden land.
Sarang itu berada jauh di tanah tersembunyi yang jauh.
The Suka said, "I'll come if I get king's leave"
Suka berkata, "Saya akan datang jika saya mendapat cuti raja"
"I'll speak to the king today and return tomorrow"

"Saya akan bercakap dengan raja hari ini dan kembali esok "
"Please wait at this same spot in the morning"
"Sila tunggu di tempat yang sama ini pada waktu pagi"
That very day, Suka spoke with the gentle, kind king.
Pada hari itu juga, Suka bercakap dengan raja yang lembut dan baik hati.
The king gave permission for the bird to leave.
Raja memberi izin untuk burung itu pergi.
Although he was sad to part with his bird.
Walaupun dia sedih untuk berpisah dengan burungnya.
The next morning, Suka met his parents again.
Keesokan paginya, Suka bertemu ibu bapanya semula.
He flew with them to their nest on a tall tree.
Dia terbang bersama mereka ke sarang mereka di atas pokok yang tinggi.
The three birds lived together happily in peaceful joy.
Ketiga-tiga burung itu hidup bersama dengan gembira dalam kegembiraan yang damai.
They stayed like this for a fortnight of lovely days.
Mereka kekal seperti ini selama dua minggu hari yang indah.
But even those quiet and pleasant days had to end.
Tetapi walaupun hari-hari yang tenang dan menyenangkan itu terpaksa berakhir.
Suka said, "Beloved parents, the king gave me two weeks"
Suka berkata, "Ibu bapa yang dikasihi, raja memberi saya dua minggu"
"That time is now over, so I must return tomorrow"
"Masa itu sudah tamat, jadi saya mesti kembali esok"
His father and mother agreed and blessed his decision.
Ayah dan ibunya bersetuju dan merestui keputusannya.
They told him to carry a gift for the king.
Mereka menyuruhnya membawa hadiah untuk raja.
After some talk, they chose some fruit as a gift.
Selepas berbual-bual, mereka memilih buah-buahan sebagai hadiah.
The fruit had grown from the Immortality Tree.
Buah itu telah tumbuh dari Pokok Keabadian.

Early the next morning, Suka went to the tree.
Pagi-pagi lagi Suka pergi ke pokok.
And he plucked a magical glowing fruit.
Dan dia memetik buah bercahaya ajaib.
He held the fruit gently in his beak, full of care.
Dia memegang buah itu dengan lembut di paruhnya, penuh perhatian.
The fruit was heavy and slowed his swift flying pace.
Buah itu berat dan memperlahankan rentak terbangnya yang pantas.
He could not reach the city before night arrived.
Dia tidak dapat sampai ke bandar sebelum malam tiba.
Suka stopped to rest in a tree along the way.
Suka berhenti berehat di sebatang pokok sepanjang perjalanan.
He feared the fruit might drop while he slept.
Dia takut buah itu mungkin gugur semasa dia tidur.
If he kept the fruit in his beak, it could fall.
Jika dia menyimpan buah itu di paruhnya, ia boleh jatuh.
But he saw a hole in the trunk of the tree.
Tetapi dia melihat ada lubang di batang pokok itu.
He placed the fruit safely inside the dark tree.
Dia meletakkan buah itu dengan selamat di dalam pokok gelap itu.
But inside the hole, there lived a poisonous black snake.
Tetapi di dalam lubang itu, hidup seekor ular hitam berbisa.
In the night, the snake bit the fruit with venom.
Pada waktu malam, ular itu menggigit buah dengan berbisa.
And the fruit became smeared with deadly poison.
Dan buah itu dilumur dengan racun yang mematikan.
At dawn Suka took the fruit back in his beak.
Pada waktu subuh Suka mengambil semula buah itu di paruhnya.
He flew again on his journey to the king's palace.
Dia terbang semula dalam perjalanannya ke istana raja.
As he reached the palace the king was sitting with ministers.

Ketika sampai di istana, raja sedang duduk bersama para menteri.

The king was overjoyed to see Suka return once more.

Raja sangat gembira melihat Suka pulang sekali lagi.

He greatly admired the beautiful, shining fruit gift.

Dia sangat mengagumi hadiah buah-buahan yang cantik dan bersinar itu.

The fruit was lovely to look at and admire.

Buah itu indah untuk dilihat dan dikagumi.

It was the finest fruit found across the earth.

Ia adalah buah terbaik yang ditemui di seluruh bumi.

And anyone who ate the fruit was granted immortality.

Dan sesiapa yang memakan buah itu diberikan keabadian.

The king was about to eat the beautiful fruit.

Raja hendak memakan buah yang cantik itu.

But his ministers warned him the fruit might be poisoned"

Tetapi menterinya memberi amaran kepadanya bahawa buah itu mungkin beracun"

"It would be better to test the fruit before you eat it"

"Adalah lebih baik untuk menguji buah sebelum anda memakannya"

He threw the fruit to a crow sitting on the wall.

Dia melemparkan buah itu kepada seekor burung gagak yang duduk di dinding.

The crow ate from the fruit, and dropped dead instantly.

Burung gagak memakan buahnya, dan mati serta-merta.

The king, thinking Suka tried to kill him, grew furious.

Raja, menyangka Suka cuba membunuhnya, menjadi berang.

He seized the bird and killed him with his bare hands.

Dia menangkap burung itu dan membunuhnya dengan tangan kosong.

He ordered the seed to be planted outside the city.

Dia mengarahkan benih itu ditanam di luar bandar.

The seed became a tree with the same glowing fruit.

Benih itu menjadi pokok dengan buah bercahaya yang sama.

The king feared the fruit would bring more death.

Raja takut buah itu akan membawa lebih banyak kematian.

So he had the tree fenced off and guarded.
Oleh itu, pokok itu dipagar dan dikawalnya.

There lived in that city an old, poor Brahman man.
Di kota itu tinggal seorang lelaki Brahman yang tua dan miskin.
He and his wife survived only on the town's charity.
Dia dan isterinya terselamat hanya dengan amal di bandar itu.
One day the Brahman mourned his long, miserable, life.
Suatu hari Brahman meratapi kehidupannya yang panjang dan sengsara.
He said, "Instead of begging, I will eat poison fruit."
Dia berkata, "Daripada mengemis, saya akan makan buah beracun."
"I'll end my life beneath that deadly tree in silence."
"Saya akan menamatkan hidup saya di bawah pokok maut itu dalam diam."
That very night, he rose quietly and left his home.
Pada malam itu juga, dia bangun dengan senyap dan meninggalkan rumahnya.
His wife suspected and followed behind in silence.
Isterinya mengesyaki dan mengikut di belakang dalam diam.
She had decided to die too, alongside her sad husband.
Dia telah memutuskan untuk mati juga, di samping suaminya yang sedih.
She loved him deeply and didn't wish to stay behind.
Dia sangat menyayanginya dan tidak mahu tinggal di belakang.
The palace guard was asleep that night, unaware of visitors.
Pengawal istana tidur malam itu, tidak menyedari kehadiran pengunjung.
The Brahman reached the garden and plucked a hanging fruit.
Brahman itu sampai ke taman dan memetik buah yang tergantung.
He looked at it once and ate the entire fruit.
Dia melihatnya sekali dan memakan keseluruhan buahnya.

His wife cried, "If you die, my life becomes nothing"
Isterinya menangis, "Jika kamu mati, hidup saya menjadi sia-
sia"
"I will also eat and die here with you now"
"Saya juga akan makan dan mati di sini bersama kamu
sekarang"
So saying she plucked a fruit and ate it.
Jadi katanya dia memetik buah dan memakannya.
**They thought the poison would act slowly through the
night.**
Mereka menyangka racun itu akan bertindak perlahan
sepanjang malam.
So they both went home and quietly lay down in bed.
Jadi mereka berdua pulang ke rumah dan diam-diam baring
di atas katil.
They believed they would never again rise from sleep.
Mereka percaya mereka tidak akan bangun lagi dari tidur.
To their surprise, they woke up feeling full of life.
Terkejut mereka, mereka bangun dengan perasaan penuh
kehidupan.
Not only were they alive, but they were young again.
Bukan sahaja mereka masih hidup, tetapi mereka masih muda
lagi.
And they were strong and had new found energy.
Dan mereka kuat dan mempunyai tenaga baru yang ditemui.
Neighbors hardly recognized them, so changed they looked.
Jiran-jiran hampir tidak mengenali mereka, jadi berubah rupa
mereka.
The old Brahman was now handsome and full of youth.
Brahman tua itu kini tampan dan penuh dengan keremajaan.
His grey hair vanished, and had colour again.
Rambut kelabunya hilang, dan mempunyai warna semula.
His wrinkled cheeks turned smooth, and his skin shone.
Pipinya yang berkedut menjadi licin, dan kulitnya bersinar.
And as for his wife, she became extremely beautiful.
Dan bagi isterinya, dia menjadi sangat cantik.
She looked as beautiful as any lady of the kingdom.

Dia kelihatan cantik seperti mana-mana wanita kerajaan.
The king heard of their miraculous transformation.
Raja mendengar tentang perubahan ajaib mereka.
He asked his guards to send the Brahman to him.
Dia meminta pengawalnya untuk menghantar Brahman kepadanya.
And he asked the Brahman the source of his youth.
Dan dia bertanya kepada Brahman tentang sumber masa mudanya.
The Brahman told the king every detail of the story.
Brahman memberitahu raja setiap butiran cerita.
The king then wept for his poor, loyal pet bird.
Raja kemudian menangisi burung peliharaannya yang miskin dan setia.
He deeply regretted killing his faithful bird.
Dia sangat menyesal telah membunuh burungnya yang setia.
And he wished he had known the bird's loyalty.
Dan dia berharap dia tahu kesetiaan burung itu.
And so the second prince's story concluded.
Maka tamatlah cerita putera kedua itu.
"You might have to cut a man's head off"
"Anda mungkin perlu memenggal kepala seorang lelaki"
"But first you should establish the facts"
"Tetapi pertama-tama anda harus menetapkan fakta"
"You must see whether the man is really faithless"
"Anda mesti melihat sama ada lelaki itu benar-benar tidak beriman"
"I know Your Majesty suspects me of evil last night"
"Saya tahu Tuanku mengesyaki saya melakukan kejahatan malam tadi"
"Please allow me to explain myself before punishing me"
"Tolong izinkan saya menjelaskan diri saya sebelum menghukum saya"
"While making rounds I saw a woman leave the palace"
"Ketika membuat pusingan saya melihat seorang wanita meninggalkan istana"
"I stopped her, and she said her name was Rajlakshmi"

"Saya menghalangnya, dan dia berkata namanya ialah Rajlakshmi"

"She claimed to be the guardian deity of the palace"

"Dia mengaku sebagai dewa penjaga istana"

"She said she was leaving because death was near"

"Dia berkata dia akan pergi kerana kematian sudah dekat"

"The king," she said, "would be killed later that night"

"Raja," katanya, "akan dibunuh malam itu"

"I begged her to go back into the palace"

"Saya merayu dia untuk kembali ke istana"

"And I promised to do my best to protect you."

"Dan saya berjanji akan melakukan yang terbaik untuk melindungi awak."

"I ran quickly into Your Majesty's chamber without delay."

"Saya berlari dengan cepat ke dalam bilik Tuanku tanpa berlengah-lengah."

"There I saw a cobra circling your golden bedstead."

"Di sana saya melihat seekor ular tedung mengelilingi katil emas awak."

"I fought the snake and killed it with my blade."

"Saya melawan ular itu dan membunuhnya dengan pedang saya."

"I chopped the body into many exactly one hundred pieces."

"Saya memotong mayat itu menjadi banyak tepat seratus keping."

"I placed those pieces inside the pan for proof."

"Saya meletakkan kepingan itu di dalam kuali sebagai bukti."

"But something occurred as I was cutting up the snake."

"Tetapi sesuatu berlaku semasa saya memotong ular itu."

"A drop of blood fell onto the breast of your wife."

" Setitis darah jatuh ke payudara isteri kamu."

"I feared I had saved my father, but killed my stepmother."

"Saya takut saya telah menyelamatkan ayah saya, tetapi membunuh ibu tiri saya."

"I wrapped my tongue tightly with cloth seven times."

"Aku membalut lidahku dengan kain tujuh kali."

"Then I licked up the drop of venomous blood."

"Kemudian saya menjilat titisan darah berbisa."
"While I was licking the blood, my stepmother awoke."
"Semasa saya menjilat darah, ibu tiri saya bangun."
"She saw me and opened her eyes with confusion."
"Dia melihat saya dan membuka matanya dengan kekeliruan."
"This is the truth of what I did last night."
"Ini adalah kebenaran apa yang saya lakukan semalam."
"If Your Majesty commands, then cut off my head now."
"Jika Tuanku memerintahkan, maka potonglah kepalaku sekarang."
The king, full of love and joy, embraced his son.
Raja dengan penuh kasih sayang dan kegembiraan, memeluk anaknya.
From that moment, he loved him more than ever before.
Sejak saat itu, dia mencintainya lebih daripada sebelum ini.